著：槻影
Tsukikage
イラスト：チーコ
Chyko
嘆きの亡霊は
Nageki no bourei ha intai shitai
引退したい
～最弱ハンターによる最強パーティ育成術～
5

シトリー・スマート
ルーク・サイコル
リィズ・スマート
ティノ・シェイド

アンセム・スマート
ルシア・ロジェ
クライ・アンドリヒ

そして、《千剣》が予想外の事を言った。
「それで……ちゃんと話し合ってから斬るつもりだったんだが……つい先に斬っちまった」
「…………ッ!?」
一秒が引き伸ばされる。どさりと、何かが地面に落ちる音がした。

5
嘆きの亡霊は
NAGEKI NO BOUREI HA INTAI SHITAI
引退したい
～最弱ハンターによる最強パーティ育成術～

CONTENTS

第5部
バカンス
Chapter V "Vacation"

Prologue　折り返し地点

空は信じられないくらい晴れ渡っていた。爽やかな風が大きく開いた窓から馬車の中を通り抜ける。僕は穏やかな気分で外に流れる風景に目を細めていた。

「残念だったねえ、クライちゃん。ルークちゃん達と合流できなくて」

「ああ。まぁ、そういう事もあるさ」

リィズの言葉に、大きくあくびをして返す。

遠目に確認したレベル8宝物殿【万魔の城《ナイト・パレス》】は、聞きしに勝る威容を誇っていた。僕の経験上、高レベル認定された宝物殿は見てわかるくらい危険な雰囲気を持っていることが多いが、まんまそれだ。崖の上にそびえ立つ宝物殿。巨大な城の突き出た無数の尖塔には分厚い雲が渦巻き、絶えず雷光が瞬いていた。取り囲んだ城壁は巨大かつ荘厳で、とても自然の産物のようには見えない。何よりも、城を包み込むように大雨が降り注ぐ様はまるで地獄のような光景だった。少し離れればこうして快晴なのだから、あの天候もきっとマナ・マテリアルの力なのだろう。

暗い雰囲気に反して外には魔物の姿などは全く見えなかったが、その事実がその宝物殿の脅威度を示していた。宝物殿の源であるマナ・マテリアルは魔物にとっても魅力的なもので、故に宝物殿の付近は強力な魔物の縄張りになっていることが多い。レベル8の宝物殿が出来上がるような場所ならば強力な幻獣が縄張りにして、宝物殿の内部まで入り込んでもおかしくはないはずだが、そういう気配が一切なかったのはきっと【万魔の城】に巣食う幻影《ファントム》に滅ぼされたからなのだろう。

つまり、僕のような認定レベルだけ高いペテン師が立ち入るべき場所ではないという事だ。リィズやシトリーやティノがいても全く安心できない正真正銘の魔境である。

高レベルの宝物殿を見慣れていないティノが馬車の窓から頭を出し、ぐったりとしていた。アーノルド戦でただでさえ疲労困憊だったのに、高レベル宝物殿の異様な雰囲気にやられたのだろう、今にも吐きそうな表情だ。ティノがやばそうなのに僕が平気なのは慣れもあるが、感覚が鋭い人の方が影響を受けやすいからである。クロシロハイイロの雇われトリオもやばそうだったので、そっちの方が正常なハンターの反応と言える。

「それに考えようによっては、ルーク達が無事に脱出できたみたいで良かったよ」

「まぁ、踏破済みで間引きも済んでいましたからね」

そうだろう。そうだろうとも。リィズが一人で抜けてきたのは何も考えていないかもしれないが、シトリーは何かとそつのない子である。抜けても問題ないと判断したからこそ抜けてきたはずだ。

と、そこで、物欲しげに宝物殿があった方向を見ていた、正常じゃないリィズが尋ねてきた。

「クライちゃん、ところで、バカンスの目的は達成できたの？」

「うーん……半分くらいかな」

「!?　ま、まだはんぶ——す、すいません……うっ……」

ティノが声をあげかけ、吐き気を催したのか慌てて黙り込む。一度休憩を入れるべきかもしれない。

今回のバカンスの目的は大きく分けて三つ存在していた。

一つ目は、ルーク達を迎えに行くこと。これはもう無理だ。まぁ、努力目標だったので入れ違いになってしまったのは仕方ないだろう。

二つ目は、温泉に行ってゆっくり休むこと。これはこれから行く。

そして三つ目は――帝都で行われる『白剣の集い』に帰還を間に合わせない事である。言うまでもなくこれが一番重要だ。つまり、今回のバカンスに目的なんてあってないようなものなのであった。

僕は、白剣の集いに、何があっても、出席したくないのだ！　ここにくるまで一週間くらいかかっている。帰りもそれくらいかかるとして、つまり一週間はどこかで時間を潰さなくてはならない。

たとえばルーク達と合流できて、温泉にも行けて、ゆっくり休めて、リィズやティノ達を労《ねぎら》えたとして、まだ時間が余っていたのならば僕は帰るつもりはない。化物達の集いに巻き込まれるくらいならアーノルド達とキャンプファイヤーを囲んでダンスしていた方がまだマシである。パーティやクランがなければ一人で国外逃亡しているところだ。

「まぁ、クライちゃんのバカンスだし、クライちゃんの好きにしていいんだけど――さすがに【万魔の城《ナイト・パレス》】はティーにはまだきついと思ってたし……」

「……もともと入るつもりはなかったけどね」

ルーク達がまだいるようだったら。出てくるまで外で待っているつもりだった。さすがにレベル8の宝物殿になんか入ったら僕が死んでしまう。そのくらいの常識はあるつもりだ。

青い顔で涙を浮かべるティノを見て言う。

「もう危ない事はないよ。というか、最初から危ない事なんてする予定ないしね……あははは」

「わ、わらえません。ますたぁ……」

僕のジョークにティノが小さな声で反論してくる。僕も笑えない。

だが、思い返すに全ての責任はアーノルドにあるのではないだろうか。今回の旅行ではニアミスは幾つかあったが、直接的にやばいことがあったとするのならばそれは、山越えのあれだ。だが、そもそもアーノルドがいなければ、山越えを強行することはなかったのだ。

「全てアーノルドさんのせいだな」

「始末しますか？」

「…………しないよ」

後は全て忘れて温泉でゆっくり休暇を取るだけだ。一週間くらい時間をとるのもいいかもしれない。アーノルドの追跡だけが怖いが、さすがにもう出会うことはないだろう。偶然は二度も三度も続かないはずだし、リィズに道標をつけないように注意しておいた。万が一、温泉でばったり会ったらその時は……もう命運尽きたと思うしかない。温泉の中まで持ち込める宝具なんてあまりないしね。

「次の目的地は温泉だ。あ、グラディス領にだけ入らないように注意しよう」

現在位置にかなり近いからな。うっかり忘れないようにしなくては。

「？　ねぇ、クライちゃん。グラディス領に何かあるの？」

リィズが不思議そうな表情をする。確かに勘だけで押し通すのも既に限界か……リィズやシトリーの事は信頼している。そしてティノの事も同じくらい信頼しているつもりだ。

「実は……指名依頼、貰ってるんだよね」

「ええ？　あのハンター嫌いのグラディスから？　クライちゃん、すごーい！　どんな依頼なの？」

それは――わからない。依頼票も受け取っていないし、そもそもまだ依頼を受けると決めていないのだ。むしろ受けないと決めている。絶対に受けない。絶対に受けないぞ、僕は。クロエには悪いけど、さっさと帰るといい。武闘派貴族の指名依頼なんてどうせろくでもないことに決まってる。

キラキラ目を輝かせるリィズとは逆に、シトリーはすんなりと納得してくれた。

「わかりました。ではグラディス領は避けましょう。近くに小さな町ですが、温泉で有名な所があったはずです。グラディスの管轄地すれすれになってしまいますが――」

地図を広げ、シトリーが指をさす。その言葉の通り、シトリーが指した場所はグラディス領に入ってこそいないものの、かなりギリギリだった。

あまり心配しすぎても何もできない、か。中に入っていないのだから受け入れるべきだろう。

もしも見つかっても依頼は受けないとはっきり言ってしまえばいいのだ。

「そこって混浴？」

「もー、お姉ちゃん！　今日び、混浴の温泉なんてあるわけないでしょ！」

「ふーん、まーいいけど」

僕達ばかり楽しんでルーク達に申し訳ないが、いい所だったらまた改めて皆で来ればいいのだ。

そうだ、クロさん達の解放も、温泉に入ってゆっくり休んでもらった後にやることにしよう。

僕は目をこすると、久しぶりの温泉に思いを馳せ、もう一度大きなあくびをするのだった。


絨毯の敷かれた廊下を、エクレール・グラディスは全力で走っていた。メイドにぶつかりかけ、若い騎士に苦い顔をされ、しかしそれでも足は止まらない。そのまま、屋敷の最奥にある重厚な扉を体当たりのような勢いで開き飛び込む。

いきなり飛び込んできた娘の礼儀作法の欠片もない姿に、グラディス伯爵家現当主――ヴァン・グラディスが眉を顰めた。エクレールが高い声で叫ぶ。

「お父様、あの《千変万化《せんぺんばんか》》に、指名依頼を上げたというのは本当ですか!?」

「エクレール……グラディス家の娘ならば慎みを持て」

「答えてくださいッ！　何故、《千変万化》に？」

「答える必要はない……が、貴族たるもの、一ハンターに借りを作ったままにしておくことはできん」

その鋭い視線は、エクレールに責任を問うているかのようだった。エクレールが思わず唇を噛む。

貴族からの指名依頼はトレジャーハンターにとって一流の証だ。

ゼブルディアの貴族と関係があるというのは、トレジャーハンターにとって大きな意味を持つ。その相手がハンター嫌いで有名な貴族ともなれば、尚更だ。

名声。それは貴族が払える、ハンターにとって最も価値あるものである。金は大きな商会の依頼を受けることでも稼げるが、誰から見てもわかる名声は簡単には手に入らない。

競売の件で、エクレールは《千変万化》に借りを作った。貴族社会は複雑だ、富も力も名声も持つ高レベルハンターに報いるのに相応の手を打たなければ、逆にグラディス伯爵家の格が落ちる。

ヴァン・グラディスはしばらく黙っていたが、唇を噛み沈黙する娘に続けた。

「だが、そうだな……かの男に興味がないわけではない。アーク・ロダンを差し置いてレベル8に至った男だ。その実力を見極めるいい機会でもある」

グラディス家はハンター嫌いという評判が立っているが、決してただハンターを毛嫌いしているわけではない。ただ、自らの武に、所有している騎士団に絶対の自信と誇りを持っているだけだ。だから、ハンターでも敬意を表するに値する存在ならば重用するし、実際にロダン家とは懇意にしている。

ただ、貴族であるが故にハードルが高くなってしまっている事は否めないが。

「それで、あのバレル大盗賊団の討伐をあの男に？」

「…………誰から聞いた？」

「モントールが教えてくれました」

「…………お前に甘いことだけが、あの男の欠点だな」

腹心の家令の姿を思い起こし、ヴァン・グラディスが嘆息する。おそらく、自分の不始末の結果を理解させるつもりなのだろう。あるいは単純に、エクレール好みの話題だと考えていたのか。

バレル大盗賊団。それは、残虐かつ果敢。武力と狡猾さを併せ持った百人規模の大規模な盗賊団だ。あらゆる犯罪者から恐れられ忌避されてきたグラディス領を荒らし回り、村や町を襲った。何度も討伐のために騎士団を送ったが、その全てが空振りに終わった。大人数で対応すれば逃げ、少人数で追えば返り討ちにされる。武勇で知られたグラディスにとって屈辱極まりない話だ。

相手はその卑劣な手口に見合わず精強だ。元高レベルハンターの団員すら返り討ちにあっている。

本来ならばオークションになど出席している場合ではなかった。貴族の責務として参加せざるをえなかったが、このままではグラディスの騎士団が甘く見られる事になる。

近く、アーク・ロダンに協力を依頼し、共にグラディスの全力をもって叩き潰す予定だった。

今回はある意味いい機会だと言える。騎士団との合同作戦。それを通して《千変万化》の実力や懐の深さも測れることだろう。そして、もしもその実力が本物だったら――ハンターにあまりいい印象を持っていないグラディスの騎士達もその力を認めるに違いない。

ロダンは良かれ悪かれ、ゼブルディアでは高名なハンターだ、事前の印象が違う。だが、《千変万化》は新参者だ。その力を知り、認めることは、ひいては、ハンター軽視の土壌があるグラディスに変化を齎《もたら》すことだろう。目を細める父親に、エクレールが恐る恐る尋ねる。

「それで、お父様。《千変万化》はいつ来るのでしょう？」

「帝都を出たという連絡はあった、間もなくたどり着くだろう。お前も過去の確執は一時忘れ、歓待の用意をしておけ」

「……わかりました」

過去の確執など、とうにない。エクレールがあの男に抱いているのは恐れだけだ。

身体を縮めるようにして頭を下げる娘に、ヴァン・グラディスは初めて少し心配そうに眉を顰めた。

グラディス伯爵領を大きく避けるように進む事一日。僕達は何事もなく目的の町――『スルス』にたどり着いた。山間に作られた小さな町だ。シトリーの情報通り温泉が有名という話は確からしく、町全体から独特の匂いが漂ってくる。

馬車から下りる。ずっとアーノルドの追跡を受けていたし、こうして町に留まるのは数日ぶりだ。ハンターにとって、魔物の生息域を数日かけて踏破するのは珍しい事ではない。サバイバル技術もそれだけ磨かれるし、うちはシトリーというそつのない子がいるので野外生活はかなり充実しているのだが、それでもハンターを半ば引退している僕にとってここ数日の強行軍はなかなか疲労の溜まるものだった。ずっと馬車で座っていただけなのに情けない話である。

僕は風呂が好きだ。クランハウスにある私室にも風呂をつけるくらい好きだ。リィズやティノは豪快な水浴びをしていたが僕はワニが怖くてできなかったし、野外活動中はずっとお湯につけたタオルで身体を拭く事しかできなかった。一刻も早くお湯に浸かりたい気分だ。

温泉まんじゅうも食べたい。チョコレートでもいい。甘い物食べたい。

観光地として有名であるためか、スルスは帝都とは趣が違い、町中でも岩や木などの自然物が豊富に残っていてどこかエキゾチックな雰囲気があった。時期が外れているのか、旅人の姿は多くない。

ここならば恐らく僕の事を知る者もいないだろう。隠れるのにはもってこいの町だ。

騒動大好きなリィズは不満に思うかもしれないが、帝都を出てから色々ありすぎた。しばらくのんびりしよう。ここならばクロさん達やティノの疲労も癒せるだろう。

門で入町の手続きをしていたシトリーが戻ってくる。

「どうですか？　この町は――」

「いいね、気に入った。短期間滞在するにはもってこいだ――人もあまりいないみたいだし、ね」

お祭りのように騒がしいのも好きだが、こうして静かな町も好きだ。つまり、僕は自分に火の粉が降り掛かってこなければなんでもいいのであった。

アーノルドを撒いたガレスト山脈からも程よく離れているし、かち合う可能性はゼロに等しい。リィズなんて、ティノを引っ張って早速町を見に行ってしまった。ティノはアーノルド戦でつい先日まで倒れていたはずなのに、復活が早すぎる……お土産を期待することにしよう。

「ここの温泉は湯治《とうじ》にも最適だとか。負傷したハンターが治療に来たりすることもあるそうですよ」

シトリーがにこにこと言う。隣にいるキルキル君とノミモノも明らかにテンションが高い。

周囲の視線がやばいが、こんな外見でも言うことを聞く分リィズとかよりも大人しいのであった。

「湯治、か……いいね……」

まぁ僕は大きな怪我なんてしたことはないし、リィズ達の負傷は全部アンセムが完璧に治しているので僕達にとっては関係ないのだが、その言葉の響きだけでどこか惹かれるものがある。

他の町に気軽に行けるのはハンターの特権だ。楽しませて貰うことにしよう。

シトリーと一緒に町中をぐるりと散歩する。よほど湯量が豊富なのか、スルスの町にはそこかしこ

に温泉が湧き出していて、見学するだけで少し面白かった。あちこちで立っている湯気のおかげか町全体が暖かく、歩いているだけで疲労が消えていくような心地さえする。

どうやらその辺を掘り起こせばすぐに温泉が出る土地柄らしく、ハンターをやめて帝都に居座る必要がなくなったら、この町に住み着くのも悪くないかも知れない。

ただ、一つだけ気になることもある。町中が――閑散としすぎているのだ。

そもそも町自体そこまで大きくないのだが、それでも少し寂れて見えるくらいに人の数が少ない。時期がずれている可能性もあるが、風情のある温泉街だし、もう少し賑わってもいい気もする。

さすがにこの町にはシトリーの別荘はなかったそうだが、急な長期滞在にも拘《かかわ》らず、宿もすぐに決まった。温泉と料理が評判な、ハンター向けというよりは富裕層の観光客向けの旅館だ。実用重視なハンター向けの宿と異なり外観にも気を使っていて、カメラを持っていない事が悔やまれた。

「新婚さんですかって、聞かれちゃいました」

「……」

シトリーが頬を染めて言う。それはお世辞（？）だと思うよ。新婚さんが部屋、八人分も取るかよ。

そして、僕には「なんでこんなやつが」みたいな視線を向けられた事は言わない方がいいだろう。

ただのハンターとその他です。

外観だけでなく、旅館内部も期待を裏切らないものだった。

案内された部屋は広く、おまけに畳張りでいい匂いがした。これもまたハンター向けの宿とは違う。

血や脂、埃に塗れるハンター向けの宿は基本的に土足で立ち入り、その部屋で装備のメンテナンスを行うことを想定している。畳張りの部屋など帝都でも滅多に見られるものではない。

まだハンターになる前、畳の部屋は僕の憧れで、ハンターになってからは何度か経験したが、何度見てもこれは良いものだ。何が素晴らしいって、どこにでも横になって転がれるのが素晴らしい。

クランハウスの私室も畳張りにしようと考えたこともあったが、エヴァに阻止された。

まぁ、すぐに汚すからな。

ちなみに、ゼブルディアで畳の部屋は高い。ここが帝都と同じ物価だとしたら、一般の部屋と比べて十倍くらい違うはずだ。こんな所を借りたと知られたらきっとまたエヴァに叱られるだろう。

「気に入っていただけてよかったです。部屋が空いていたのは幸いでした。値段も安かったですし、いつもなら予約で埋まっているらしいです」

さっそく畳の魔力に魅せられ、やむなくごろごろ転がる僕に、シトリーがとても嬉しそうに言う。

「へー。それは運が良かったな……シーズンオフなの？」

「はい。グラディス領が近いせいでお客さんが皆逃げてしまったとか……」

そうか。グラディス領が近いせいで──それってシーズンオフじゃなくない？

時期によってグラディス領が近づいたり遠のいたりしているのかよ。笑う。

「なんでもグラディス領で厄介な盗賊団が暴れているらしくて……お客さんが激減したそうです」

「へぇ……それは物騒な話もあるもんだね」

まぁよくある話ではある。ゼブルディアはハンターを大勢有しているが、その分、犯罪者の質もやたら高い。騎士団が治安維持を担当しているので治安はそこまで悪くはないが、雨後の筍《たけのこ》のようにぽこぽこ出てくる犯罪者には後手に回る事もある。

グラディス領にはかなり強い騎士団がいるらしいので、きっと騒動もすぐに収まるだろう。

「そんな心配しなくてもいいのにね。まぁそれで部屋が取れたんだからラッキーか」

「観光地だけあってこの町、防衛能力が薄いですから……不安に感じたのでしょう」

そういえば、分厚く高い外壁で囲まれていたエランやグラと違ってこの町の外壁は木製でかなり簡易的なものだった。景観重視なのだろう、強力な魔物や人間ならばどうにでもできそうな物だ。

しかしいくらなんでも心配性過ぎる。盗賊団が襲撃の対象に選ぶのは護衛を連れていない平和ボケした商人や、旅人くらいだ。どんな小さな町でも町である以上ある程度の防衛能力は有しているし、よしんばそれをクリアしたとしても、ゼブルディアは大国だ。町を襲えば国が黙っていない。強力なハンターが滞在している可能性だってある。あまりにも割が合わない。

「今どき町を襲う盗賊団なんていないでしょ」

「そうですね……町を滅ぼすだけならうまくポイズンポーションを使えばいけそうですが」

それ、ただのテロだから……。恐らくシトリーも本当に盗賊団が来るとは思っていないだろう。

ごろごろと転がり、シトリーが腰を下ろした近くに行く。なんか最近、事あるごとに転がっている気がする。僕の十八番に加えるべきかもしれない。

畳が……畳が僕の全てのエネルギーを吸い取っていく。身体がずっしり重い。

もう何もできない。そしてきっと僕は気づかないうちに畳と一体化してしまうのだろう。

視線が合うと、シトリーは照れたように笑い、二度、膝を叩いた。

「どうぞ」

ありがたく膝を借り、頭を持ち上げ乗せる。薄いストッキングで包まれた膝は、蹴りで戦うリィズと比べて少し細かったが信じられないくらい柔らかい。

労おうと思っていたのに逆に労われてしまった。

大きく欠伸をする僕の頭に手を乗せ、シトリーが穏やかな声で言った。

「時間は……あると、思います。ゆっくり身体を休めて機を窺いましょう」

「うんうん、そう……だね……」

強い眠気が押し寄せてきて、意識がすっと遠のく。

最後に視界に残っていたのは、シトリーの穏やかな笑みだった。


「ッ……ま、まじかよ……」

エイが呆然として、目を細め、崖の上の城を見ている。アーノルドも全く同じ感想だった。

《焔旋風《ほむらせんぷう》》の面々の表情は青ざめていた。ずっとアーノルドに物怖じしない態度をとってきたギルベルトも、今は愕然としたように目を見開いている。クロエの表情も険しいものだ。

数キロの範囲に入った時点で、奇妙な悪寒を感じた。視界に入った時点で、予感は確信に変わった。

【万魔の城《ナイト・パレス》】。霧の国ネブラヌベスでは存在していなかった、認定レベル8の宝物殿は、アーノルドの予想を遥かに超えた代物だった。

「馬鹿な……あの男、あの少人数であそこに向かったのかッ!?」

これは、極度に濃度の高いマナ・マテリアルが世界を書き換えた結果だ。

集中したマナ・マテリアルにより天候は崩れ、まるで滝のような雨が地面を叩きつけている。幾つも存在する塔の付近には雷光が絶え間なく光り、分厚い雲の隙間には何かの影が見えた。

周囲に魔物の姿がないが、それも納得である。それはまさにこの世の終わりを思わせる光景だった。

その宝物殿は——明らかに現在の《霧の雷竜《フォーリン・ミスト》》の適正レベル範囲外にあった。

《焔旋風》の一人が空気の異様さに耐えきれず、盛大に地面に吐き散らかす。だが、その光景を見ても特に侮蔑のような感情は浮かばない。一番認定レベルの高いアーノルドから見ても、格上の宝物殿だ。レベル3程度のハンターからすれば地獄を垣間見たに等しいだろう。

「ど、どうしますか？」

エイが珍しく深刻そうな表情で確認してくる。恐らく、【万魔の城】はアーノルドクラスのハンターが六人いてぎりぎり立ち向かえる難易度の宝物殿だ。今のメンバーで立ち入れば間違いなく死ぬ——いや、何人かはその重圧に潰され魔物と出会う前に使い物にならなくなるだろう。

問題は、それが《千変万化》にとっても同じはずだという事だ。《千変万化》の一行にも足手まといが複数含まれていた。そして、遠目に観察した【万魔の城】はレベル8のハンターが一人いたところでどうにかなる類のものではない。もしも仮に、《千変万化》がそんな足手まとい達を試練と称してあの宝物殿に連れ込んでいたとするのならばそれは——まさしく『レベルが違う』と言わざるを得ない。

アーノルドの攻撃を無防備に受けきり、その上で後輩ハンターにアーノルドの相手をやらせたあの男の表情を思い出し、アーノルドは絞り出すような声で決定を述べた。

「クソッ……一度、離れて計画を立てる。態勢を整え直す。馬鹿な、こんな馬鹿な話があるかッ！」

第一章　温泉狂想曲

やっぱり旅行は最高だな。戦《いくさ》から離れ畳の上でごろごろしていると平穏のありがたさがよくわかる。

そもそも、僕は平和主義でなるべく動きたくない自堕落な人間なのに、色々巻き込まれすぎなのだ。

日もとっぷり暮れ、ボーッとしていると、ふとリィズが甘えるような声で言ってきた。

「ねえねえ、クライちゃん。あのねえ、一緒に温泉ドラゴン倒しに行かない？　昼間に散策した時に話を聞いたんだけど、近くに巣があるみたいなの」

「え……行かないけど……」

一瞬で素に戻る。どうしてこんな温泉くんだりまでやってきて、魔物退治しないといけないのか。

僕がリィズのそういう誘いに乗ったことある？

そして、温泉ドラゴンって何さ……名付けた人が適当過ぎる。

さすが商人向けの高級旅館だけあって、この旅館は全てを高いレベルで備えている。

部屋の広さはもちろんだが、布団はふかふかだし、食事についても山海の珍味を贅沢に使ったものだった。温泉は源泉かけ流し。大浴場の他にそれぞれの部屋には露天風呂が備えられていて、やろうと思えば一日部屋から出ずに快適に過ごす事ができるだろう。

どうして初日から温泉ドラゴンなんて倒しにいかなくてはならないのか。

シトリーの膝枕のおかげか、それとも一眠りしたおかげか、気力は回復している。

だが、それはこれから温泉に入るための気力なのだ！　大切な気力なのだ！

「えー？　せっかくの大物なのにぃ……クライちゃん、何のためにここにきたの？」

最近思うんだけど、外出る度に大物出過ぎだろ……。

昼間に町中を散策して僕よりよほど動いたはずなのに、ちっこい幼馴染は元気いっぱいだった。

リィズが唇を尖らせ、僕の腕を掴んで揺らしてくる。ルーク達がいないと、リィズの遊び相手が僕しかいないから困る。遊び道具ならティノがいるんだけど――。

「先に言っておくけど、僕はここで有意義な事をするつもりは一切ない！　一週間、温泉に入って食っちゃ寝して時を待つだけだ」

「既に手は打った、と、そういう事ですね？」

「え？　…………うんうん、そうだね。全て計画通りだ」

情けない宣言に、すかさずシトリーがフォローを入れてくれた。手は打ったと言うかなんと言うか……まぁ色々あったが、概ね僕のバカンスに大きなズレはない。

温泉だ。温泉が眼の前にあるのだ。それ以外はどうでもいい。アーノルドや白剣の集いや指名依頼についても今は忘れる。未来の僕に託す。

いつの間にかシトリーはいつものローブ姿から、青地に花柄の浴衣《ゆかた》に変わっていた。

露出量が大きく増えているわけではないが、普段の姿が分厚いローブのせいか、その姿は新鮮でどこか色っぽい。姿勢がいいのもあって、誂《あつら》えたようによく似合っている。このバカンスで一番、負担がかかっていたのは間違いなくシトリーだろう。最後くらいは是非、羽根を伸ばしてほしい。

ちなみに、男用の浴衣も用意されていたが、僕は全身に宝具を仕込んでいるので残念ながら浴衣とか着られないのであった。命優先である。風呂入る時も指輪してるからな、僕。

キルキル君が男物の浴衣を着てポーズを取っている。ガタイがいいせいか、めちゃくちゃ似合っていないが……もしかしたらキルキル君は案外愉快な奴なのかもしれない。

「シトぉ、あんたいつの間に着替えたの？　何？　私の分は？　まさか服装を変えて、私のクライちゃんに迫るつもり？」

「もう、お姉ちゃんと一緒にしないで！　そんな事しないから！　大体、何度も言ってるけど、クライさんはお姉ちゃんのものじゃないし……浴衣は宿の人に言えば貰えるから、貰ってきたら？」

「……リィズさ、浴衣着たら蹴りとかだせないんじゃない？」

シトリーの反論と僕の指摘に、リィズが難しそうな表情をする。温泉で蹴りを出す機会があるかどうかは置いておいて、彼女は昔から動きにくい格好が大嫌いなのであった。

弟子のティノの方は着てみたいのか、そわそわしたように左右を見回している。

「今日は人が少ないみたいなんで、温泉も貸し切りになりますよ、きっと」

「そりゃいいね」

他にお客さんがいてもそこまで気にはしないが、人がいないなら……泳げるかもしれない!!

何より、人が少ないという事はリィズが絡まれる可能性も低いという事だ。リィズやシトリーは見た目は可愛い女の子なので、こういう宿に泊まると高確率でお誘いがくるのである（そして、それをリィズがぶちのめす）。まぁ、ある意味相手の自業自得なのだが、被害は少なければ少ない程いい。

そこで、僕はシトリーに確認しなければいけない事を思い出した。

「そういえばクロさん達はどうしたの？　食事の時にもいなかったけど……」

「クライさんのご命令通り、部屋は取りました。食事も出ているはずです。後は関知していません」

ドライだな……だが、同じ宿に泊まっているなら後で顔をあわせる事もあるだろう。

それをもって彼らの首輪を外し、解放することにしよう。

「ますたぁ……その……どうですか？」

ティノが意を決したような表情でくるりと回り、おずおずと尋ねてくる。

紺色の浴衣姿だ。いつも髪を束ねているリボンを外し、白い肌と紺色の生地のコントラストが艶めかしい。シトリーに手伝ってもらったのか、見事な着こなしである。

僕達が成人して帝都にやってきてティノと出会った当時、彼女はまだ十歳だった。だから、どうしても子供のように見てしまうが、こうして見ると、どこからどう見ても立派な大人だ。一部においてはリィズよりも発育がいい。そういえば、意外と年齢も四、五歳くらいしか違わないんだったな……。

シトリーと違い、普段と比べて露出は少なくなっているはずなのに艶やかに見えるのは何故だろうか。しげしげと観察していると、ティノが顔を赤らめる。

「うん、似合ってるよ。可愛い可愛い……僕一人で見るのが勿体無いくらいだ」

ティノにも随分苦労を掛けているからな。僕の少しばかり大げさな言葉に、ティノが更に顔を真っ赤にして視線をそらした。唇を強く結んでいるが、その表情から褒められて喜んでいる事は明らかだ。リィズはあまり人を褒めたりしないから、僕がたっぷり褒めてあげるべきなのかもしれない。

「そんにゃ、ますたぁ…………」

「クライさん、いくらティーちゃんが可愛いからってジロジロ見るのはあまりにも失礼ですよ」

「!?」

もごもごと語彙《ごい》力を失っているティノをかばうかのようにシトリーが前に出る。

そういうものだろうか……いや、確かに失礼だったかもしれない。男の僕より女のシトリーの方がティノの気持ちはわかるだろう。ティノは僕の後輩であると同時に、シトリーの後輩でもあるのだ。シトリーは僕よりも年下なのでティノに近いし、実質的に妹みたいなものだろうか。

「あのー……シトリーお姉さま、私は別に――」

「大丈夫？　クライさんも悪気はないの。ティーちゃん。私が守ってあげるから。大体、クライさん、ティーちゃんに何か言う前に……私に言うことがあるのでは？」

……はっきり言うなぁ。ちょっとした冗談なのだろうが、確かにその通りだ。親しき仲にも礼儀ありとも言う。シトリーの全身を再度、確認する。

深い青色の地に白い花の模様。もともと落ち着いた雰囲気のあるシトリーによく合っている。その佇まいは清楚で可憐でそしてどことなく色気があった。完璧な着こなしだ。

トレジャーハンターというのはレベルが高くなればなるほど強烈な魅力を放つ。マナ・マテリアル

が強化するのは何も身体能力や魔力《マナ》だけではないのだ。顔が変わるわけではないが、何かが変わる。

特に美に重きを置いたハンターは悪魔的な魅力を持ち、大国を傾けたなどという逸話も幾つも残っている。宿の人が僕に向けた視線は正しい。正しく、マナ・マテリアルが抜けきった僕とシトリーでは釣り合っていないのだ。もしもずっと間近で成長過程を見て慣れていなかったら、あっさり恋に落ちていたかも知れない。いや、完全に高嶺の花であった。

ただうちのクラン、美男美女が多いからな……。

「ごめんごめん……シトリーも、とても綺麗だよ。いつものローブ姿も好きだけど、浴衣姿もいいね」

眼福である。清楚な雰囲気がとてもいい。写真を撮ってあげたら妹思いのアンセムが喜ぶことだろう。僕と比べれば月とスッポンくらい違う。

少ないボキャブラリーを駆使して褒める僕に、シトリーが責めるような目をした。一歩前に出ると、僕が口を開く前に懐に入り、背中に手を回してぴったりと身体を張り付けてくる。

「お、お姉さま!?」

「……本当に、そう思っていますか？　クライさん。嘘をついたら、すぐにわかりますからね？」

胸元に押しつぶされる柔らかい感触。柔らかい生地を通してシトリーの心臓の鼓動が伝わってくるかのようだ。僕にトレジャーハンター並みの知覚があったらはっきり感じ取れたのだろうが、今の僕には聞こえる鼓動が自分のものなのかこの幼馴染のものなのかわからない。甘い香りに、少し頭の中が熱くなり目眩がする。吸い込まれそうな透明感のあるピンク色の瞳がじっと僕を見上げている。

リィズからのスキンシップには慣れているが、シトリーのスキンシップには慣れがないのでどうしても動揺してしまう。冗談にしては性質《たち》が悪い。僕だって一応、幼馴染の前に男なんだが。

行き場を失った手がどうしていいやら宙を泳ぐ。突き放すわけにもいかない。

我に返ったティノが震える声をあげ、後ろからシトリーの腕を捕まえ、引き離しにかかる。

さすが対人戦闘に慣らされているだけあって、迷いない動きだ。ティノは軽々とシトリーお姉さまを引き剥がすと、僕を見て珍しいことに頬を膨らませた。

「シトリー、お姉さま!?　そ、そういうの良くないです！　お姉さまにいいつけますよ!?　マスターも！　私に、似合ってるって、言ってたのに！」

「う、うんうん、そうだね――」

似合っていると言った後に見せる姿じゃなかった。本当にごめん。今度ケーキ奢るから許して……。

シトリーはどこか艶のある吐息を漏らし、満足したように頷く。

「……うん、ちゃんとどきどきしていたので、今回ティーちゃんに色目を使ったのは許してあげます」

「いやいや、そりゃドキドキするよ……っていうか、色目とか使ってないし……」

男なら誰だってするだろう。しないとしたらそれは……ルークくらいだ。だが、彼は本当に剣に魂を捧げていておおよそ生物的な欲求とは無縁なので、例外だと思う。

深呼吸して興奮を鎮める僕の右腕に、シトリーが自然な動作でするりと腕を絡めてくる。

「温泉でもいきましょうか。いつまた戦いが始まるかわかりませんし――お姉ちゃんが温泉ドラゴン探しから戻ってきたらうるさいので」

ティノがむくれたように頬を膨らませ、力を込めて左腕に飛びついてくる。

「ますたぁ、そんな、シトリーお姉さまの、冗談に、デレデレして——いつもみたいに、しゃんとしてください！」

……僕、今までそんなシャンとしたことあったっけ？

ティノもシトリーも連れて歩くだけで自慢できてしまうような美人さんだ。今の状況は両手に花と言っても過言ではないはずだが、何故だろう、凄まじく居心地が悪い。アークはいつもこれと同じ状態のはずだが、よくもまあいつも笑顔を保てるものだ。もしかしたらそれも器の差なのだろうか。

しかし……うーむ。シトリーらしからぬ冗談だ。彼女も久しぶりの温泉で少し羽目を外しているのだろうか？　まぁ、そういうこともあるだろう。良いことである。ここは甘んじて受け入れよう。

僕は上機嫌なシトリーと不機嫌なティノに両脇を固められ、まるで衛兵に連行される犯罪者の気分で温泉に向かっていった。

並のハンターでは手が出ない高級旅館の一室。

強面の男女が顔を突き合わせ、声を潜めて話し合っていた。

「おい、本気で——やるのか？」

かつて犯罪者《レッド》ハンターとして恐れられていた男が、冷や汗を流し震える声をあげる。

恐らく自分も同じような表情をしていることだろう、と、クロは思った。

だが、既に事態は一刻の猶予もない。大きく深呼吸をして、シロにはっきりと言う。

「このままじゃ、どちらにせよ、私たちの命は、ない。やるしかないんだッ！」

「だ、だが、《千変万化《せんぺんばんか》》はもう解放すると言っていた」

「ば、馬鹿なッ！　信じられるかッ！　解放すると言って、行かされた場所がどこだ!?　命知らずのハンターでも忌避《きひ》する【万魔の城《ナイト・パレス》】だッ！　ああ、くそったれッ！」

遠目で確認した【万魔の城】は噂以上の地獄だった。目視しただけで、心臓が止まると思った。もしもあのまま突入しろと命令されていたら、クロは自殺覚悟で馬車から飛び降り、逃亡していただろう。クロもシロもハイイロも、ハンターとしてそれなりの実力は備えているが、あの宝物殿はその程度でどうにかなるような場所ではない。

《絶影《ぜつえい》》に捕まって強制的につきあわされた旅は辛いものだった。ずっと見張りと馬車の御者を強制され、街についても馬車の管理やノミモノの世話と休むことも許されず、森ではさんざん戦わされた。レベル7ハンターにも追われた。こんな目に遭うくらいなら死んだほうがマシだと何度も思ったが、あの宝物殿は格が違いすぎる。《千変万化》はイカれている。旅を共にしていてもその実力や手口は全くわからなかったが、その一点だけはクロ、シロ、ハイイロの共通認識だった。この旅は確かにバカンスだ。だがしかしそれは、レベル8にとってのバカンスなのだ。とても付き合いきれるものではない。

ここは一見ただの温泉地だが、《千変万化》は馬車の中で確かに目的は半分しか達していないと言った。信じがたい話だが、これからアレ以上の何かに巻き込まれる可能性だって十分ある。そもそも、森の中で奴らは、まだクロ達の命には使い道があると言っていたのだ。

と、そこで遅れていたハイイロが部屋に入ってきた。その顔は疲れ切っており、もともとあまり顔色がいい方ではなかったが、今は際立って生気が見えない。クロの提案を聞くと、その顔が歪む。

「俺は……降りるぜ」

「何だと!?　このまま残っていても、ジリ貧だぞ!?」

「とても敵うとは思えねえ。安心しろ、てめえらの事は黙っといてやるよ……」

「ッ……臆病風に吹かれたかッ……」

ハイイロが肩を竦め、部屋から出ていく。予想外だった。

クロシロハイイロの三人の実力はだいたい横並びだが、強いて一番知名度のあるレッドハンターをあげるとするのならばそれはハイイロになる。だが、今見たハイイロの姿からは既に度胸も反骨の精神も見えなかった。あの様子では、もう生きて帰れたとしても荒事に携わる事は不可能だろう。

「どうする?」

「どうするもこうするも……決行だ。一人残っていた方が油断するかもしれない」

告げ口をされる心配はほぼない。そんな事で温情を与えてくれる程敵は甘くないからだ。

ハイイロの離脱は予想外だったが、既に計画は出来上がっていた。

《千変万化》に反抗するつもりはない。レベル8に奇襲をかけたところで、小指一本で制圧されるに決まっている。ネックになっていたのは首輪だった。破壊するのは困難で、どれだけ距離をとったところで電撃を流す機能は無効化できない。まさしく見えない枷《かせ》である。

鍵を最初に持っていたのは《最低最悪《ディープ・ブラック》》で、今は《千変万化》が身につけている。

「滞在期間は一、二週間だと言っていた。事を起こすには早い方がいい。絶対に成功する。絶対に成功するはずだ。目が離れている今がチャンスなんだッ！」

「……ああ、わかった」

《千変万化》について知っていることはあまりに少ない。

ただの優男に見える事。ほとんど働かない事。言うことが情けない事。隙だらけな事。威圧感のようなものが見られない事。そして――それにも拘《かかわ》らず誰もが忌避するような命がけの選択をする事。

それらについても演技の可能性もある……が、唯一わかっていることもあった。

「《千変万化》は油断している。私達を警戒していない。盗みは私達の専門だ。鍵の保管に限って言えば、あの男より《最低最悪》の方がマシだった」

シトリーは、あのおぞましい女は、圧倒的優位を自覚していたが、クロ達の前で決して首輪の鍵を見せびらかさなかった。どこにしまっているのか見当すらつかなかった。そして、それは奴隷を縛る上でまったくもって正しい行いである。だが、《千変万化》は違う。

あの男は圧倒的だが、強者故の『驕《おご》り』がある。反抗の芽を摘むためか、それとも本当に解放するつもりだったのか、クロ達の眼の前で鍵を出した。そして今どこにしまってあるのかも見当がつく。

鍵は――《千変万化》が身につけている。ならば、絶対に盗み出せる。何より、あの男はクロ達を警戒していない。人が普段、地を這う虫けらに――注意しないように。

《千変万化》は確かに最強だ。たとえ首輪がなかったとしても正面からぶつかりあえば為す術《すべ》もなく制圧されるだろう。だが、同時に、あの男は人間だった。完全無欠の神ではない。

ならば、やりようはある。幸い、ここは温泉だ。脱衣所がある。シロが息を潜めるようにして言う。

「ロッカーの鍵は見てきた。少し複雑だが、一分もあればあけられる。さすが金持ち用の旅館だ、服泥棒が出るなんて考えちゃいねえ」

「…………よし、やるぞ」

確かに相手は強大で恐ろしい。だが、だからといって、このまま潰されるのを黙って待つ程、クロとシロは小心ではない。

恐怖を誤魔化すように歪んだ笑みを浮かべるとクロ達は静かに立ち上がった。


大浴場の脱衣所には誰もいなかった。本当に他に客がいないのだろう。

素晴らしい贅沢をしている気分だった。鼻歌を歌いながら立ち並ぶロッカーの前に行く。

歴戦のハンターは備えを怠らない。その点だけは、歴戦でもなんでもない僕も気をつけていた。

僕は弱い。ただでさえ弱いが、宝具を外せばそこにいるのはただの人だ。だから僕は普段から自室以外で宝具を外さない。そしてそれはバカンスの時でも変わらない。

アクセサリーをじゃらじゃらさせながら温泉に入るのは気が引けるのだが、背に腹は替えられないのだ。ルークやアンセムがいれば守ってくれるので数を抑える事もできるのだが、今回は僕一人しかいないので妥協することもできない。

「泥棒がいるかもしれないし……」

独り言で言い訳をしながら、服の上から装備していた宝具を外し、一旦服を脱ぐ。

腰に巻いていた『狗の鎖《ドッグズ・チェーン》』は持ち歩くのも面倒なので起動しておく。生き物のように起き上がり『おすわり』する鎖の首や尻尾に、指の数が足りず袋に入れて持ち歩いていた指輪を一個一個通してやる。半自動で動いてくれるタイプの宝具はこういう時に楽でいい。

腕輪にネックレス。ペンダント、サークレットと順番に『狗の鎖』に預け、続いて腰に下げていた鍵束を引っ掛けてあげる。ちなみに鍵束に下がっている鍵も全部宝具である。鍵型の宝具もかなりポピュラーなのだ。と、ポケットを検《あらた》めると中から金色の鍵が出てきた。

一瞬、それがなんだかわからなかったが、すぐにクロさん達の首輪の鍵だと思い当たる。少しだけ悩んだが、宝具と違ってこの鍵はマナ・マテリアル製じゃない。宝具は錆びないし滅多に周囲の影響を受けないが、金属製の鍵は錆びるかもしれないし、中にまで持ち込む必要はないだろう。

ロッカーの中にしまうと、タオルを持ってさっさと鎖の犬と一緒に大浴場の方に向かう。

普通の温泉はペットを連れては行けないが、狗の鎖はどちらかと言うと犬ではなく鎖なのでセーフなはずだ。そもそも、温泉に鎖を持ち込むのがセーフかどうかは怪しいかもしれないが……。

すりガラスの扉を開ける。濃い蒸気と温泉独特の匂いが押し寄せてきた。大理石の床をぺたぺたと歩き、中を確認する。狗の鎖が、宝具が引っ掛けられた尻尾をふりふりしながらついてくる。

大浴場は見事なものだった。広さはそこまででもないが、床から洗い場まで微に入り細を穿つ心遣いが感じられる。設備の種類から質まで、温泉マニアの僕が見ても非の打ち所がない。血を洗い流すためのスペースはないが、ハンター向けの宿ではないのでしょうがないのだろう。

浴場でも他の客の姿は見当たらなかった。洗い場にも浴槽にも人っ子一人いない。クライ・アンドリヒ、オンステージだ。最低でもクロさん達が宿にいるはずだが、部屋で休んでいるのかもしれない。

僕は指輪を嵌めた手をわきわきさせながら、無意味に大浴場をぐるぐる歩き回る。

素晴らしい開放感にそれだけで疲れが取れていくかのようだ。

浴槽では竜を模した彫刻がお湯を吐き出していた。壁一面には芸術に何の興味もない僕には全く理解できないレリーフが施されている。残念ながら温泉は泳げるほど広くなかったが、この歳にもなって誰も見ていないからって泳ぐのは子供っぽい気もするので別に構わない。

「完璧だな。露天風呂まであるじゃん」

よし、決めた。引退したらここに住もう。

最後に、ガラス張りの壁に近づき、無意味に露天風呂を覗く。


――岩を削って作られた露天風呂では、明るい水色のドラゴンが水浴びをしていた。


「…………？」

目を擦り二度見するが、ドラゴンの姿は消えなかった。

全体的に丸っこくファンシーな形をした、どこかつぶらな瞳をしたドラゴンだ。大きさはドラゴン

にしては小さいが、全長で三メートルはあるだろう。ざばざばと浴槽からお湯が溢れている。気持ちよさそうに翼や尻尾を動かすたびに、ガラスに大きく飛沫《しぶき》がかかっている。

狗の鎖《ドッグズ・チェーン》が狂ったように僕の周りを駆け回る。もしも彼に吠える機能があったら吠えていただろう。

僕はしばらく呆然としていたが、見なかったことにして洗い場に行き、ゆっくり時間を掛けて、身体と頭を丁寧に洗った。心臓がまだドキドキしている。先程、シトリーから胸を押し付けられた時に感じたドキドキとは違うドキドキだ。

露天風呂にドラゴンを漬けとくなんて、金持ちの趣味って本当にわからないな……。

全身をピカピカにした辺りで、恐る恐る遠くから露天風呂の様子を窺う。うっすらと水色の影が見える。やはりドラゴンは消えていない。首を傾げながら温泉にゆっくりつかる。温泉の温度はやや高めだったが、それがまた気持ちがいい。全身の力が抜ける。身体の疲労がお湯に溶けていくかのようだった。狗の鎖が宝具てんこ盛りの状態で犬かきをしている。

だが、頭の中は露天風呂のドラゴンでいっぱいだ。せっかくの温泉なのに落ち着いて堪能できない。これまで様々なドラゴンを見てきたが、あんなドラゴン見たことがない。

っていうか、常識的に考えてありえない。誰かに話しても、恐らく嘘だと思われるだろう。まだ自分の正気を疑った方がいい。

しばらくお湯に浸かりながらちらちら露天風呂を見るが、露天風呂はドラゴンに占領されたままだった。困ったな……これじゃせっかくの露天風呂に入れないじゃないか。キルキル君を連れてくるべきだっただろうか？　だがそれはそれで気が休まらないだろう。

と、そこで僕は気づいた。

もしかして……一緒に入れてもらえるのだろうか？

冷静に考えて、この高級旅館の露天風呂に危険な生き物が入りに来るわけがない。内風呂でもドラゴンがお湯を吐いてるし、もしかしたらこの旅館の名物である可能性もある。

ドラゴン風呂、ドラゴン風呂、か……僕はただの風呂でいいんだけどなあ。

視線を向けると、ドラゴンはとても気持ちよさそうに首を外に出していた。僕にはドラゴンの表情なんてわからないが、恐らくリラックスしているのだろう。ドラゴンはそこそこ大きいが、浴槽にはまだスペースがある。僕が入ろうと思えば十分入れるはずだ。これまでさんざんな目にあってきたが、さすがにドラゴンと混浴したことはない。もちろん、したいと思った事もないんだけど……。

……やめといたほうがいいかな。

相手はドラゴンだ。そして僕はマナ・マテリアルの抜けきった人畜無害。ドラゴン側に悪気がなかったとしても、ちょっと身体を動かしてそれが偶然あたっただけでふっ飛ばされるだろう。

ずっとお湯に首まで浸かって考えていたせいか、頭がくらくらしてくる。サウナも行く予定だったのにすっかり忘れていた。時間はない。お邪魔するべきか、せざるべきか……。していいものなのか。危険なのか危険ではないのか。

いや、ここは向こうの立場になって考えてみよう。

僕はドラゴン。温泉に浸かってリラックスしていると外から人間がやってくる。

人間は弱い。大した力を持っていないし、ハンターのような化物とも違う。僕はドラゴンだ。被害を受ける可能性は万に一つもない。そんな状態でわざわざ攻撃をしかけるだろうか？

答えは――否。僕は意を決して立ち上がった。

きっとあのドラゴンはこの旅館の名物だ。ペットなのだ。ならば恐れる必要はない。

なまじ怯えを見せたら問題かもしれない。僕は露天風呂への扉を開けると、ドラゴンの目の前で腕を組み何一つ隠す事なく堂々と仁王立ちをした。

そして、僕はドラゴンのなんとはなしの一撃で盛大にふっ飛ばされた。

ガラスをぶち破りながら大浴場に転がり込む。肌身離さずつけていた結界指《セーフ・リング》が衝撃や欠けたガラスによるダメージを漏れなく防ぐ。水色のドラゴンがそのつぶらな瞳から放たれたとは思えない眼光で無様に転がった僕を睨みつけている。狗の鎖《ドッグズ・チェーン》がまるで僕を守ろうとしているかのように前に立つ。

僕は混乱しながらも、上ずった声で叫んだ。

「しとりいいいいいいいいいいいい！　ドラゴンだ！　ドラゴンがいたぞおおおおおおおおッ！」

だめだ、これ。あまりに気持ち良さそうに入っているから一瞬違うと思ったけど、ただの野良ドラゴンだわ。


眼の前に広がる光景に思わず息を呑み、目を輝かせる。

ティノ・シェイドは今まで帝都から離れたことがほとんどない。修行中の身だったし、これまで受けた依頼の多くは帝都から離れないものがほとんどだった。だから、こんな本来ハンターが泊まるものではない（そもそもハンターは宿よりも装備にお金をかけるものだ）旅館に入るのは初めてだったし、こんな大きな温泉に入るのも初めてだ。帝都を出てから色々あったし負担も大きかったが、今のこの光景を見るとバカンスについてきてよかったと思う。

暖色系の明かりに照らされた広々とした脱衣所にすら気後《きおく》れしてしまい、隣のシトリーお姉さまにずっと気になっていたことを恐る恐る尋ねた。

「あの……シトリーお姉さま……その……お金は……」

「あぁ、ティーちゃんは気にしなくていいから。遠慮しないで、私達の方がティーちゃんよりもずっと稼いでるし、逆にこの程度で遠慮されたら、それこそ私達を見くびっているって事でしょ？」

「あ、ありがとう、ございます」

シトリーお姉さまの言葉は何気なかったが、有無を言わせぬ絶対の自信が含まれていた。

確かに、その通りだ。ティノもハンターとしては中堅だが、帝都でも名だたるパーティである《嘆きの亡霊《ストレンジ・グリーフ》》の稼ぎは百倍以上違っていてもおかしくはない。遠慮も過ぎれば無礼になるだろう。

お姉さまは温泉ドラゴン探しに行ってしまったので脱衣所にはシトリーお姉さまとティノしかいない。ある意味お姉さまよりも恐ろしいところがあるシトリーお姉さまにティノは少しだけ萎縮していたが、シトリーお姉さまは特に気負いもなく、帯をするすると解きながら優しい言葉をかけてくる。

「ティーちゃんも色々あって疲れただろうし、しっかり身を休めて。いつ何が起こるかわからないし」

「は、はい」

ちらちらシトリーお姉さまの方を気にしながら帯を解く。お姉さまの前で服を脱いだことは何度かあったが、シトリーお姉さまに肌を晒すのは初めてだった。どことなく気恥ずかしさを感じつつ、わたわたとした手付きで脱衣するティノの前で、シトリーお姉さまは躊躇いなく浴衣を脱いだ。

その姿に、ティノは思わず目を見開き、息を呑んだ。

シトリーお姉さま――綺麗。

お姉さまの裸は見たことがある。お姉さまは何事も大雑把で豪快な性格だったし、渓流で水浴びする時も下着まで脱ぎ捨てるような人だ。お姉さまの肉体も見事なものだった。全体的に引き締まった身体は無駄な肉がほとんどついておらず、日に焼けた裸身には野生の動物めいた美しさがあった。

だが、シトリーお姉さまの裸身は違う。いつも分厚いローブに包まれているためわからなかったが、ティノが予想していたよりもずっとスタイルがいい。日にほとんど焼けていない肌は雪のように白くシミひとつなく、その肢体はしなやかだが女性的な丸みを帯びており、ティノが唯一お姉さまに勝っていた点だった胸の大きさについても、ティノよりも上だ。姉妹のはずなのに全く違う。

盗賊《シーフ》と錬金術師《アルケミスト》ではトレーニングも必要とされる能力も違う。体つきも変わって当然なのだが、お姉さまに対して胸の大きさにだけは細やかな優越感を抱いていたティノにとってそれは衝撃だった。

「？　どうしたの、ティーちゃん」

「い、いえ…………。お姉さま……着痩せするタイプだったんですね」

「…………………くす」

シトリーが声を抑えるようにして笑う。全てを見透かされているような視線に、ティノはあまりの恥ずかしさに穴があったら入りたい気分だった。

ティノはまだ成長期だが、とても勝てる気がしない。方法があるとしたら——。

ちらりと脳裏にますたぁから貰った仮面が過《よぎ》るが、慌てて振り払う。肌をタオルでできるだけ隠しながら、ロッカーの鍵をかける。その時、隣のシトリーの動作に気づき、ティノは目を瞬かせた。

「……あの……それ、なにを……」

シトリーお姉さまが二の腕にポーションストック用のバンドを巻いていた。バンドに固定された密閉されたガラス瓶にはティノが探索時に使う物とは異なる様々な色の液体が揺れている。

入浴前とは思えない入念な準備に目を丸くするティノに、シトリーお姉さまは穏やかに微笑んだ。

「お姉ちゃんだって『天に至る起源《ハイエスト・ルーツ》』をいつも装備してるの、知ってるでしょ？　ハンターたるもの、常在戦場の心得で行かないと」

「えっと……温泉で、何が起こるんですか？」

「何か起こるかもしれないし、起こらないかもしれない。備えっていうのは、そういうものなの」

「な、なるほど……」

わかるような、わからないような回答に、ティノは無理やり自分を納得させた。

ここまで備えるハンターは初めて見るが、自分よりも遥かに頭のいいシトリーお姉さまの言う言葉に間違いがあるわけがない。上級パーティというのはそういうものなのだろう。それに、シトリーお姉さまはティノと違って錬金術師《アルケミスト》——アイテムで戦う職だ。備えをするのも仕方がないのかも知れない。

最後にピンク色の水鉄砲を手に取ると、シトリーお姉さまは蕩《とろ》けるような笑顔で言った。

「お待たせ。さぁ、行きましょう？　ティーちゃんとは……ゆっくりお話ししたかったの」

シトリーお姉さまに続き、恐る恐る扉をくぐる。

蒸気を含んだ心地の良い熱気がティノを包み込んだ。

大浴場も旅館そのものと同様、ティノが今まで見たことのない見事なものだった。

床はなめらかな石材でできており、裸足で歩いているだけで心地よい。壁には目立たないが精緻《せいち》な彫刻が施されており、何人も入れるような大きな湯船は透明感のあるお湯で満たされている。

ティノ達を除いて人はおらず、お湯の流れる音だけが天井の高い空間に響き渡っており、不思議な開放感があった。シトリーお姉さまの言葉もあるので、目を細めて露天風呂も確認するが、外にも中にも誰もいないようだ。

ハンターにとって旅の最中の衛生面は面倒な問題だ。大体の場合、旅の間は水で濡らしたタオルで身体を拭いたり、泉などがあればそこで水浴びすることくらいしかできない。ハンターはマナ・マテリアルの力でそこまで汚れないのだが、それでも、ストレスがたまらないわけではない。

山越えを経て少しばかり落ち着かなかったティノにとって眼の前に広がる光景は天国だった。

なんて……贅沢。これはますたぁの温情、慣れないように気をつけないと……。

自分を戒めながら洗い場に向かう。洗い場には何種類ものいい匂いのする石鹸が並んでいた。恐らく、普段は貴族の令嬢や大商人の息女が使うようなものだろう。椅子に座り、少しだけわくわくしながら一個一個持ち上げ匂いを確認していく。いつもティノが使っているのは、身体の匂いを消すものだ。盗賊《シーフ》としては当然の行動だが、たまにはいい匂いのする石鹸を使うのもいいと思う。

椅子に腰を下ろし、慎重に選んだ石鹸の一つを泡立てようとしたその時、後ろから声がかかった。

細い腕がするりと伸び、ティノの眼の前に突きつけられる。白魚《しらうお》のような指が摘んでいたのは、薄紫色のポーションの入ったガラス瓶だった。

「ティーちゃん、実はただの石鹸よりこっちの石鹸の方が……クライさんの好みの匂いなんだけど」

「……え？」

思わぬ言葉に、後ろを向く。シトリーお姉さまが目を細くして、ティノを見下ろしていた。

シトリーお姉さまがますたぁに好意を抱いているのは見るに明らかである。もしかしたら恋心のようなものではないかもしれないが、二人の間に強い絆があるのは間違いない。そんなシトリーお姉さまが、たかが一弟子であるティノに何の理由もなく手を差し伸べるなどありえるだろうか？

「どう？　いつもわざわざ調合してるの。いらないなら――いいんだけど……」

それは悪魔の誘惑だった。なぜそんな物を調合したのかわからないが、シトリーお姉さまは意味もなく嘘をついたりしない。そのポーションの効果もクランメンバーのお墨付きだ。

いや、そもそも、いつも調合しているのならば、いつも使っているのではないだろうか。

頬を染め、身を縮める。いるのかいらないのかで言えば――欲しい。使ってみたい。

誰に褒められるよりもますたぁに褒められたいのだ。ますたぁがティノの事など意識するわけもないが、気を惹けるかもしれない物が目の前にあるのだ。

だが、言葉は出せなかった。焦げ付くような焦燥に、無言で下を向く。シトリーお姉さまはにんまりと笑うと、ティノの後ろに座った。敵に背中を取られたわけでもないのに、何故か寒気を感じ、思わず身体を震わせる。シトリーお姉さまは明るい声でゆっくりと言った。

「そうだ……疲れてるでしょ？　私がティーちゃんを……洗ってあげる。ティーちゃんは何も考えず力を抜いていればいいから……安心して、マッサージは得意なの。私の事だけ……考えて」

まずい。これはまずい。頭の中で警鐘が鳴り響いていた。

シトリーお姉さまの指先が肩に触れ、そのくすぐったさに思わず小さく悲鳴が出る。心臓が激しく打っている。逃げなくてはならないが、足が動かなかった。そもそも果たして、逃げてどうなるだろうか？

未だかつてない危機だった。自分は――選択を誤ったのだ。対面の鏡に映ったシトリーお姉さまの口元は笑っていたが、その瞳は、まるで術式を施す医者のように冷徹だった。

断るべきだった。（恐らくシトリーお姉さまが自分のために作った）石鹸など要らないと、何を言われたのかわからないとでも言うかのような表情で即座に断るべきだったのだ。

搦め手に長けたシトリーお姉さまの手管《てくだ》はお姉さまの暴力よりも恐ろしい。立ち上がろうとするが、肩を押さえられていて動けない。シトリーお姉さまは右手だけで密閉されたガラス瓶の蓋を外す。とろりとした薄紫色の液体が揺れる。それがシトリーお姉さまの手の平にたっぷりと塗られ、その指先が震えるティノの背中に触れようとした瞬間、どこからともなく叫び声が聞こえた。

『しとりいいいいいいいいいい！　ドラゴンだ！　ドラゴンがいたぞおおおおおおおッ！』

「ドラ……ゴン？」

絶体絶命。緊張の極致にあったティノにとって、それは救いの言葉だった。意味は全くわからなかったが、シトリーお姉さまの手がぴたりと止まり、その表情から笑みが消え、小さく嘆息する。

素早く手を洗い流すと、放心しているティノに言った。

「さぁ、何やってるの。あっちは男湯――でも、呼ばれたんだから、助けに行かないと――構造的に露天風呂からなら近いはずだから」

「え？　はい。ええ？」

ドラゴンなどいるわけがない。竜は最強と噂される幻獣である。力はピンキリだが、最下級であっても、人間程度容易く屠れる強大な存在だ。街に近づいただけで大騒ぎになるはずの魔物なのだ。

混乱しながらも、今の状況よりはマシなはずだと、立ち上がる。既に駆け出していたシトリーお姉さまに続く。露天風呂は男湯の方と頑丈そうな高い塀で遮断されていた。

その時、ティノは大変な事に気づいた。

「シトリー、お姉さまッ！　私達、裸、ですッ！」

「だから何？　ティーちゃんは襲撃時に裸だったら無抵抗なの？」

「それは――」

まったくもってその通りだ。思わぬ正論に固まるティノの前で、シトリーお姉さまは躊躇いなくバンドからポーションの一本を抜くと、それを思い切り塀に叩きつけた。

意味がわからない。

さすがに温泉でドラゴンに襲われるのは、僕のハンター人生の中でもわけわからないランキング十位以内には入る。しかも、ここは人里だ。露天風呂にドラゴンが侵入するとか一体この宿のセキュリティはどうなっているのだろうか？

僕をふっとばして満足しないものか少しだけ期待するが、水色のドラゴンは露天風呂から立ち上がり、僕の方をしっかりと向いていた。威嚇でもしているのか、その背に生えた翼を大きく開く。

こうしてみると、小さいと言ってもさすがドラゴンだ。翼を開くとかなりの威圧感がある。冷静に考えれば、ドラゴンを飼っている旅館などあるわけがない。露天風呂に入ろうとする前に気づくべきであった。温泉の魅力にやられていたらしい。

ドラゴンは二足歩行で露天風呂から上がると、僕を吹き飛ばして割ったガラスを踏み込え、内風呂に侵入してきた。入浴と食事を同時に取るつもりなのか……なんて贅沢なドラゴンだ。旅館の人に感想を聞かれたら大浴場のガラスは強化ガラスにすべきだと進言することにしよう。生きて帰れたら。

ふらつく身体を叱咤し立ち上がると、じりじりとドラゴンから距離を取る。結界指《セーフ・リング》はまだあるが、誰かが撃退してくれなければどうにもならない。狗の鎖《ドッグズ・チェーン》が果敢に僕の前に立ってくれているが、彼は残念ながら攻撃力皆無であった。

さっさと旅館の中に逃げ出すべきだ。理性はそう言っているが、僕が駆け出せばこの腹ペコなドラゴンは僕を追ってくるだろう。せっかくの旅館が台無しだし、僕も一応はハンターなのだ。一般人に被害が出るのも避けたい。どうせ逃げても逃げ切れないというのもある。

シトリーは呼んだ。きっと来てくれるはずだ。じりじりと距離を詰めてくる水色ドラゴンに対し、僕は手の平を向けた。呼吸を落ち着け、時間稼ぎにかかる。

「落ち着け、見てわからないのか？　僕が装備している宝具が！　…………食べてもきっと喉に引っかかって美味しくないよ……」

なんと情けない交渉だ。僕のハンター人生の中でも、情けない説得ランキングの十位以内には入るはずだ。完全に現実感を失っている僕に、水色ドラゴンがあんぎゃあとばかりに顎を開く。口の中にはナイフのように鋭い牙がずらりと揃っていた。気持ちよさそうに温泉に浸かっていたくせにドラゴン的特徴は全て備えているらしい。ふざけんな。

周囲の状況を確認する。温泉なのだから、当然だが武器のような物は見つからない。まぁたとえ武器があってもろくに扱えないのだが、そこに存在するのはまだろくに楽しめていない温泉だけだ。

僕は仕方なく温泉に入った。

ドラゴンが如何にも不思議な物でも見たかのように首を傾げる。そのどこか人間めいた仕草に、僕は声を上げて笑った。

完全にやけくそだった。ドラゴンがゆっくりと獲物を追い詰めるように温泉に入ってくる。狗の鎖《ドッグズ・チェーン》がその翼に飛びつくがまったく意に介していない。ハンター多しと言えど、ドラゴンと混浴したハンターなど僕くらいだろう。帝都に帰ったら絶対自慢してやる。

そんな誰かが聞いたら鼻で笑うような思考を浮かべた瞬間、不意に外で光が瞬いた。

刹那の瞬間、視界が白で染まる。まだ僅かに残っていたガラスが衝撃で完全に吹き飛ばされ、音が脳を揺さぶる。衝撃で温泉が波になり、頭から降りかかる。

顔を腕で拭い、目を開ける。ドラゴンがびくりと震え、背後を振り返る。

見る影もない露天風呂。完全に崩壊した塀を踏み越え、身体にタオルを巻いたシトリーとティノが入ってくる。こちらを見つけいつも通り微笑むシトリーに、僕はうんうん、そうだねと微笑み返した。

もう嫌だ……何このバカンス。


シトリーお姉さまと共に男湯に侵入したティノの目に入ってきたのは理解できない光景だった。

ますたぁが水色のドラゴンと温泉に入っていた。思わず緊張も忘れ、タオルが落ちないように注意しながら目をこするが、幻ではないようだ。

上半身だけお湯の上に出したますたぁの表情には焦りなどはない。ただ達観したような笑みを浮かべている。水色の見たこともないドラゴンが、シトリーとティノを見て唸り声をあげた。

ますたぁ……助けを呼んだわけじゃ、なかったんですか……何やってるんですか……。

冷静に考えると、強者が弱者に助けを求めるわけがない。思い返すと、その叫び声には助けてなどという単語は入っていなかった。ドラゴンの出現を告げた時点で助けを求めたものだとばかり思っていたが、《千変万化》は竜殺し《ドラゴンスレイヤー》の称号だって持っているのだ。

先程まで感じていた気恥ずかしさなど吹き飛んでいた。いつドラゴンが襲いかかってきてもいいように構えながら一歩後退る。

ティノはほぼ全裸だ。短いタオルを巻いて局部を隠しているが、いつも持ち歩いているナイフも持っていないし、靴も履いていない。だって、普通温泉にドラゴンが出るなんて思わない。

それでも、無防備な状態でティノの精神は比較的安定していた。隣にシトリーお姉さまがいるおかげだ。温泉にポーションを持ち込む準備をしていた時には何を考えているのかわからなかったが、さすが歴戦のハンターという事だろう。塀を爆破したポーションは、ただのポーションにあるまじき凄まじい威力だった。錬金術師《アルケミスト》は戦闘が不得意なイメージがあるが、最上級レベルになると違うらしい。

しかしそんな歴戦のハンターでもさすがにこの状況は予想外だったのか、シトリーお姉さまが目を瞬かせ、ティノの疑問を代弁する。

「…………何やってるんですか？」

「…………見てわからない？」

わ、わからないです。ますたぁ。

ドラゴンは大体大きさに比例するように強くなる。水色ドラゴンはドラゴンにしては小柄で、そういう意味ではドラゴンの中では強い方ではないのだろう。もしかしたらこれがお姉さまが巣を探しに行った温泉ドラゴンなのかもしれない。

だが、それでもドラゴンだ。腐っても竜だ。魔物の中の魔物、幻獣の王だ。古今東西、竜殺し《ドラゴンスレイヤー》の称号は強者の証として知られている。そんなドラゴンと一緒に平然と温泉に入るなど、世界広しと言えどますたぁくらいだろう。そもそもそんなシチュエーション、普通はこない。

ドラゴンはティノ達を警戒に値する相手だと認めたのか、温泉から上がり翼を広げる。お湯が飛び散り、翼がつやつやと輝いていた。鱗もぴかぴかだ。

その身体に巻き付いていた狗の鎖《ドッグズ・チェーン》が諦めたように絡みつくのをやめる。

シトリーお姉さまはしばらく考えていたが、ぽんと手を打ってティノに言った。

「わかりました。ではティーちゃん……よろしくね？」

「え!?」

ドラゴンが二足歩行でじりじりと寄ってくる。隣に立っていたシトリーお姉さまが肩を掴み、混乱しているティノの後ろに隠れる。

瞬間、水色のドラゴンが勢いをつけて尻尾を振ってきた。その体躯に比べて長くしなやかな尾が鞭のように襲いかかってくる。焦るティノの耳元でシトリーお姉さまが囁く。

「このくらいのドラゴンなら、ティーちゃんでも相手できるでしょ？」

「え？　え？」

ほぼ反射的に後ろに下がる。数歩後退ったはずだが、ティノを盾にしていたはずのシトリーお姉さまとぶつかることはなかった。恐らくティノの動きを予測していたのだろう、横にずれて回避したのだ。シトリーお姉さまがティノの視界の端を通り過ぎる。そのまま尾を振り切り僅かな隙ができたドラゴンの隣をすり抜けるように駆け抜けると、勢いよくお湯の減った湯船に飛び込んだ。

「シトリーお姉さま!?」

「頑張って、ティーちゃん！　応援してるから！」

抗議の意を込めて名を呼ぶが、シトリーお姉さまは既に聞く耳を持っていないようだった。シトリーお姉さまは最初から体勢が変わっていないますたぁの腕に縋り付くように抱きつき、ティノににこにこ笑いかけている。裏切られた。今更察するがもう遅い。

尻尾によるなぎ払いの速度はかなりのものだ。飛べるのかはわからないが、爪も牙も翼も、ドラゴンの外見的特徴は全て揃えている。動き自体は速くないが、タオルが落ちないようにしながら戦うのはかなり難しい。蹴りも使えない。もっとも、ドラゴン相手に蹴りが通じるかどうか怪しいところだ。

万全な状態ならば戦えない事もないかもしれない。だが、今のティノは重いハンデを背負っているようなものだし、そもそもティノがドラゴンと戦うのはこれが初めてだ。

じりじりと間合いを測りながら、ティノは渾身の思いを込めて叫ぶ。

「ますたぁ、バカンスじゃなかったんですか!?」

「何言ってるの、ティーちゃん。ちゃんと温泉、入れたでしょ？」

「まだ入ってませんんんんッ！」

緊張と混乱と少しの羞恥で頭がいっぱいになっているティノにドラゴンが大きく頭を振り上げる。

ブレスの予兆だ。慌てて床を転がり回避行動を取る。

そして、ティノは見た。ドラゴンが口から吐き出したのは——お湯だった。

凄まじい圧力を掛けられ噴出《ふきだ》されたお湯が、先程までティノがいた場所を貫き破壊する。

飛沫が飛び散り、床に大きな傷ができる。回避した勢いのまま起き上がり、思わず叫んだ。

「なんなんですか!?　このふざけたドラゴンは!?」

「きゃーきゃー言ってないでさっさと倒して？　ただの温泉ドラゴンでしょ！」

「!?」

辛辣なシトリーお姉さまの言葉にショックを受けたが、止まっている暇はない。

ブレスでお湯を吐いたふざけたドラゴンは、まるで王者の貫禄でも見せつけるように堂々と胸を張っている。こんなドラゴン、倒せたところで、竜殺《ドラゴンスレイヤー》しなんて恥ずかしくて名乗れないだろう。

唯一の頼みの綱のますたぁは、顔に仏のような穏やかな表情を張り付けたまま固まっている。

ティノは覚悟を決めた。これは——試練だ。多分、恐らく、シトリーお姉さまの言う通り、試練なのだろう。ますたぁの心遣いなのだろう。

あんまりです、ますたぁ……。

ティノは涙を堪え、ヤケ気味にふざけたドラゴンに向かって踏み出した。

水色のドラゴンが地面を大きく滑り、腹を見せて転がる。

側ではティノが蹲り、身体を手の平で隠しながら、嗚咽《おえつ》を漏らしていた。

「うぅ……えぐッ……ひどいです、ますだぁ……こんな……」

ティノつええ。こんなに強かったっけ？

アーノルドと戦った時のように仮面は被っていないのに、動きがキレッキレだった。小柄なティノの蹴りや突きがずんぐりむっくりしたドラゴンを吹き飛ばす様はまるで冗談のようだった。

近くには爪がひっかかりぼろぼろになったタオルが打ち捨てられている。さすがに途中で押さえきれず、放り捨てたのだ。そこからティノの動きが烈火の如き激しさを見せたのは余談である。いざという時は口を出そうと思っていたのだが、結局その時が来ることなく戦闘が終わってしまった。

大丈夫だよ……視線向けないように注意してたから。見ないことに関して、僕はプロだから。

脱衣所にタオルを取りに行ってきたシトリーが戻ってくる。今回の戦犯だ。ティノは僕のせいだと言ったが、僕はシトリーになんとかしてもらうつもりだったのだ。僕のせいではない。

……まぁ、僕にも責任はなくもないかな。僕はティノを慰めた。

「いや、なかなか見応えのある戦いだったよ。よくやった、よくやった」

「!? グスッ……ますたぁ、嫌い……」

ティノがぎゅっと自分を抱きしめるが、あまり意味がない。そんなティノを隠すようにシトリーが大きなバスタオルをかぶせた。そして、少し落ち着いた後輩に辛辣な言葉をかける。

「事前準備の大切さ、わかった？」

「……」

ティノが目に涙を浮かべたまま、必死に頷いている。シトリーがその頭を撫でているが、そんな事で今回の所業が許されるのだろうか？　僕は随分破壊されてしまった大浴場を見回し、転がってビクビクと震える温泉ドラゴンを確認し、ため息をついた。

「……でも普通、温泉に入るのにドラゴンを警戒したりしないよね」

「!?」

ティノがまるで信じられないものでも見るような目で僕を見る。そんな目で見られても……さすがの温泉大好きな僕でも、温泉にドラゴンが来ていると知っていたら入ろうとなんてしなかったよ。

しばらく部屋の露天風呂だな。

「…………行くぞ」

「おおおおおおおおおおおおおッ！」

アーノルドの言葉にパーティメンバーが咆哮する。その表情にあるのは僅かな恐れと、強い戦意だ。

それを、クロエは不安げな表情で見ていた。

近くの村での休息を経て、アーノルドの出した答えは『進む』だった。

その決定にあるのはもはや単純な復讐ではない。

アーノルド達の目はぎらぎらと輝いていた。側には硬い表情をした《焔旋風《ほむらせんぷう》》のメンバーと、ルーダ・ルンベッグも並んでいる。

そこにあるのは、トレジャーハンターの性《さが》だ。

アーノルド達はその信条や誇り故に、それが賢い手段ではないとわかっていても、《千変万化》が突入した宝物殿に侵入せずにはいられなかった。そして、アーノルド達よりもずっとレベルの低い《焔旋風》たちが付随している理由も似たようなものだろう。

ならば、後は武を、勇を以て挑むのみだ。

そして、アーノルド達がそういう決定をした以上、クロエも退くわけにはいかなかった。

アーノルドの目には既に《千変万化》への恨みは欠片も浮かんでいなかった。そのような雑念を持って挑める程、【万魔の城《ナイト・パレス》】は甘い宝物殿ではないという事だろう。

眼の前にそびえる城は、数日前と変わらぬ威容を誇っていた。渦巻く雷雲も、嵐の中満ちた不思議な静けさも何も変わらない。つまり、これこそが――レベル8宝物殿の通常という事。

アーノルドがごくりと唾を飲み込み、一言言う。

「これは……けじめだ」

言葉に含まれた意味が分かる。アーノルドはこの宝物殿の踏破が困難な事を悟っている。

おそらく、この《千変万化》が恐らく少人数で突入した宝物殿の難易度を知ることで、《千変万化》への敬意を取り戻し一連の確執に一つの納得を得るつもりなのだ。

ふと、エイが眉を歪め不審そうな表情で言った。

「……馬車がない。本当にいるんですかね……」

周囲を見渡すが、そこに広がるのは遮蔽物のない平原のみで魔物は疎《おろ》か馬車の一つも見えない。

「いる、はずだ。ここまで、奴らの行動にブラフはなかった。だが、そんな事、もうどうでもいい」

「ああ、もちろんわかってますよ。我らがリーダーの事は、ね」

エイが無理やり唇を持ち上げ、笑う。まるでアーノルドを待ち受けていたかのように、巨大な門が開く。冷ややかな空気がアーノルド達を包み込む。

そして、《豪雷破閃《ごうらいはせん》》と《霧の雷竜《フォーリン・ミスト》》の宝物殿への挑戦が始まった。


全身に伸し掛かってくる重圧に耐えながら、ルーダは必死に周囲の状況を探った。

聴覚は当然として、五感の全てを使う。【万魔の城】はレベル8の宝物殿だ。基本的に宝物殿のレベルはマナ・マテリアルの蓄積量と比例しており、高ければ高い程生息している幻影《ファントム》の質も数も上がる。レベル8ならばこの間探索した【白狼《はくろう》の巣】の数倍の数の幻影《ファントム》が生息していても不思議ではない。

しかし、不思議な事にルーダの感覚に生命の気配は引っかからなかった。

隊列の先頭を行くのは《霧の雷竜》のメンバーだ。その中にはルーダよりもレベルの高い盗賊《シーフ》である、エイ・ラリアーも含まれていたが、その表情もルーダと同じく訝しげなものだった。

罠もなければ敵もいない。城型の宝物殿は数が少なく、総じて攻略適正レベルが高い傾向にあるためルーダはこれまで探索した事がない。聞いた話だと高度に統率された幻影《ファントム》が現れると聞く。

だが、そもそも宝物殿で幻影《ファントム》が全く出てこないなど、にわかに信じがたい。

判断を誤ったかもしれない。宝物殿を遠目に見た瞬間から、本能が激しい警鐘を鳴らし続けていた。

それに従うべきだった、と、今更ながらに少しだけ後悔する。《霧の雷竜》の目的がルーダ達と異なるのは最初から勘付いていた事だ。それでもルーダ達がアーノルド達についてきてしまったのは、護衛依頼から逃げ出すわけにはいかないというのもあるが、交戦を止めなければと思ったからである。

レベル7の《豪雷破閃》とレベル8の《千変万化》がぶつかりあったらどうなるか、ルーダでは予想もできない。感じる力では前者の圧勝だが、《千変万化》の高度な擬態は既に周知である。

いや、本音で言おう。個人対個人ならばともかく、ルーダは《霧の雷竜《フォーリン・ミスト》》と《嘆きの亡霊《ストレンジ・グリーフ》》がぶつかれば前者が敗北すると考えていた。ルーダにはクライの実力はわからないが、その仲間の質の違いは良く分かる。《霧の雷竜》のパーティメンバーも決して弱くはないが、しかしそれでも、《絶影》を初めて見た時の衝撃には遠く及ばない。実際に湖畔ではするりと逃げられている。二人しかいない状態であれなのだ、帝都でも高名な残りのメンバーも揃えば、《霧の雷竜》に勝ち目などない。つまるところ、ルーダがここまできてしまったのは《霧の雷竜》が敗北した後、間に入るためなのだった。

《霧の雷竜》のメンバーは粗暴で一般市民がトレジャーハンターと聞いて想像する姿そのものだったが、決して悪人ではなかった。道中、絶体絶命な状態になってもルーダや《焔旋風》を見捨てることはなかった。借りは返さねばならない。

クライの元にはティノもいる。ルーダだけでは止められなくても、ティノと一緒に慈悲を乞えば最悪でも命は助かるだろう。そんな事を考えていた。今思い返せば、甘いと言わざるを得ない。

確かにルーダが慈悲を乞えばクライは頷くだろう。クライが頷けば《絶影》も首を横には振るまい。

だがそれが成立するのは、対面した後の話だ。対面する前に——死ぬかもしれない。

【万魔の城《ナイト・パレス》】の難易度はルーダの想像以上だった。まだ幻影《ファントム》と交戦していないが、交戦するまでもなくわかる。ここと比べれば、以前探索した【白狼の巣】など天国のようなものだ。

青い顔をしながら必死に精神を集中するルーダの後に、更に顔色の悪い《焔旋風》が続く。

ルーダ達は本来の宝物殿の探索で組むメンバー数を遥かに越えた大人数だが、そんなの何の慰めにもならない。この地獄のような地に住み着く怪物達を前に、恐らくルーダやギルベルト達は手も足も出ないだろう。頼みの綱は先に宝物殿に入っているはずの《千変万化》だけだ。緩いような表情をしながら全てを手の上で転がすあの男ならば、ルーダ達がここに来ている事もわかっているだろう。

いや、ここまで来た以上はそう願うしかない。

エイは、少し様子を見るだけだと言った。ここで死ぬつもりはない、と。

場に満ちるマナ・マテリアルはこれまでルーダが感じたことがないほど濃く、ルーダの能力を、徐々に、だが確実に強化しているのを感じる。いい経験だ。そう笑い飛ばせたらどれだけいいか。

【万魔の城】の内部は想像とは異なり、どこか荘厳とした雰囲気があった。石を組み上げられて作られた外壁と高い門は景観と調和が取れており、まるで今まさに作られたばかりのように劣化がない。

アーノルド達を待っていたかのように自然と開いた扉は金属に見えて、触れれば不思議な質感が感じられた。この城が丸ごとマナ・マテリアルからなっている証左である。恐らく、全力を使えば崩せそうな門や破れそうな扉も、見た目からは想像できない硬度を誇っているだろう。

叩きつけるような雨に耐えながらも慎重に門の周囲を確認するが、本来兵士が詰めるべき部屋は空っぽで誰もいなかった。テーブルや椅子、火の灯ったランプなどが残されているのが酷く不気味だ。

エイが部屋の中を覗き込み、ハンターでもないのにここまでやってきた豪胆なクロエに尋ねる。

「嬢ちゃん、この宝物殿について何か知らないのか？」

「残念ながら、ほとんど探索の記録がないんです。探索者協会は《嘆きの亡霊《ストレンジ・グリーフ》》が後進に繋がる情報を持ってくる事を期待していました」

クロエの言葉に、アーノルドがしかめっ面を作る。事前情報のない宝物殿はハンターにとって忌避すべき対象である。それもまたこの宝物殿が長らく探索されなかった理由の一つなのだろう。そして、そういった宝物殿に平然と立ち入る者というのは、馬鹿か英雄かのどちらかだ。

門を抜けると、地面には滑らかな石が敷き詰められ、道を作っていた。左右に細い道が、正面に太い道が延びている。周囲にはよく手入れされた木々が均等に植えられていて、分厚い雲に遮られ光がまともに届かない中、歪《いびつ》に見えた。アーノルドが大剣を握り、いつでも戦闘に入れる体勢で言う。

「……戦闘の跡がないな」

「上書きされたのかもしれやせんが――」

確かに雨は酷いが、足跡くらいならともかく、戦闘跡はそう簡単に上書きされるものではない。まだ門を通り過ぎただけだ。ここまで一度も接敵しなかったというのは不思議だが、常識的に考えれば、城の建物に入ってからが本番だろう。

アーノルドが険しい表情のまま、しかし堂々と正面の道を歩く。仰げば暗雲を纏い聳える漆黒の城が見えた。

「しかし、クライ達はどこまで行ったのかしら……」

城には入っていないとは思いたいが、《千変万化》には何をしでかしてもおかしくない危うさがある。

クライ含めた三人にキメラや謎の魔法生物はともかく、恐らく強制的に連れてこられたであろう

　ティノの事が少しだけ心配だ。ティノは確かに強かったし、アーノルドと一対一で戦っているのを見た時は唖然としたが、レベル８の宝物殿に挑めるようには思えない。

　もしかしたら今頃酷い目にあってしくしく泣いているのではないか。自分の事を棚にあげるような考えだが、そんな余計な事を考えなければ緊張に押しつぶされてしまいそうだった。

　幻影《ファントム》が出るのならば、できるだけ出口の近いうちに——できれば、城に入る前に出て欲しい。相手が単体だったら尚の事いい。最善は、戦闘に入る前にクライが戻ってきて、偶然顔を合わせる事だが、何故だろうか、そうなる未来が全く見えない。

「おい……お前ら、大丈夫か？」

「あ、ああ……少ししんどいが問題ない」

「まだ幻影《ファントム》すら見てないしな」

　エイの言葉に、《焔旋風》のリーダーであるカーマインとギルベルトが答える。だが、緊張のせいかその表情には深い疲労が滲んでいた。もしかしたら自分も同じような表情をしているかもしれない。

「嬢ちゃんも平気か？」

「はい。ですが……なるべく早く出たいところです」

　なんとしてでも生きて帰る。冷静に考えると、今回ルーダが受けたのは言わばただのお使いなのだ。こんなお使いの最中に死んでなるものか。改めて気を引き締め直し、大きく息を吸ったところで、先頭を歩いていたアーノルドが立ち止まった。

　不意に、耳にノイズのような物が入ってくる。《霧の雷竜《フォーリン・ミスト》》のメンバーが散開し、素早く陣形を組む。

ルーダ達の進行方向、十メートル程の所で、闇が蠢いていた。クロエが剣を抜く。

ノイズが強くなる。薄かった闇が一箇所に集まり、色と形を持つ。

《霧の雷竜《フォーリン・ミスト》》の後ろにいたカーマインが目を見開き、数歩後退った。

「幻影《ファントム》の……発生!? 馬鹿な……人の眼の前で発生しないのでは？」

「ひっひ……マナ・マテリアルが強すぎるんだ」

エイが冷や汗を流しながらも、半ば引きつった笑みを浮かべる。

一般的に幻影《ファントム》はマナ・マテリアルが一定量蓄積する事により発生すると言われている。そして、宝物殿にハンターが居合わせた場合、マナ・マテリアルはハンターの方に吸収されるため、眼の前で幻影《ファントム》が発生する事はまずありえない。

過去に例がないわけではないが、それは高レベル宝物殿特有の極めて珍しい現象と言えた。

《霧の雷竜》の魔導師《マギ》がぶつぶつと攻撃魔法の詠唱を始める。それを聞き、慌てて《焔旋風》の魔導師《マギ》もそれに続く。戦闘態勢に入る味方に、ルーダも冷静さを取り戻す。

驚いたが、考えてみれば目の前で幻影《ファントム》が発生するというのは幸運だ。相手が体勢を整える前に攻撃できる。もしかしたら相手の反撃を許さず、一方的に倒せるかも知れない。

闇が集まり、現れたのは騎士だった。身の丈はアーノルドと同程度。頭部を完全に隠す漆黒のヘルムに、鎧で全身を隠し、漆黒の剣を腰に帯びた闇の騎士。それが——二体。

まずい、と思う。この宝物殿でかろうじて適正レベルに引っかかっているのはアーノルドだけだ。それ以外のメンバーについては、《霧の雷竜》のメンバーであっても、恐らく適正を大きく下回っている。まだ幻影《ファントム》の強さはわかっていないが、初戦で二体と遭遇するのは運が悪い。

そして、逆に二体でよかったとも思う。アーノルドが一体、それ以外のルーダ達全員でもう一体相手をすれば数が合うのだから。

やるしかない。覚悟を決める。命のやり取りをするのは何もこれが初めてではないのだ。

幻影《ファントム》が形を持った瞬間、エイが叫んだ。

「やれッ！」

二つのパーティ。二人の魔導師《マギ》が不意打ちに選んだのは、炎の魔法だった。

青い炎の刃が、圧縮された炎の弾丸の嵐が、動き出したばかりの黒騎士を襲う。

黒騎士は回避の素振りすら見せずそれを受けた。

くぐもった音が連続して響き、瞬間的に発生した光が視界を阻む。

「やったかッ!?」

「わけ、ないだろッ！」

ギルベルトの声に、エイが叫び返す。結果を確認するその前に、アーノルドが動き出していた。

その巨体で、巨大な両手剣まで持っているのに凄まじい速度だ。紫電を纏い駆ける様はまるで雷神のように雄々しい。光が晴れる。咆哮と共に、アーノルドがその大剣を振り下ろす。それを、黒騎士は腰から抜いた剣で迎え撃った。

甲高い音が響き渡る。その結果に驚く間もなく、アーノルドの後ろをついていったエイがもう一体の黒騎士の後ろに回り込み、膝裏を蹴りつけた。

騎士は攻撃魔法を正面から受けて、何の痛痒《つうよう》も見せていなかった。ヘルムにもアーマーにも傷は疎か、曇りの一つすらできていない。攻撃魔法はルーダが見ても十分な威力を持っていた。ルーダがまともに受ければ致命傷ではなくても、重傷は免れ得ない、そんな威力だ。

そんな一撃を受けて無傷とは——何という、硬さ。

鎧兜を着ている幻影《ファントム》が硬いのは【白狼の巣】でも知っていた事だが、まさしく格が違う。

「ぼやぼやするなッ！」

黒騎士が剣を翻す。その速度はルーダの動体視力を以てしても捉えきれない。

超高速で放たれた一撃を、アーノルドは大剣を傾け最低限の動作で受ける。剣を交わす音がまるで一つの音のように繋がって聞こえた。

顔を赤くし、険しい表情で受けるアーノルドに対して、黒騎士側は動揺の一つも見せていない。

だが、問題はもう一体に攻撃をしかけたエイの方だ。そちらの戦闘はほぼ一方的だった。黒騎士が攻撃し、エイが回避する。全身を覆った騎士の装甲はエイの攻撃を一切寄せ付けず、ほぼ不意打ち気味に脚に放った初撃すら何のダメージも与えられていない。

だが、その目論見だけは成功していた。エイがアーノルドに続けて突撃していったのは、さすがのアーノルドでも二体同時に相手しては分が悪いと考えたためだろう。

黒騎士の一体はエイを追うのに専念し、もう一体に加勢する気配はない。エイが目にも留まらぬ剣閃をなんとか回避できているのは、黒騎士の身のこなしがそこまで速くないためだ。剣の速度はかなりのものだが、背後を取れれば振り向く必要がある。一歩後ろに下がられれば追わねばならない。

上手く立ち位置を変え、決して正面からぶつからない立ち回りは《絶影》とは違って盗賊《シーフ》としての王道をいっていた。その隙に、《霧の雷竜《フォーリン・ミスト》》の剣士《ソードマン》が三人、エイに加勢をする。三人の大柄な剣士《ソードマン》に包囲され、黒騎士が様子を見るように手を止める。合図もない鮮やかな動きに、ギルベルト含め、《焔旋風》のメンバーはまったくついていけていない。

「クソっ、化物め……これが、雑魚《ざこ》かよッ……」

取り囲んだ、《霧の雷竜》の剣士《ソードマン》の一人が、荒く呼吸をしながら黒騎士に剣を向ける。その言葉に、エイが深い笑みを浮かべた。額には汗が浮いているが、その口調は鷹揚《おうよう》だ。

「ああ、全く大したもんだ。だが……型には、はめたぞ」

「うおおおおおおおおおおおおおおおおおおおッ!!」

膠着状態に陥ったエイ達だが、一方でアーノルド対黒騎士の戦闘は激化を極めていた。

優勢なのは凄まじい速度の剣閃を見せ、攻撃魔法を一切通さない装甲を誇る黒騎士だ。大剣は一撃の重さを重視した武器だ。その一撃が容易く防がれた以上、どうしても大振りになってしまう大剣を手にしたアーノルドでは苦戦は必至。——ルーダも、ギルベルトもそう考えていた。

戦闘の展開は予想外の方向に進んでいた。

エイにフォローが入った所で手の空いた魔導師《マギ》が、アーノルドに短い杖を向け、叫ぶ。

「アーノルドさん、いきます！　『高加速《ハイ・アクセレイト》』！」

白い光線がアーノルドを貫く。身体能力を強化する魔法だ。身体強化系の魔法は諸刃の剣である。特に筋力や瞬発力の増強は、身体の感覚が一変するため、使いたがらないハンターが多い。

ルーダも一度受けて驚いた事がある。今この瞬間、アーノルドの身体は凄まじく軽くなっているだろう。あまりにも軽すぎて——剣を上手く制御できない程に。

「ッ……!」

だが、ルーダから見たアーノルドの挙動は全く変わらなかった。神速の一撃を最低限の動きで受け止めている。一瞬、不発だったのかと思ったが、すぐに自分の勘違いに気づく。

慣れているのだ。急に感覚が変わる事に、慣れている。異様なまでの感覚の変化に順応するには血の滲むような努力が必要だ。恐らく、数えきれないくらい訓練してきたのだろう。何度も何度も身体強化系の魔法を受け、いついかなる時にも対応できるように。

続けて、筋力、持続力、防御力と順番に強化魔法が掛けられている。強化魔法を受けながらも剣を受ける事に終始するアーノルドの姿は凄まじい怒りを堪えているようにも見えた。

アーノルド達の行動に気づいたのか、エイ達が押さえていた黒騎士の動きが変わる。防御を考えない神速の一撃を一人が受け損ない、組んでいた陣が崩れる。それでも、《豪雷破閃》は動かない。

ギルベルトがその間に入ろうと駆け出そうとするが、すかさずエイが叫んだ。

「邪魔だ、来るんじゃねえッ！　何かあったときのためにそこにいろッ！　まだ大丈夫だ！」

ギルベルトが止まり、悔しげに唇を噛み、地面を踏みつける。気持ちはわかった。実力不足がもどかしい。カーマイン達も同じ気持ちだろう。《霧の雷竜》《フォーリン・ミスト》の動きは慣れていた。エイの言う通り、部外者のルーダたちが入ったところで、隙を作る結果にしかならない事は自明の理。

「ッ……クソッ、何かできることはないのか——アーノルドは何をやってるんだ？　あんなに身体強化魔法を受けたのに」

「………？　ちょっと待って、あれって――」

ふと、アーノルドと剣撃を交わしていた黒騎士の動きが一瞬止まる。わずかにできた隙に、アーノルドが剣を押し込み、黒騎士が後ろに下がる。

疲労――ではない。人外である幻影《ファントム》は総じて人間よりも耐久力に秀でる。

一瞬気の所為《せい》かと思ったが、そうではない。その生じた隙を皮切りに、黒騎士の動きが少しずつ精細を欠いていく。一瞬動きが止まり、重心が揺れ、膝がびくりと痙攣したように動く。

いつの間にか、戦況はアーノルド側に傾いていた。神がかった剣の冴えが鈍っていく。アーノルドの動きが変わったわけではない。受ける側であるアーノルドはもうほとんど身体を動かしていない。

「！　あ………あの剣、か」

ギルベルトが紫電を纏ったその大剣を見る。その言葉で、ルーダも全てを察した。

雷だ。アーノルドの剣の纏った雷が、相手の剣を伝ってダメージを与えているのだ。

相手は鎧兜を装備している。強固な装甲でも電気だけは防げなかったのだろう。それは一般的に言われる、雷系の魔術のメリットでもある。

恐らく、アーノルドは待っていたのだ。電撃の影響が蓄積し、相手が致命的な隙を晒すその一瞬を。

小賢しいと言われれば、その通りだろう。アーノルドの体格と巨大な剣からは想像できない搦手《からめて》に近い戦法だ。だが、ルーダはその戦法から歴戦のハンターならではのしなやかな強さを感じた。

これが――レベル7。研鑽と経験の末たどり着いた戦術なのだ。そして、ついに黒騎士の身体がふらつき、膝をつく。ようやく生じた大きな隙に、アーノルドが咆哮した。

空気が震えた。凄まじい戦意に、もう一体の黒騎士の動きまで止まる。アーノルドが大きく掲げた剣が輝き、金の光を灯す。エネルギーの余波で身体が痺れる。

それは、雷だった。自然のものとは違う、竜の息吹を思わせる――金色の雷。ティノとの戦いでも見せなかった、おそらくアーノルドの切り札。

「『豪雷破閃』」

その一撃は落雷を想起させた。クロエが息を呑む。

金色の線が、慌てて剣を持ち上げる黒騎士を通り過ぎた。刃は黒の鎧を貫いただけではなくそのまま石畳を数メートル切り裂き、そのエネルギーを撒き散らす。

黒騎士が爆散した。生死など考えるまでもない。

目を限界まで見開きその光景を焼き付けていたギルベルトが思い出したように息を吐く。

「す、すげえ……ッ！」

「これが――レベル7……ッ！」

《千変万化》に翻弄されていた姿ばかり見ていたが、その一撃は正しく英雄の一撃だ。

刃を振り下ろしたアーノルドの身体は未だ電撃を纏い、金色に輝いていた。

勝利を喜ぶ気配もなく、細められた金眼が、次の獲物に向かう。

エイ達がじりじりと囲いを広げる。そして、雷を纏った英雄が黒騎士に向かって飛びかかった。

勝負はあっけない程簡単に終わった。アーノルドの一撃は、速度も込められた力も先程の比ではな

い。雷を纏った一撃が、それを受ける剣ごと黒騎士を両断する。

先程の苦戦がまるで夢のようだ。動くものがいなくなった事を確認し、アーノルドがようやく剣を下ろす。吹き飛ばされた仲間の様子を確認したエイがほっと一息ついた。

「こっちのダメージも大したことはありません。……アーノルドさん、やりましたね。さすがレベル8宝物殿、強敵でしたが——」

「あぁ。だが、こんなものではないだろう」

身体に纏っていた光が弱まる。アーノルドの表情には喜びのようなものはない。確かに、こんな何もない所で出現した事を考えると、ボスではないだろう。常に油断しないのも歴戦の証拠だろうか。だけど、こうしてレベル8の宝物殿で敵を倒せたのだ。もう少しくらい喜んでも——。

と、そこでルーダは不意に何か引っかかる物を感じた。

「やるなあ、おっさんッ！　あの技ってどうやってやるんだ？　俺もできるかな？」

「……寝言は寝て言え」

興奮してふざけたことを真面目に言うギルベルトに、アーノルドが呆れている。地面に転がった幻影《ファントム》の死骸を、エイが眉を顰めて見下ろしている。

確かに、油断はしていない。だが、激戦の後、特有の緩い緊張感が辺りに漂っている。

アーノルドの放った雷のような一撃に負けず劣らぬ衝撃がルーダの脳を揺さぶった。

目を大きく見開く。これは——既視感だ。ルーダは同じような状況に出会ったことがある。

絶体絶命のピンチを切り抜け、傷を癒やし、一息ついて——ルーダは、その時も一緒にいたギルベルトを見た。視線を受けた赤髪の少年が何も考えていない顔でルーダを見返す。

「……ギルベルト、あんた……【白狼の巣】での事、覚えてる？」

「え……？？　何をいきなり…………え……あぁッ!?」

ギルベルトの表情が一瞬で蒼白に変わる。同じことに思い当たったのだろう。それだけ印象に残っているという事か。

戦力も、経緯も、何もかもが違う。だが、状況だけは気味が悪いくらい似ていた。

クライ・アンドリヒに巻き込まれるような形でここに来たという、その点に至るまで。

それを人は――『千の試練』と呼ぶ。

「おっさん、これ、やばいってッ！　おかわりが、おかわりが来るッ！　前回も来たんだッ！」

「……何を言ってる。狂ったか？」

ギルベルトが慌てたようにアーノルドに叫ぶ。何も考えていないのだろうが、今だけはその勢いがありがたい。おかわり、そう、おかわりだ。前回もそうだった。一体の強敵と戦い、なんとか倒したところで――武器違いのおかわりが四体も追加されたのだ。

もしもあの時、クライが助けに来てくれなかったらルーダ達はあそこで死んでいただろう。そして、アーノルドというレベル7がいる今回、助けに来てくれるとは限らない。

気の所為かもしれない。心配しすぎなだけかもしれない。だが、とても無視することはできなかった。急に騒ぎ出したギルベルトに戸惑っているエイに、ルーダも進言する。

「エイさん、ギルベルトの言う通り、動くべきだと思う。前回似たような事があった時は――追加が来たから」

「……ふむ。どうします、アーノルドさん？」

エイの言葉に、アーノルドが仲間たちを見て、唸る。

「……戻るか、進むか、か……」

アーノルドは間違いなく英雄だ。確かにプライドは高いしどうしようもなく融通の利かないところもあるが、いざという時に判断を誤ったりはしないだろう。幻影《ファントム》と交戦した。突破はでき、敵の力量も把握できた。今回は敵の数が少なかったが、このまま先に進めば、誰かしらが重傷を負うだろう。

そして、その事をこの見た目よりもずっと理知的な男がわからないはずがない。

ルークは前に出た。真っ直ぐにアーノルドを見上げる。確証はない。だが、本能が言っていた。ティノを通じてではあるが、ルークは少しだけ《千変万化》に詳しいのだ。

「進むべき、だと思う」

「何……だと？」

予想外の言葉だったのか、アーノルドが瞠目《どうもく》する。エイもギルベルトも、カーマイン達も、皆がルークの言葉に信じられないような表情をしている。

だが、知っていた。『千の試練』は逃げようとして逃げられるものではない。

あの《千変万化》とまで呼ばれる男が、アーノルドの性格を理解できていないわけがない。

だからこそ――ルークは裏をかく事を選ぶ。

全ては直感だ。だが、時には理屈よりも勘を信じねばならないこともある。

そう。《千変万化》ならば、退路に強敵を置く。だが、それをそのまま言えば《千変万化》に恨みを持つアーノルドがどう考えるかわからない。ルーダは真剣な表情を浮かべ、心を込めて言った。

「私の——勘が言ってるの。今は前に進むべき。退路には——強敵がいる。戻るにせよ、一度前に進んでから大きく回るべきだと思う。お願い、一度だけでいいの。私を信じてッ！」


「馬鹿げた話だ。だが、その馬鹿げた勘がパーティを救うこともある」

周囲に気を配りながら、まるで追い立てられるように足早に前に進む。

アーノルドはルーダを信じる事にした。その言葉には実感が篭っていたからだ。

もとより、道の外から幻影《ファントム》が来る可能性がある以上、退路に危険がないとも言い切れない。ルーダはソロのハンターだ。ソロのハンターは危機察知能力に長ける。ハンターたるもの、危険に尻込みするようでは務まらないし、また、致命的な危険にがむしゃらに突撃するようでも務まらない。

つまるところ、アーノルドはその言葉にパーティ全員の命を賭けるだけの価値を見出したのである。

「やったッ！　誰もこないぞッ！　正しい道だったんだッ！」

頻《しき》りに後ろを気にしていたギルベルトがほっと息をつく。

根拠の理由は同じような事があったからだと言っていたが、どれほどのトラウマになっているのか。

道に沿ってまっすぐ進んでいく。巨大な漆黒の城が近づいてくるにつれ、その異質さがビリビリ伝わってくる。果たしてその城に何が棲んでいるのだろうか、歴戦のアーノルドにも予想がつかない。

城の入り口が見えてきた辺りで、ずっと道の左右に生えていた木々が消え、風景が変わる。

その光景に、ルーダが小さな悲鳴をあげた。ギルベルトが青ざめ、アーノルドも思わず息を呑む。

そこにあったのは円形の広場だった。地面に石畳が敷き詰められた円形の空間だ。見晴らしはよく、遮蔽物もほとんどない。城は、広場をまっすぐ通り抜けた先にある。

だが、何よりもルーダ達が絶句した理由は広場の外周に沿うように積まれた黒い山だった。

「何だ……これ……？」

ギルベルトがそろそろと山に近づき、その正体を検め、大きく身体を震わせる。

それは、あらゆる手段で殺された死骸の山だった。

黒い山に見えたのは、そのほとんどを占めているのが黒色の鎧や兜、剣だったためだ。

少し見ただけでも死因が単一ではない事がわかる。焼死。圧死。凍っている物もあり、鎧ごとバラバラにされている物もある。かろうじて残骸の形から、その中身が人型だったことが判断できた。

いや——違う。ただの人型ではない。

それは——先程アーノルド達が交戦した幻影《ファントム》と同じものだった。

「ひ、ひでぇ……なんだ、これは……」

エイが頬を引きつらせ、死骸の山を漁る。山の中から剣を突き刺して取り出した生首は、蛸のような形をしていた。体表は黒。粘液に濡れているが、前面についた二つの緑の目は暗く濁っていて生命の輝きがない。アーノルドが戦った個体は黒焦げにしてしまったため中身をちゃんと確認できていなかったが、どうやら人間ではなかったらしい。

ルーダも恐る恐る死体の山を調べるが、その全てが顔も形も、人間とは少し違った形をしていた。

「異形の兵士――どうやら、軍がいたようですね」

クロエが青ざめながらも平静を装った声を出す。

ギルベルトがうず高く積まれた山を見回し、呆然と呟いた。

「これ、全部、《千変万化》がやった……のか？」

広場は広い。外周に積まれたその数は百や二百ではない。幻影《ファントム》とは、生命活動を終えればすぐに空気中に溶け消えるものだ。マナ・マテリアルの強さに比例し消滅までの時間は長くなるが、これだけ倒したのならばルーダ達があの一戦を除いてここまで素通りできたのも不思議ではないだろう。

アーノルドが全力を出して屠った幻影《ファントム》の死骸をここまで並べるなど、まさしく人間業ではない。

信じられない。だが、信じるしかなかった。他に誰がこのような光景を作り出せるというのか。

多様な死に方をしている死体を見ると、《千変万化》の二つ名も納得できる。

「…………アーノルドさん、み、見てくだせえ。広場の中心にキャンプファイヤーの跡が――こ、こんなところで、なんてイカれた真似を――」

心臓がどくんと強く打った。冷たい何かが背筋を通り過ぎる。

その正体を察し、アーノルドは表情に出さず呆然とした。

長らく感じた記憶のないそれは――恐れ、だった。理解不能な者への、絶対的な強者への恐れ。

俺は今――挑むことすら怖れている。

負ける可能性がある事はわかっていた。だがそれはパーティ単位での話だ。

一対一ならば勝てる自信があった。アーノルドはいつも自分の最強を確信していた。いついかなる時も、酒場で《絶影》に奇襲を受けた時も、路上で重力に押しつぶされかけたあの瞬間ですら。

なぜだろうか、《千変万化》の纏う空気には一切の強さというものが感じられなかった。

だが、ここまで正面から力を見せつけられては、己の判断の誤りを否が応でも理解せざるを得ない。

動悸《どうき》がした。荒く呼気を吐き出し、改めて死骸の山を睨みつける。

これが――レベル８。あまりにも遠すぎる。

あの男にも仲間はいた。だが、それを考慮しても――とても勝てるビジョンが見当たらない。

「…………クソッ、クソッ、クソッ」

歯を食いしばり、剣を強く握りしめる。だめだ。足りない。今の自分ではあまりにも足りなすぎる。何が足りないのか、わからないくらいに。エイがアーノルドの様子に気づき、心配そうに見ている。

リーダーたるもの、前に立ち、仲間に強い姿を見せねばならない。今はクロエも見ているのだ。

激しい葛藤を意地だけで押し込み、前を見る。表面だけでも揺るぎない姿を演じる。

エイの表情が平静に戻る。演技に騙されたわけではない。恐らく、アーノルドの内心を知りつつ、全ての意図を汲んだのだろう。いつもと変わらぬ副リーダーの姿に、少しばかり冷静さを取り戻す。

そうだ。今は葛藤にかまけている暇はない。今考えるべきは、この地獄のような宝物殿からいかにして全員無事に抜け出すかだ。どんな状況にあろうと、たとえその戦意が挫けようと、アーノルドにはパーティを率いる義務がある。それが消えるのはアーノルドが死んだ時だけだ。

《千変万化》を待ち、頭を下げるか、あるいは遠回りして出口を探すか……。

そこで、エイが目を見開いた。ぎくりと身体を動かしたが、すぐに深呼吸をすると、周りに気づかれないよう小さな声でアーノルドに言う。

「……やばいッ。…………来る。大群だッ……めちゃくちゃだッ！　どうにもならねえッ！」

「…………何？」

エイの視線の方――アーノルド達が今やってきたばかりの方向を見る。地平線の先で黒い何かが蠢いていた。まだ距離は遠いが、まるで押し寄せる波のようにこちら目掛けて少しずつ進んできている。

いや、何かではない。それは、騎士だ。黒い鎧兜をつけた異形の騎士の軍団だ。正確な数はわからないが、間違いなく相手にならない大群だった。先日戦ったオークの大群も同じような規模だったが、今回の相手は質が違いすぎる。アーノルドが死力を尽くしたところで半分も削れないだろう。

同じように大群に気づいたルーダが目を見張る。

今にも泣き出しそうな、それでいて笑い出しそうな、絶妙な表情で小さく呟く。

「千の……試練……」

これが試練だと……!?

「狂ってる……クソッ……」

広場をぐるりと見渡す。今から逃げたところで逃げ切れまい。かといって、交戦したとしても万に一つも勝ち目はない。この広い空間では、囲まれて叩き潰されて終わりだ。

皆が絶望していた。だが、最後まで諦めるわけにはいかない。呼吸を落ち着けながら起死回生の策を探す。今の状態ではたった一人を逃がす事すらできない。

ふと視界が広場の更に先にある漆黒の城を捉えた。この宝物殿の本丸だ。

恐らくその危険度はここまでの比ではない。だが——ここで飲み込まれるよりはマシか？

異形の集団はどんどんこちらに接近してくる。もう時間はない。

一時は凍りついていた仲間も、今は我を取り戻し、アーノルドの言葉をじっと待っている。

そして、アーノルドは決断を下した。


「大変申し訳ございませんでしたッ!!」

「ははは……いーよいーよ。まぁ、割とよくある話だと思うよ、うん」

どうやら、温泉へのドラゴンの乱入は旅館にとっても初めての出来事だったようだ。外に出て報告した僕に待っていたのは、旅館スタッフ達による土下座だった。

どうも、水色のドラゴンは、スルスの近くの山に生息する固有種で、リィズの言っていた温泉ドラゴンらしい。名前の由来は温泉好きな事らしいが、本来は山奥に引き篭り人里に出て来るなどないようだ。そりゃそうだ。ちょこちょこドラゴンが入りに来る温泉で旅館なんてできるわけがない。

旅館スタッフも情報は知っていても見たことがない者が多かったらしく、ティノが倒し気絶した水色のドラゴンに戦々恐々としていた。

一番古参だという初老の女将《おかみ》さんがドラゴンを見て言う。

「これは……温泉ドラゴンの子どもです。好奇心旺盛らしいので、例の賊の影響で人がいなくなったのを見て、興味を惹かれて、やってきたのかもしれません……」

「なるほど……まぁ、そういう事もあるよね」

アクシデントなんてハンターにとってはつきものである。迷いドラゴンも迷い巨鬼《ポテ・ドラゴス》も迷いサイクロプスも迷い宝物殿も経験したことがある僕に隙はない。運悪すぎであった。たまに僕の方に引き寄せられているんじゃないかなんて、ありえない妄想を抱いてしまう時もあるくらいだ。

今回はまだドラゴンが成体じゃないだけまだマシだろうか。客がハンターじゃなかったら死者が出ていた案件だが、現実に死者は出ていないのでこれから気をつけてくれればいい。

今気にするべきは、ティノのメンタルケアだ。

ティノは服を着た後も疲れたような眼をしていた。何度か声をかけるが、いつものような笑顔が返ってこない。突発的に起こった戦闘なのだから全裸での戦いもやむなしだと思うし、僕もできるだけ視線は背けていたのだが、ティノくらいの年齢ならばショックは大きいのだろう。

リィズはそういうのを全く気にしないので僕の感覚が麻痺していたようだ。

その時、シトリーがいいことを思いついたと言わんばかりに手を打った。

「そうだ……今日は茹でドラゴンにしましょうッ！」

「え!?　ドラゴンを……食べるんですか!?」

意気消沈していたティノが顔を上げる。ドラゴンはあまり一般的な食べ物ではない。珍しいし、血、肉、骨、どれも等しく高く売れるからだ。だが、うちのパーティはあまり利益とか考えていないので、ドラゴンを狩った日はその一部を食べるのが定例行事であった。始まりは何だったか覚えていないが、うちの野生児達（ルークとリィズ）はムカデだろうが蜘蛛だろうがなんでも口にするのでドラゴンなどまだマシな方だ。

「ねぇ、クライさん。クライさんもドラゴン、好きですよね？　今日はティーちゃんの狩った初ドラゴンですよ！」

シトリーが明るい声で話を振ってくる。ティノが目を白黒させている。

どうやら、ポジティブな方向に持っていくことでティノに嫌な思い出を忘れさせる作戦のようだ。

もしかしたらただの素の可能性もあるが、僕は全力で乗っかった。

「うんうん、ドラゴン美味しいよね。楽しみだなぁ」

ドラゴンに限らずシトリーの料理は何もかも美味しいし、人里で野宿みたいな真似しなくてもいいとも思うが、指摘はするまい。旅館に来てまで料理することもない気もするが、それも言うまい。

「ティノは強いなぁ。よくやった、よくやった」

「きょ……恐縮、です」

ティノがうつむき、小さな声で答える。恥ずかしそうな、でも嬉しそうな声だ。もうひと押しだな。

シトリーがノリノリでさらなるフォローを入れてくれる。

「武器もなし、防具もなしのあんな格好でドラゴンと戦うなんて――ティーちゃん、とっても可愛かったですよね」

「うんうん、そうだね…………え？」

「…………ッ」

せっかく立ち直りかけていたティノが再び震えていた。うつむき、顔を耳まで真っ赤にしてささっと僕から距離を取ってくる。いや、見てない。見てないよ。本当だよ。大体、ドラゴンが暴れている時点でそんなゆっくり観賞している余裕などない。顔には出さなかったし、具体的な行動もしていなかったが、あの時の僕は焦っていたのだ。シトリーがしたり顔でウインクしてくる。

僕は文句を言いたかったが、近くにティノがいたので仕方なく小さくため息をついた。

「え…………？　温泉にドラゴンが出たの？」

温泉ドラゴン探しから戻ってきたリィズが、経緯を聞いて目を丸くする。山に探しに行ったが、どうやらそっちは空振りだったらしい。探してもいない僕たちの方にドラゴンが現れるのに、本当に人生ままならないものだ。

部屋の畳の上でティノが正座し、身体を縮めて上目遣いで師匠を窺っている。どこか不安そうな表情だが、獲物を取られて怒られるとでも思っているのだろうか。リィズはそんな事しないよ。

リィズは真剣な表情で僕の話を聞いていたが、ティノが全裸で温泉ドラゴンとの激戦に勝ったという話を聞くと、ぱぁっと花開くような笑みを浮かべ、正座するティノに飛びついた。

短い悲鳴を上げるティノを抱きしめ、その頭をぐりぐりと撫でる。

「きゃー！　初ドラゴン、おめでとう、ティー！　あんたもようやく『竜殺し《ドラゴンスレイヤー》』ね」

「え？　え？？？」

「今日はドラゴンを食べてお祝いしないと！　ね、クライちゃん？」

「うんうん、そうだね」

「え？　ええ？　そ、そういうものなんですか？」

師匠の喜びっぷりに、ティノが激しく混乱して、こちらを見る。僕は初耳なんだが、リィズがそう言うのだからそういうものなのだろう。

リィズの機嫌はここ最近ないくらいよかった。弟子の成長が誇らしいのだろう。そして、それは師匠としてのリィズの成長も示している。ティノの背をばんばん叩くと、

「でも、やるなら私がいるところでやって欲しかったなぁ。せっかくの記念なのに――」

「お姉ちゃんがいたらお姉ちゃんが倒しちゃうでしょ？　私達はもうドラゴンなんて掃いて捨てるほど倒したし、もういいでしょ」

まぁ、倒さなかったら生きて帰れなかったからね……。

まるで可愛い弟子のためにドラゴンを譲ったような言い方に、ティノが目を見開く。多分シトリーは適当に言っているだけだ。彼女は万事そつがないが、正面からの戦闘には乗り気じゃないのである。

これまでだってシトリーが戦う時は大体、前にルークやリィズ、アンセムがいた。根が後衛なのだ。

「えー。クライちゃん、もっかい一緒に温泉行こ？　私もドラゴンと戦いたーい！」

「うんうん、だめだね」

街全体の警備を強化すると言っていたし、多分二体目は出ないだろう。そもそも大浴場は破損が酷

く、しばらく閉鎖するらしいので、滞在中は部屋の風呂で我慢するしかない。

部屋の露天風呂にドラゴン来たらもう終わりだよ。そもそも僕がドラゴンと戦いたいと言われて、うん、いいねなんて言うわけがないのに、リィズは僕を見て唇を尖らせた。

「えぇ!?　ティーばっかりずーるーいー。クライちゃん、最近ティーの事贔屓《ひいき》しすぎじゃない？」

「!?」

「そうですよ……！　ティーちゃんと私、どっちが大事なんですか!?　はっきり答えてください！」

頭の中にドラゴンが詰まっているリィズと、悪乗りするシトリーを見て、ティノが困惑している。

セリフにするならば、「え？　え？　私、贔屓されてるの？」といったところだろうか。リィズ達の常識に流されると取り返しがつかない事になると思うが幸いなるかな、少しは調子が戻ったようだ。

と、そこでふと、リィズが訝しげな表情になり、弟子を見下ろした。

「でも、ティーって素手でドラゴンに勝てる程強かったっけ？　あんた、もしかして私の訓練で手抜いてた？」

「!?　ち、違うんです、お姉さまッ！　あの……えっと……」

それは僕も考えていたことだ。ティノは才能があるし、リィズに拷問に近い訓練を受けている。だが、それでも彼女はレベル4だし、今回が初ドラゴンだったのだ。『竜殺し《ドラゴンスレイヤー》』が称号として定着しているのは、竜という存在が一線を画した強さを持っているからである。

今回温泉に入っていたドラゴンはドラゴンの中では最下級だったのだろうが、それでも全裸で倒せるような相手ではない。ティノはしばらく唇を震わせていたが、恐る恐る僕の方を見て、小声で言う。

「えっと……その……ますたぁの、仮面を被ってから、身体が軽いと言うか——身体の動かし方が少しだけ理解できた、というか」

マジか……。確かにあの仮面は潜在能力を引き出すと言っていたが、そんな作用もあるのか。

確かに、超ティノの動きは卓越していた。身長も伸びていたし、レベル7のアーノルドに肉薄する程の身のこなしも見せていた。意識もあったみたいだし、仮面を外した後もその時の身体の動かし方を覚えていても不思議ではない。もしかしたら『進化する鬼面《オーバー・グリード》』の力はそちらがメインなのかもしれない。

おい、ふざけんな。僕の潜在能力も引き出せよ。本気出してみろよ！

「へー。そんな効果あるんだぁ……なんか不公平」

帝都で一度試して使えなかったリィズが唇を尖らせる。どうやらセキュリティ（？）的問題で使用拒否されたらしい。

「……………………」

何を言われたのかはわからないが、馬車の中で試してダメだったシトリーが静かに微笑んでいる。

「リィズとティノの証言を考慮すると、引き出せる潜在能力には限界があるみたいだね」

だが、かなり優秀な宝具である。相性もあるんだろうけど……僕も是非あやかりたい。

「た、確かに、ますたぁも使えなかったですし……」

「ティノ専用だね」

まぁ、僕が使えなかったのは潜在能力が低すぎるせいだったのでリィズ達とは少し違うが……。

そしておそらく、潜在能力といってもその全てを引き出せるわけでもないのだろう。ティノはリィズが才能を認めた子である。最終的な潜在能力にそこまで大きな差があるとは思えない。

そこで、シトリーが空気を変えるかのようにぱんぱんと手を叩いた。満面の笑みで言う。

「とりあえず仮面の事は置いておいて、お祝いにしましょう。今日のごちそうは――茹でドラゴンですよ、温泉ドラゴンの茹でドラゴン！」

聞き慣れない単語である。まるで温泉で茹でられたみたいだな……。

だが、異論はない。辛い事は楽しい事で上書きするのがハンターのやり方だ。


中庭に運ばれた温泉ドラゴンを見たリィズの反応は劇的だった。

「きゃはははははははは！　何こいつ!?」

「お姉さま……笑いすぎです」

「なに？　こんなの倒して、竜殺し《ドラゴンスレイヤー》!?　おっかしいの……！」

リィズの言葉はもっともだった。暴れている時は気にならなかったが、気絶し、でんと横たわる温泉ドラゴンは全体的に丸っこく、その明るい色もあってぬいぐるみになってもおかしくないくらいにファンシーだ。ぱんぱん手を叩いて喜ぶリィズに、シトリーが困ったように言う。

「確かに変わったドラゴンだけど、ドラゴンには変わりないから……」

それに、こんな見た目をして戦闘能力はかなりドラゴンだった。何しろ旅館自慢の大浴場がぼろぼろになったのだ。お湯のブレスだって、見た目はあれだが僕が結界指《セーフ・リング》なしで受ければ即死するくらいの威力はあった。

と、一通り楽しんだのか、リィズが涙を拭って言う。

「はぁ、はぁ……でも、温泉ドラゴンって私が調べた限りではもっと凶暴だったはずなんだけど……」

いや、気絶しているところを見るとなんてこともないように見えるけど、十分凶暴だったよ。

「そもそも女将さん曰く、いくら温泉があるからって本来人里に出てくる種ではないらしいですけど」

そんな事を言いながら、シトリーがどこからか借りてきた大きな鉈を取り上げる。鈍く輝く大きな刃は無骨だが恐ろしい。

「うーん……刃が通ればいいんですが……ルークさんもいませんし……」

幻獣や魔獣の体皮は時に金属よりも硬い。シトリーは重い鉈を易易と持ち上げると、その首元に向かって振り下ろす。水色のドラゴンの瞼が開いたのはほぼ同時だった。

「ぴぎゃあ!?」

「あ、避けられた……」

水色のドラゴンがその見た目からは信じられない俊敏な動きで刃を避ける。鈍い輝きの刃が深々と地面を穿つ。ティノが短く悲鳴をあげ僕の後ろに隠れようとして、リィズの視線に気づき止める。

温泉ドラゴンは短い二本の足でよろよろと立ち上がると、薄い笑みを浮かべるシトリーと、目を細めるリィズと、必死の表情で構えを取るティノと、後ろで腕を組んだキルキル君と、棒立ちの僕を見て、悲鳴のような声をあげた。

ちなみに、ティノが止めを刺していなかったのは、調理直前に殺さないと味が落ちるというシトリーの意見によるものだ。温泉ドラゴンがつぶらな瞳に涙を溜め、うるうるとリィズを見る。

「!? 見て、クライちゃん！　この御飯、涙流してるよっ！　涙流すドラゴンなんていうんだねえ」

「そんな怖がる必要はないから。ちゃんと、止めは一撃でやるから、痛いのは一瞬だから」

「ますたぁには傷一つつけさせません…………！」

「きるきる……」

「あんぎゃあ……」

温泉ドラゴンが悲哀を誘う鳴き声をあげる。温泉ドラゴンは確かにそれなりに強かったが、こちらは万全である。ティノに追加してリィズやシトリー、ついでにキルキル君までいるのだ。

もはや運命は決まっていた。どうやら状況を理解しているのか、温泉ドラゴンが焦ったようにきょろきょろと周りを見回す。残念ながら包囲に穴はない。と、そこでその瞳が僕に向いた。

……………うんうん、そうだね。穴はあるね。でも、僕には結界指《セーフ・リング》がある。攻撃を仕掛けた瞬間にリィズに殴られておしまいだ。無駄だから攻撃とかしない方がいいよ……。

そして、温泉ドラゴンが僕の方に向かって身を投げだした。さすがの僕も全力で跳べば避けられるだろうが——万が一逃げられたら厄介だ。仕方ない、一発くらい受けてやろう。

そして、悟りを開いた気分で大きく両手を広げる僕の前で、温泉ドラゴンは大きく身を反転させた。

「!?」

「あぎゃーん……」

温泉ドラゴンは転がり、お腹を見せていた。涙を溜めた目が僕を見上げている。

思いもよらぬその姿に絶句する。ティノがまるで人外でも見るような目で僕を見た。

「あ、あの、ドラゴンが……お腹を見せて、降参してる!? さ、さすがは、ますたぁ、です……」

いやいや、このドラゴンがおかしいんだと思うよ、それにおそらく、僕の強さに降参したのではなく、僕の弱さにすり寄っているのだろう。温泉ドラゴンがお腹を見せたままズリズリすり寄ってくる。

そこには絶対強者としての誇りなど欠片もない。

「きゅーん」

ドラゴンの鳴き声じゃないだろ、こんなの。さっきまで僕を殺そうとしていたのに、凄い手の平返しっぷりだ。僕は試しにそのお腹に足を乗せてみるが、ドラゴンの表情は変わらなかった。どうやら食べられるよりずっとマシだと思っているらしい。なんか親近感が湧く。

「どうします？　クライさん」

「うーん、そうだな……」

シトリーが僕の意志を窺っている。ティノもリィズも僕の決定に従うつもりだろう。

たとえ大人しくしていてもドラゴンはドラゴンだ。仕留めておいた方がいい。事故が起きてからでは遅い。僕は心を鬼にして、なんとなくドラゴンの水色の体表に触れた。

温泉ドラゴンの体は温泉のように暖かく、すべすべしていた。凄くさわり心地がいい。

「……ま、まぁ、許してやってもいいんじゃないかな……死者は出ていないようだし」

「あんぎゃあ！」

こいつを枕にすればさぞ気分良く眠れるだろう。

僕の言葉に、水色のドラゴンが喜びの声をあげた。

……絶対こいつ、人間の言葉、わかってるだろ。


何が悪かったのか、今思い返してもわからない。

稼業が稼業だ。危険は承知の上だった。承知の上のつもりだった。

自分は愚かだった、と、ただ一人豪華な部屋の片隅でハイイロはぼんやりと考えていた。

クロとシロが立てていた脱走計画にも、それを断った時に向けてきた侮蔑《ぶべつ》の眼差しにも、ハイイロの感情は動かなかった。自分は悪党だ。荒っぽい人間の多いハンターの枠からすら弾かれ、犯罪者《レッド》ハンターとして悪事の限りを尽くしてきた。帝都の闇であらゆる物を見てきた。恐ろしい物、醜悪な物、哀れな物、そして——見てはいけない物。その中には、人の命をなんとも思っていない連中もいた。

だが、《千変万化》はそれとはわけが違う。あれはただのハンターではない。

まず、ハイイロが《千変万化》を見て感じたのは違和感だった。レッドハンターの中でもハイイロは特に目が利く。それはあまり能力が高くないハイイロがここまで生き延びてこられた理由でもある。

その男には、修羅場を抜けてきた者特有の覇気がなかった。闇を見てきた者特有の陰がなかった。

何よりもその男は——《絶影》や《最低最悪《ディープ・ブラック》》と異なり、血の気配が一切しなかった。

《絶影》などの特別凶悪なハンターでなくても、ハンターとして活動すれば大なり小なりその身体には血の匂いが染み付くものだ。そして、ハイイロが『気配』と名付けたそれは、高級な石鹸で洗ったとしても決して拭いきれるものではない。それを感じないというのは初めての経験だった。そのため、勝手がわからず最初に態度を誤ってしまったが、今思い返せば馬鹿な事をしたものだ。

レベル8にもなったハンターが、しかも《絶影》達、凶悪なハンター達を率いる男が、一切荒事に関わっていないなど、あるわけがない。つまり、それこそが、何もわからなかったその事実こそが、あのやる気のない雰囲気の青年が、ハイイロでは決して太刀打ちできない怪物である証左である。

道中もその異常性は何度も確認できた。あの青年は目立った働きを何もしていなかったが、それこそが異常なのだ。決してその注意を引いてはいけない。

クライが旅の前、ハイイロ達を切り捨てようとしたあの時、その表情には悪意の欠片も見えなかった。つまり、それは彼にとってハイイロの命が路傍《ろぼう》の石ころ並みにどうでもいいことを示している。《絶影》はハイイロ達を捕らえたが、その事実だって《千変万化》にとっては取るに足らない事だったのだろう。クロ達は疑っていたが、恐らく何もしなければハイイロ達は解放されていたはずだ。

小さく身を縮め、災害が過ぎ去るのを待つような気分で沈黙を保つのだ。貝のように口を閉ざし、石ころになったつもりで過ごすのだ。それこそがハイイロ達が最も生き延びる可能性の高い道なのだ。彼にとって、ハイイロ達が犯した罪など——罪と呼べるほどの、手を下すほどの、興味を持つほどのものではないのだから。

部屋の隅で膝を抱える。自然と意識を集中していたが、クロ達の悲鳴は聞こえない。

当然だ。もしも何かあったとしても、クロ達では悲鳴の一つも上げずに倒されるだろう。

と、その時、まるでタイミングを見計らったように扉がノックされた。

「クロさん、シロさん、いる？」

「ッ!?」

心臓が飛び出るかと思った。一瞬、絶望が見せた幻覚かと思ったが、音と声は消える気配はない。

慌てて立ち上がる。膝が砕けそうになるが、なんとか耐え、急いで鍵を開ける。

この旅館の扉の鍵など、レベル８の前にはないに等しいだろうし、開けないという選択肢はない。

クロとシロは《千変万化》から首輪の鍵を盗むために出ていったのだ。結果は知らないが、《千変万化》が二人の名前を呼んだのは決して偶然ではないだろう。そして、クロとシロの名前しか呼ばなかったのは——その声が実質的にハイイロに掛けられている事を意味している。

扉を開ける。現れた青年は、ハイイロを見て不思議そうな表情をした。相変わらずその佇まいは隙だらけで、その肉体からは暴力の気配がしない。その後ろでは、青年とは真逆の濃い暴力の気配を纏ったシトリー・スマートが、相も変わらず寒気の奔《はし》るような笑みでハイイロを見ている。

だが、一番気になったのはその足元にすがりついている——水色のドラゴンだ。

小柄だし冗談のような色だが、間違いなくドラゴンの形状をした物が、まるで媚びるように頭を足元にこすりつけている。思わず硬直するハイイロに《千変万化》はため息をついた。

「気にしなくていいよ。懐かれたんだ。余程食べられたくないらしい」

何の気なしに放たれた言葉は信じがたいものだった。幻獣が人に服従するなど、ありえない。

《千変万化》が諦めたように肩を竦めて言う。

「ところで、ハイイロさんだけ？　クロさんとシロさんは？」

我に返り、ほぼ反射的に口を強く結ぶ。

何を——見え透いた事を。《千変万化》の口調と表情に不自然なものは見えなかった。だが、ハイイロの目はごまかせない。

本来ならば怒鳴りつけるところだが、ハイイロの口から出るのは弱々しい震えるような声だけだった。心臓が早鐘のように鳴っていた。《千変万化》がハイイロに興味がないというのは確信しているが、それでも恐ろしいものは恐ろしい。弱者にできるのはただ恭順することだけだ。

何を言い出すのか、何をしでかすのか、一切わからないのが恐ろしい。

「お、俺は、止めたん、です……クロと、シロは、あ、あんたから、鍵を盗み取りに行って——」

黙っておいてやるとは言ったが、構うものか。思い起こせば起こすほど杜撰な計画だ。クロとシロの計画は希望的観測が多分に含まれており、幸運が必要不可欠だった。いつもならば考慮するまでもなく笑い飛ばすような計画である。クロとシロがそれを実行してしまったのは、魔が差したとしか言いようがない。いや、彼らはおそらく、目の前の男の恐ろしさに精神が耐えきれなかったのだろう。

黒髪の青年は、ハイイロの言葉を聞き、不思議そうな表情で数度瞬きすると、緩慢な動作で腰につけていた鎖を持ち上げた。鎖には無数の宝飾品に交じって、ハイイロの首に掛けられていた首輪と同じものが二つ下がっている。クライ・アンドリヒがまるで今理解したと言わんばかりの表情で、ぽんと手を打った。笑いたくなるくらいあからさまだが、その動作には驚くほど演技が存在しない。

ハイイロがもしも何も知らない人間だったならば、即座にどうしようもない間抜けと判断してしまっていたかもしれない、そんな動きだ。《千変万化》が苦笑いを浮かべ後ろに聞く。《千変万化》とは違い、シトリーの瞳にはぞっとするような冷たい感情が浮かんでいる。

「シトリー、逃しちゃったみたいだ。……問題あるかな？」

「いえ……特にないかと。まだそう遠くには行っていないでしょう。トドメが必要ならばお姉ちゃんに追ってもらいますが――」

「いや、いい。そういう意味じゃないんだ、いらないよ、わざわざ休んでいるリィズに行ってもらうほどの事じゃないし――ああ、うん。少し予定が変わっただけだ。ところでさ、これはただの興味本位なんだけど――」

そして、クライは頬を掻き、眉を顰め、ハイイロを見た。曇りのない漆黒の瞳に憔悴したハイイロの顔が映っていた。心底不思議そうな表情に、背筋に冷たいものが走る。

ドラゴンが服従し、他人に凶悪な魔物をなすりつけ、人の命に欠片も興味を抱かない最強の男が言った。

「どうして、ハイイロさんは逃げてないの？」

失敗したな……ハイイロさんの言葉は僕にとってまさに青天の霹靂《へきれき》だった。

だって、ちゃんと後で鍵を渡し解放すると言っておいたのに、どうして脱走なんて想像できようか？　まぁ、ロッカーに首輪が入っていたのを見ても脱走に気づかなかった僕は間抜けとしか言いようがないのだが、自分が間抜けなのは今更なので置いておく。全ては温泉ドラゴンが悪い。

だがまあ致命的なミスではない。解放が少し早くなっただけだ。シトリーも問題ないと言っているし、追う必要もないだろう。宝具を盗まれたらリィズに追ってもらっていたかもしれないが、幸いなるかな、宝具は全て温泉に持ち込んでいた。鍵の盗難が彼らの最後の犯罪になることを祈るばかりだ。

しかし、ハイイロさんだけ逃げていないのはどういう事なのだろうか？

思わず吐き出してしまった質問に、ハイイロさんが愕然と目を見開いていた。

ここまでの旅程でずっと見張りをするのは負担だったのか、目は窪み頬は瘦け、もともと溌剌《はつらつ》とした方ではなかったが、まるで枯れ木のようだ。更に僕の問いに、その身体がよろよろと崩れ、床に尻もちをつく。ただ純粋な疑問だったのだが、何故かその顔色は青ざめ、歯がカチカチと鳴っていた。

まずい質問をしてしまっただろうか。そんな自覚はないのだが、冷静に考えてみると盗みや脱走は悪事なわけで、やらなかった理由を聞かれるのも困るかもしれない。

ハイイロさんが大きく見開いた目で僕を見上げ、必死に唇を戦慄《わなな》かせている。

「お、俺は、俺は――」

「いや、ごめんごめん、答えなくていいよ。少し気になっただけだから――」

別に逃げようと逃げまいとどうでもいいことだ。これは僕にとって、ただのバカンスなのだから。

安心させるように声をかけると、ハイイロさんの眼の前に鍵を落とし、大きく欠伸をする。

まぁ面倒事がなくなったのだから良かったということにしよう。

「鍵を渡しておく。いついなくなってもいいけど、せっかくここまで大変だったんだし、しばらく滞在して疲労を癒やしてもいいんじゃないかな。せっかくシトリーがお金を出してくれるんだし」

「……ええ、もちろんです。滞在費なんてどうせ端金《はしたがね》ですから」

シトリーの笑みがぴくりと震える。相手が犯罪者とはいえ、酷使して使い潰したら罪に問われる。捕らえるためなら殺してもいいが、捕らえた後に勝手に殺したら問題になるのがゼブルディアの法だ。

僕は少し不満げなシトリーの肩をつつき宥めると、一応の義務としてハイイロさんに告げた。

「ああ、そうだ。二度と犯罪なんて起こしちゃ駄目だよ」

幸運の女神が微笑んだのか、クロとシロの計画はこの上なく順調に進んでいた。首輪の鍵を外し、宿の者に見咎められる事なく旅館を出て、更には隠してあった物資を持って町の外まで脱出する。

ここまでくれば後は国外に脱出するも、帝都に戻り潜伏するも自由だ。だが、まだ油断はできない。

さすがに馬車は持ち出せなかった。あまりにも派手だったことと、追跡の理由を一つでも減らす事を優先したためだ。

敢えて街道から離れる形で走る事十数分。町の姿が見えなくなった辺りで、クロ達は立ち止まった。

理想的な形で脱出できたにもかかわらず、二人の顔色は優れない。水筒から水を呷り、荒く息を吐き出しながら町の存在する方向を見る。二人の脳裏に残るのは《千変万化》が最後に残した言葉だ。

「何故だ……どうしてあの男は俺達を逃した？」

「ッ……知るかい。レベル8のハンターの考えなんてッ！」

『泥棒がいるかもしれないし……』。大浴場で聞いたあの声は確かにクロ達に向けてのものだった。盗みをやんわり止めるためだったのか、あるいは盗みを見逃す事を示していたのか、クロの頭脳では判断はつかない。ここまで逃げ出せたということは許されたと認識してもいいだろうか？

シロが青ざめた表情で問う。

「……どこに逃げる？　国外か？　帝都に戻るか？」

クロ達は帝都の出身だ。帝都に存在する隠れ家には物が残っているし、潜伏するには事欠かない。

だがしかし、《千変万化》は帝都ゼブルディアを拠点とするハンターだ。このまま戻れば何が起こるかわからない。たとえ《千変万化》がクロ達を許したとしても、《最低最悪《ディープ・ブラック》》や《絶影》はクロ達を見逃さないだろう。クロは確信を込めて言った。

「国外、だ。奴らに睨まれた以上、ゼブルディアは危険過ぎる」

「ああ、そうだな……俺も同じ考えだった」

その言葉に、シロが忙しなく周囲を探りながら答える。国外に出て遠くに逃げればさすがの《絶影》も追ってこないだろう。あの女はそうまでするほどクロ達に固執していないはずだ。

シロが鞄の中からゼブルディアの地図を出し、広げる。簡易的な物だが、どちらの方向に行くのが国から出る最短になるのかくらいはわかる。

クロもシロも、もともとハンターとしての実力はそれなりに高い方だ。いや——あの地獄の行軍を思い出せば、今後どのような修羅場がやってきても乗り越えられるだろう。そんな気がした。

シロの目はギラギラと生命力に輝いていた。なんとしてでも逃げ延びるこのチャンスをものにしたい。そんな目だ。クロも同様の思いである。

シロが短く尋ねてくる。

「……どう逃げる？」

スルスの町は三方を山に囲まれている。逃げるのならば、クロ達が行きに通った道だが、それは逃走路を推測しやすいということでもある。一番可能性が高いのはどのルートか——と、頭を悩ませたその時、ふとクロの脳裏に、《千変万化》達が行っていた馬車での会話が蘇った。

地図を真剣に確認する。スルスの近く、ほんの目と鼻の先に存在する広い区域をじっと見つめる。

ゼブルディア帝国の国境付近に領土を持ち、魔物や幻影《ファントム》、侵略者を退ける帝国の剣。精強な騎士団を擁し、賄賂もほとんど通じず、脛に傷を持つ者ならば滞在を避ける、そんな土地だ。

そして、《千変万化》が絶対に通りたがらなかった場所でもある。クロは乾いた声で決断を下した。

「グラディス伯爵領……ここを抜ける。山を越えるぞ」


やはりバカンスは最高だ。スルスでの時間は飛ぶように過ぎていった。

ご飯も美味しいし温泉も最高だ。温泉ドラゴンの件があるせいか、旅館の従業員に尊敬の目で見られる事にだけは辟易《へきえき》したが、色々おまけしてもらっているし気にしなければいいだけだ。

一日の終わり、過ぎ去った日々を思い起こし今日もまた無駄に過ごしたと後悔することすら楽しい。

旅館の大浴場は破壊されてしまったので部屋つきの露天風呂しかないが、それはそれで周囲を気にせずゆっくり入れていい。それに、もしもどうしても広い湯船に浸かりたかったら、外の温泉に行くという方法もある。少し警戒していたのだが、初日以降はドラゴンが出ることもなかった。

唯一残念なのはルーク達が一緒に来られなかった点だけだ。帝都に戻ったら文句を言われるかもしれないとはいえ、旅行に行く際などは大体一緒だったのだ。パーティについて行かなくなって久しい。

まぁ、だが、それもまた次は一緒に来ればいいだけだ。帰ったら思い切り自慢してやろう。

ここの温泉が湯治に使われているという話はシトリーから聞いていたが、癒し効果は確かだった。僕には古傷などないが、いくらでも延々と入っていられる気がする。湯はやや熱めだったが、熱耐性の宝具の指輪をつければそれも問題ない。

今日もゆっくり温泉に浸かり、上半身だけ外に出しながらうつらうつらしていると、いつも通りリィズとティノが言い争う声が聞こえてきた。リィズは自重しない。パーティで山奥の温泉に入った時も、一切の慎みなく一緒に温泉に入ろうとしてくる娘だ。駄目だと言っても入ろうとしてくる子だ。彼女は僕を男である前に幼馴染だと思っているのである。

ちなみに、少し下世話な話だが、ハンターのパーティでは男女の垣根が割と低い事が多い。装備が壊れたりすることもあるわけで、互いの裸を気にしていてはどうにもならないのである。

だが、恥じらい一つ見せないのは何か違うと思う。

僕も実際は男だし、ルークのように剣の事以外に興味がないわけでもないので、気になるものは気になるのだ。スキンシップには慣れていても肌を見せつけられるのは目に毒だし、そのまま抱きつかれるのはもっと毒だ。

いつもはルシアが魔法でうまいこと遠ざけてくれるのだが、今回は天敵がいないので元気いっぱいである。温泉を目指した時点で予想はついていたのだが、温泉欲の方が勝っていたのであった。

ティノの悲鳴があがり、次の瞬間がらりと部屋への扉が開けられる。

「ますたぁあああああ逃げてくださいッ！　っていうか、ますたぁ、お風呂入りすぎですッ！　一日に何回入るんですかッ！」

「クライちゃんッ！　あのねぇ、お酒、持ってきたの、一緒に飲も？」

僕は、浮き浮きしているリィズの声に、眠気を堪え大きな欠伸をしながら答えた。

「……しょうがないなあ、リィズは。ちゃんと身体洗ってから大人しく入りなよ」

浴衣を着たティノとリィズを引き連れ、両手に花の状態で町を散策する。どうやら温泉ドラゴンの出現は町全体に衝撃を与えたらしく、それを倒した僕達一行は有名人扱いだった。

もともと観光客がほぼゼロだったので目立ったのだろう。温泉ドラゴンはドラゴンの中では低位のようだが、それでもドラゴンはドラゴンだ。一般人からしたら手に負えない幻獣である。今は旅館の僕の部屋の露天風呂でぬべーっとしているので忘れそうになるが、あれは危険なのだ。

それを（結果的には殺さなかったとはいえ）倒せば称賛を受けるのもある意味必然なのだが、ティノはこういったシーンに慣れていないのか少し表情が硬い。

「こういう時はニコニコしていればいいんだよ。どんと構えればいいんだよ。すぐに収まる」

「は、はい。ますたぁ……」

散歩中にただで貰った温泉ドラゴン饅頭を食べながら町中を歩く。温泉街なだけあって全体的にのんびりとした実に僕好みの空気が漂っていた。泊まっている旅館以外にも、町中には幾つもの浴場がある。泉質は変わらないだろうが、幾つか試しに入ってみるのもいいだろう。

ティノとリィズがいつもと違う服装をしているのも新鮮だ。

いつもと比べると露出は少ないが、浴衣姿はその体型がスリムなのもあって、とても良く似合っている。温泉の蒸気のせいかその肌もいつもより少し赤く、なんとも言えない色っぽさがあった。

そう言えばシトリー曰く、浴衣の合わせが右前なのは、右手を懐に入れて胸を揉めるようにするためらしい。明らかな嘘つくんじゃない、こら。そんないやらしい服があるわけないだろ！

外周近くでは、シトリーが数人の立派な服を着た男性を連れてビジネスに勤しんでいた。

浴衣姿でにこにこしながら、首の辺りまでしかない低い外壁を指して言う。

「景観と安全では安全の方が大切です。結界は魔物を遠ざけますが、力ある者や人間を遠ざけてはくれません。如何《いかが》でしょう、最新のゴーレムを買いませんか？　少々お値段は張りますが、戦闘はもちろん土木作業にも使えます。人件費を考えれば安いでしょう。入浴していたのがレベル８ハンターなんて幸運、二度とありませんよ？　この町はクライさんも気に入ったようですし、まだ試験期間中なので――今なら半額、武器もセットで付けて三十体で十億ギール、プラス税です！」

いつもローブで隠されているが、シトリーのスタイルはリィズと比べてかなりいい。背も少し高いが、胸が比べ物にならない。おそらくこの町の運営を担当しているであろう爺さん達は、シトリーの艶姿《あですがた》に視線を取られつつも、小声で話し合っている。この規模の町に十億ギールはかなり重いだろう。

そもそも、ゴーレムでドラゴンに勝てるのだろうか？

何故バカンスに来たのに商売をしているのだろうか？　何もかもわからない。

「シトリーお姉さま……抜け目ないです」

「弱みをつくことに関して、シトは一流だからねぇ……」

あまりにも自由過ぎるシトリーちゃんに、ティノもリィズも呆れ顔だ。

あまりにも自由過ぎる。まぁ、初日に温泉ドラゴンを探しに山を登ったリィズもリィズだが……。

シトリーが僕を見つけ、商談中にも拘らず笑顔で駆け寄ってきた。つい右前の襟元に視線を取られてしまう。

「……精が出るね」

「これ以上温泉ドラゴンが出たら台無しなので……ついでに新兵器の性能試験もでき、一石二鳥かと」

死の商人かな？　……だが、確かにシトリーの言う通り、この町は余りにも無防備に思える。盗賊団関連で一時的な話なのかもしれないが、今しかいない僕にとっては問題だ。

しかしそれにしても十億は高い。少なくとも即決できるような額ではないだろう。原価はいくらなのだろうか？　町のお偉いさんも少し諦め顔だ。性能も目にしていないゴーレムに即決はできまい。

僕は少し迷ったが、シトリーに進言した。

「シトリー……もう少し安くならないの？」

「え…………おいくらにしましょうか？」

シトリーが目を丸くして、僕を窺う。

おいくらにしましょうかって、新しいな……まさか僕の言い値にするつもりかな？　僕は錬金術師《アルケミスト》ではないし、ゴーレムの価値などわからない。本来ならば口出しすべきじゃないこともわかっている。

「…………町の安全のためだし。そうだな……現金支払いじゃなくて、物品で支払って貰うとか……」

「物々交換ですか。この町の名物は温泉くらいですが…………あ、わかった！　利権ですね!?」

「……あ、後、売るにしても、実物を見て納得してもらった方がいいと思うんだけど……」

「……そうですね…………」

シトリーが思案顔になる。利権って何……？

無料《タダ》にしろとは言わないし、言ったとしてもそうはならないだろう。彼女はできるだけ僕の意見を尊重するが、決して言いなりではない。僕とシトリーの間にあるのは友人関係なのだ。

しばらくして考えがまとまったのか、シトリーが笑顔で手を打った。

真剣な表情で話し合っていた町の人達に近づき、明るい声をあげる。

「決めました。お悩みなら——私達の滞在中に限り、完全無償でゴーレムをお貸ししましょう！　クライさんからのご厚意です。これ以上、バカンス中に温泉ドラゴンが現れても厄介ですから……購入するかどうかは、その力を見てからでも遅くはありません」

半ばボランティアに近い商談を終え、シトリーを回収し、四人で町を歩く。ゴーレムとやらを連れていなかったが、どうやらこれからここで製造するらしい。シトリーは働き者だ。

「…………よかったの？」

「はい。クライさんの……ためですから……」

幾度目かの問いに、シトリーは晴れやかな表情で頷く。僕は商売については素人だが、今回の商談は明らかにシトリーが損をしているように思える。そもそも、もう温泉ドラゴンが来たのだ。僕達の滞在中に何か来たりはしないだろうし、ゴーレムの力も見せられず売れないのではないだろうか？

っていうか、僕のためじゃなくて町の人のためじゃないの？

だが、シトリーは僕の疑問には答えず、半歩だけこちらとの距離を詰める。

その髪から仄かな甘い香りが漂ってくる。シャンプーの匂いだろうか？　口には出したことはないが、うっかり顔を近づけたくなりそうなとてもいい香りだ。頭が少しくらくらする。

そこで、にこにこしているシトリーと僕の間に、リィズが入ってきた。

「クライちゃん、露骨な点数稼ぎに惑わされちゃだめッ！　こいつ絶対、いざという時に今日の事を貸しとして、ちらつかせるつもりだからッ！」

「そんな事しないよ…………お姉ちゃん、疑い過ぎッ！　ねぇ、クライさん？」

「……うんうん、そうだね」

…………普通にされたことがあるな。そう言えばお金貸しましたよねー、今度家に遊びに来ませんか、みたいな。まぁ、全部僕が悪いんだし、なんだかんだで結局、踏み倒したりするんだけど。

わーわー言い争うスマート姉妹を見ながら、平和を噛みしめる。

ティノも少しは元気が戻ったようだ。後は白剣の集いが終わるまで温泉入ったりしてまったり時間を稼ぐだけである。色々あったが終わりよければ全てよしだ。

しばらくリィズとシトリーを受け持って、これまでお姉さま二人に挟まれ散々な目にあっていたティノを解放するのもいいかもしれない。そんな事をのんびり考えながら歩いていると、ふと温泉街に似つかわしくない無骨な看板が眼に入ってきた。書かれた文字を読んで眉を顰める。

「……工事中？」

「温泉を掘っている最中に賊の噂が入って中断したみたいですね」

有刺鉄線で囲まれた広大な敷地。その真ん中に、大きな穴が掘られているのが見える。温泉をどうやって掘るのか具体的に知っているわけではないが、賊の影響はこんなところまで出ているらしい。

「特に理由がない限り、魔導師《マギ》の力を借りているはずなので……万一の事があったら問題なので、避難させたのでしょう」

「さっさと問題も収まればいいんだけどね……」

囲まれた土地は広大だ。おそらくかなり大きな旅館が建つ予定だったのだろう。穴の周囲には建築資材が積み上げられている。まあ工事が中断しなかったとしても僕達の来訪には完成は間に合わなかっただろうが、早く問題が解決しないとルーク達と一緒に来た時にも未完成のままかもしれない。

そこで、シトリーがぱんと手を合わせ、にこにこと言った。

「そういえば、先程話を聞いたのですが、この辺りはドラゴン以外も色々伝説があるらしいですよ？」

「伝説……？」

伝説か……嫌な予感しかしないな。

聞きたくない気持ちを態度でなんとなく伝える僕を意に介さず、シトリーが続ける。

「何でも、この辺りに出るんだとか」

「……いいよ、そういう話は」

自慢じゃないが僕はお化けが苦手だ。散々追い回された事があるからな。

「違います！　幽霊とかじゃなくて……奇妙な亜人が出るという伝説が――」

「……いいよ、そういう話は」

自慢じゃないが僕は亜人が苦手だ。散々追い回された事があるからな。

やる気の一切ない僕の答えに、シトリーが小さくため息をついて小さく微笑んだ。

「まー、ただの伝説ですけど。最近は目撃情報もないみたいですし……」

そうだろう。そうだろうとも。もうここまで散々な目に遭っているのだ、これ以上何か出てきたら僕の運が死んでいる。

とりあえず目下の課題は盗賊団だろう。

「どこかに盗賊団を相手取れるような強力なハンターがいないものか……」

隣で見ていたリィズが目を見開き、満面の笑みで手をぱたぱたする。だが、僕が言っているのはもちろん、リィズ以外だ。彼女が戦うと僕やティノも巻き込まれるので、それだけは勘弁して欲しい。

と、その時ふと大きな音がした。門とも言えぬ簡素な正門から、やせ細った馬に引かれた、ぼろぼろの大型馬車が入ってくる。尋常ではない様子に数少ない客引きの人達が目を見開いていた。

……新たな観光客だろうか？　ぼうっと見ていると、扉が開き、土気色の顔をした男が降りてくる。

僕は思わず目を見張った。

馬車から出てきたのは――アーノルドだった。姿が変わりすぎて一瞬わからなかったが間違いない。アーノルド・ヘイル。《豪雷破閃》の二つ名を持つレベル7ハンター。何故か僕を狙ってきた男だ。

身体に包帯を巻き、髪もぼさぼさで、頬も痩けているが、ここ最近悩みの種だった男を見間違える訳がない。続いて、見覚えのあるアーノルドの仲間たちと、ギルベルト少年達が降りてくる。

雰囲気が違った。装備が変わっている者もいる。重傷は負っていないようだったが、その足取りはふらつき、満身創痍に見えた。最後に降りてきたクロエだけは少しだけ余裕があるようだ。

こうして僕がアーノルド達に気づいているのに、アーノルド達が僕に気づいていないのが、彼らが満身創痍の証拠だ。いつものコンディションならば、僕の方が先にその姿に気づくなどありえない。

ストーカーか？　だが、ストーカーならばこうして無様に姿を現すわけがないし、その姿はまるで遭難から生還したばかりのように見える。僕も砂漠で遭難した事があるからわかるのだ。

……せっかくのバカンスなのになんて事だ。神は僕の事が嫌いなのだろうか。

ティノが目を丸くしている。リィズの目がアーノルドを確認し、その口元に笑みが浮かぶ。シトリーが目を見開き、納得したようにぽんと手を打つ。このパターンはまずい。

気づかれる前にこの場を去るべきだ。相手はそれどころではないのだろう、周りが見えていない。

リィズの手を握り後ろに下がる。それと互い違いになるかのように、シトリーが前に出た。止める間もなかった。アーノルドに向けて、まるで歓迎するかのように手を叩く。

その表情に驚きはない。まるでこの展開を読んでいたかのような満面の笑みが浮かんでいる。

「これはこれは……ようこそ、スルスへ。随分遅かった、というか……いつも通りベストタイミングと言うか。アーノルドさん。待ちくたびれました。余りに遅いので、ドラゴンはティーちゃんが始末しちゃいましたよ……」

「……ッ!?」

まさかシトリー……この展開を読んでいたのか？　どうやってアーノルドの行動を——全く理解できないが動きを読んでいたのならば……教えて欲しかった。目的地を別の温泉に変更したのに。

アーノルドの目がシトリーに向き、続いて僕を捉え、限界まで見開かれる。

そして、その巨体がぐらりと揺れ、アーノルドは一言も上げることなくその場に昏倒した。

第二章　恐るべき外敵

意味がわからない。混乱している僕を置いて、シトリーが慣れた様子でテキパキと対応を開始した。

とりあえずボロボロの馬車を引き受け、倒れたアーノルドや青ざめるその仲間達、ルーダ達をまとめて適当な旅館にぶち込む。

僕達は遭難経験が豊富である。森でも山でも砂漠でも海でも遭難した。そして同時に、同じくらい遭難者に出会っていたりするのであった。何を隠そう、現在、唯一《嘆きの亡霊《ストレンジ・グリーフ》》に新規メンバーとして参加しているエリザ・ベックも元遭難仲間だったりする。砂漠で一緒に行き倒れた仲だ。

どうやらアーノルドが倒れた原因は疲労で、負傷などはないようだ。

正直あまり関わりたくなかったのだが、シトリーがぐいぐい行くので仕方なくついていく。まぁリィズもティノもいるし、宿に戻ればキルキル君もいる。今の状態のアーノルドならば問題ないだろう。

旅館に併設された食堂で話を聞く。浴衣姿のシトリー達とボロボロのルーダ達の対比が凄い。

ルーダとギルベルト少年、クロエ達の語る冒険は壮絶の一言だった。

どうやら、彼らは僕達を追って【万魔の城《ナイト・パレス》】まで行ったらしい。僕は外から馬車がない事を確認して踵《きびす》を返したのだが、アーノルド達は中に入ったようだ。二つ名持ちが揃っている《嘆きの亡霊》でも適正レベルの外なのに、レベル3とか4の交じったパーティで入るとか、命知らずかな？

「――それで、何とか、大群を死骸の山に隠れる事でやり過ごしたの」

「絶体絶命だった。アーノルドさんの適切な指示がなければ全滅していた」

ギルベルト少年の仲間達がこくこくと必死に頷いている。そのアーノルドさんが指示を出さなければ中に入ることもなかったような気もするが、今はそのような事は言うまい。

余り興味もなさそうな表情で話を聞いていたリィズが目を瞬かせて言う。

「えー、ってことは何？　あんたら、私達のキャンプファイヤーの跡でファイヤーしたってこと？」

「し、してないですッ！」

「高レベルの宝物殿では、幻影《ファントム》を構成するマナ・マテリアルが強すぎて死骸も長時間残りますからね……後始末はちゃんとしたほうがいいかもしれません。どう思います？」

シトリーが思案げな表情をするが、僕の感想は、まさか僕抜きのパーティでもキャンプファイヤーをやっているとは思わなかったという、一言だけだ。

確かに昔はやっていたけど、まさか適正外の宝物殿でもやっているとは――楽しそうで何よりだね。

肝心のルーダ達の話は最初から最後までよくわからなかった。言っている言葉はわかるし、うんうん、そうだねと頷きながら聞いてあげたが、思考回路がよくわからない。

死骸の山に隠れ何とか幻影《ファントム》の大群をやり過ごしたルーダ達は、【万魔の城】を命からがら逃げ出し、付近の町まで撤退した。撤退時に何度も幻影《ファントム》と衝突したことで負傷し、疲労も溜まっていたアーノルド達は避難も兼ねて湯治で有名なスルスを目指した。途中にグラディス領があるのも決め手だったらしい。クロエは僕達がグラディス領を目的地にしていると思っていたようだ。

指名依頼、出されてるのに行くわけないじゃん……どうやら彼女達は僕の事を勘違いしている。

「許してあげて、クライ。彼は貴方に無礼な事をしたかもしれないけど、それでも私達を何度も助けてくれたのッ！」

そこでルーダが声を震わせ、まるで嘆願するように詰め寄ってくる。盗賊《シーフ》用の頑丈なはずの衣装はそこかしこがほつれ、顔色はすこぶる悪い。大きな碧眼の下には隈が張り付いており、アーノルドよりはマシだが、随分苦労したように見える。続き、これまで黙っていたクロエが口を開いた。

「そうですね。探協としてはハンター同士の諍《いさか》いには手を出さない方針なのですが——この辺りで手打ちにしてはどうでしょう、クライさん。アーノルドさんも……十分思い知ったかと」

何言ってるんだ……？　思わずじっとクロエを見る。

僕はアーノルドに対して何もやってないし、やるつもりもない。むしろ、僕の認識ではこちらが逃げる側である。恨みも……まあない。何回か剣で切りつけられたが結界指《セーフ・リング》の力で無傷だったたし、ティノがいじめられた件も……まぁ、無事だった。これまでの経験上、この程度で腹を立てていたらハンターはやっていけない。ストレスが溜まるので忘れた方がいい、まである。これが温泉の力だ。

僕は数度目を瞬かせ、安心させるように笑みを浮かべて言った。

「え……？　僕はまだ何もしていないし、やるつもりもないけど……」

僕の本音に、ギルベルトが青褪め数歩後退る。ルーダの表情からも血の気が引き、名前も知らない他のメンバーも、総じて僕を化物でも見るような目をしていた。クロエまで呆然としている。

「ま、ま、ま、まさか、まだ、ここまでやって、まだ――」

「これが……あの有名な――」

「何の話をしているのか全然わからないな……大体こっちはバカンスなんだ」

「アーノルドさん達の事なんてついでです」

「!?」

シトリーが余計な言葉を付け足す。

フォローしようと思ったが……よく考えてみたらついでですらない。だがそんな事を言葉に出したら火に油を注いでしまう。

何も言わない僕に、《霧の雷竜《フォーリン・ミスト》》の副リーダーの表情は酷く引きつっていた。だが反論しないところを見ると、彼らもこのよくわからない状況をどうにかしたいと考えている事に違いはないようだ。

シトリーが僕を見上げてくる。リィズが口を挟まないのは、僕の意志に任せるということだろう。

緊張したような表情が幾つも僕を窺っている。和解は望むところである。こちらを油断させる作戦ではないだろう。僕は何も考えず、満面の笑みで答えた。

「ま、まあよくわからないけど、手打ちにするのは問題ないよ。せっかくスルスに来たんだからゆっくり休んだら？　ここの温泉は悪くないよ」

どうやってシトリーが彼らの行動を予測したのかもわからないが、どうでもいい。温泉地に来てまで争うことはないだろう。副リーダーがテーブルに両手をつき、頭を深々と下げる。

「ああ、感謝する。悪かった。レベル8を、舐めていた。許してくれ」

「うんうん、そうだね……何もしてないんだけど」

謝る事は何度もあるが、何もやっていないのに謝られるのはちょっと珍しい。

今度こそ確執もなくなっただろう。僕は笑顔で手を叩いた。


考えている事がわからない。

まるで肩の荷が降りたような笑顔で話すクライに、ルーダは隔絶した精神を感じていた。

ルーダにとって、【万魔の城《ナイト・パレス》】は死地だった。もしもルーダ一人だったらあの異形の死骸の山に埋もれ隠れるなどという選択肢は取れなかっただろう。もしかしたら手っ取り早く、城に逃げ込むという選択肢を取っていたかも知れない。もしもそんな事をしていたら、どうなっていたかわからない。

だが、クライの表情にルーダ達を慮《おもんぱか》るような色はなかった。それは、クライがこういった試練を周りに与える事に慣れているという事実を示している。他にも、アーノルドの思考を――心が折れ、逃避を選ぶ事すら読み切った先見は悪魔じみていて、これがレベル8の標準だとするのならば、ルーダはとてもこの域に到れる気がしない。ましてや、ハンターのレベルにはその先もあるのだ。

ともあれ、試練は乗り越えた。今はそれだけで満足するべきなのだろう。

命からがら宝物殿を脱出し、クライとの遭遇を恐れ強行軍で逃げてきた満身創痍の《霧の雷竜《フォーリン・ミスト》》と比較し、クライ達の顔色は非常によかった。唯一心配だったティノについても、浴衣なんて着ていて、この間会った時よりも体調も良さそうだ。

ルーダ達の本来の任務はクロエをクライの下まで送り届ける事である。本来ならばスルスでアーノルドと別れ、グラディス領に入りクライ達と合流するつもりだったのだが、ここで出会えたのはアーノルド達にとっては不運でも、ルーダ達にとっては幸運だったのかもしれない。

ここ数日の強行軍で疲れ切っていたルーダにとって、スルスの温泉は天国のようなものだった。

死骸の山に潜った事で付着した血や肉は宝物殿を出てしばらくして消失したが、疲れは色濃く残っている。湯治にも向いていると聞いているし、ここまでの疲労を癒すにはもってこいだ。

クライの言葉に甘え、詳しい依頼の話は後からすることにして、久方ぶりに温泉に入る。

ティノも一緒だ。浴衣という衣装は知識としては知っていたが、見るのは初めてだった。

ぼろぼろの自分達との違いに、自分でも理不尽だと思うが、少しだけ苛立たしさを感じる。

適当に選んだ温泉だったが、浴場はとても広々としていた。蒸気が肌に触れ、それだけで余りの心地よさに眠気が押し寄せてくる。それを我慢して、久しぶりに身体を丹念に洗う。長い旅程で身体を洗う機会などないのは仕方がないのはわかっているが、女子としてはどうにも我慢し難い話だった。

「あぁ……もうすっごく疲れた……久しぶりに死ぬかと思ったわ」

【白狼《はくろう》の巣】も大変だったが、今回も甲乙つけがたい死地だった。幻影《ファントム》の強さとしては今回の方が上だが、《霧の雷竜》のおかげでルーダの精神的負担は緩和されていたところがある。

「マスターの見る目は信じていたけど――生きていて、よかった」

「正直、予想以上でした。さすが長年訪れる者のいなかった宝物殿です……」

隣に座り、丁寧に手の平で肌を擦っていたティノが小さな声で言う。それに、髪を下ろしたクロエが深々とため息をついた。

ルーダ達も大変だったが、多少腕に覚えはあるとはいえ、ただの探協職員にとってはさらに地獄だっただろう。ここまで弱音を吐かなかった辺りはさすがあの《戦鬼《せんき》》の親族といえるだろうか。

既に何回か温泉に入っているのか、ティノの白い肌はピカピカに磨き上げられていた。どこか腑に落ちないような表情をしているティノに尋ねる。

「そっちはどうだったの？」

「…………温泉で、ドラゴン退治やってた」

「？？？？？」

ゆったり湯船に入りながら話を聞く。その内容にルーダは呆れを通り越して溜息しか出なかった。

どうやらティノもティノで大変な目に遭っていたようだ。全裸でドラゴンと戦わされたハンターなど、世界広しといえどもティノくらいだろう。クライやシトリーといった強力なハンター達が他にもいるのに、ティノに戦わせるあたり、スパルタがよく見える。クロエも呆れ顔だ。

凄く恥ずかしそうに話すティノは、同性のルーダから見ても随分可愛らしい。

ルーダが同じ立場にいたとしたら、恥ずかしさなど感じている余裕はないだろう。終わった後に指摘されたとしても、（もちろん多少の照れはあるにしても）胸を張って仕方がなかったと言えるはずだ。

眼の前の少女は熟達したハンターだが、変なところで恥じらいが残っている。

と、そこで昔の事を思い出し、ティノを見た。

「………あれ？　でも、貴方、以前クライに体位がどうとか言ってなかったっけ？」

「？　……言ったけど？」

ティノが不思議そうな表情でルーダを見る。訓練場でギルベルトと戦っていた時の事だ。あの時はそういう性格なのだと思っていたが、肌を少し見られたくらいで真っ赤になる少女が平然と言えるようなセリフではない気がする。眉を顰めるルーダに、ティノが『ますたぁ』に向ける時とは違う、やや冷たさを感じさせる声で言った。

「あれは……お姉さまの受け売り。狭い所に入る事もあるし、関節の柔軟性は重要。盗賊《シーフ》として当然の事。それをマスターに披露しただけだけど……それが、どうかした？」

「!?　………あ、あなたの、師匠が言ってるのは……そういう事じゃないと思うけど……」

「？　どういう事？」

どうやら、師匠の真似をしていただけらしい。確かにティノのお姉さまはそういう事を平然と言いそうな雰囲気がある。普通、関節部が柔らかい事を、「どんな体位でもいけてしまう」とは言わない。

「………とりあえず、余り皆の前で使わない方がいい単語だと思うわ」

ルーダはお茶を濁すと、口元までお湯に浸かって誤魔化した。

久しぶりの温浴は魂が震える程気持ちよかった。これまでの疲労が全て抜けていくようだ。依頼はクロエを送り届けた時点で終わりだが、しばらくここに滞在するのもいいかもしれない。

「いい経験になったとは思うけど……もう二度と試練は受けたくないわ。ねぇ、ティノ。クライにそう伝えてもらえない？」

うつらうつらしながら、隣に座るティノに冗談めかして言う。

ティノはしばらく沈黙していたが、予想外の事を言った。

「…………まだ、今回の試練は、終わってないと思うけど」

「…………え？」


「おい、《千変万化《せんぺんばんか》》！　本当に、これが修行なんだな？」

「マジだよ、マジマジ。ルークもそれやって強くなったから。僕お薦めの修行法だよ」

「そ、そうか……なんかおかしい気もするけど、なら間違いないなッ！　まさか温泉でやる修行があるとは……これがレベル8なのか。うおおおおおおおおおおおおおおおおお――がぼがぼがぼッ!!」

ギルベルト少年が湯船の中、仁王立ちになって温泉の滝に打たれている。同じパーティメンバー達が呆れたような微妙な表情でそれを見守っていた。

僕は笑いを堪え、そっぽを向いた。どうやらギルベルト少年はルークと同じくらい単純なようだ。

温泉から上がると改めて、湯上がり浴衣姿のクロエが探索者協会の紋章の入った封筒を手渡してくる。クロエ達がここまでやってきた理由がこれらしい。っていうか、ガークさんが探協の職員を一人つけるって言ってたの、クロエか……こんなところまでご苦労な事だ。

僕は封筒を受け取ると、そのまま隣に控えるシトリーに手渡した。クロエが目を見開く。

「な、なんで、見ないんですか!?」

「見る必要なんてないからさ。だいたい、僕はこの依頼を受けるつもりはないんだよ」

「……え!?」

クロエが素っ頓狂な声をあげるが、悪いのは全てガークさんだ。

僕はちゃんと受けるかどうかわからないとはっきり言っておいたのだし、いくら貴族からの指名依頼なんていっても、受領するかどうかはそのハンターに委ねられている。

この臆病で半分引退している僕がどうして依頼を受けると思い込んでいるのか、理解に苦しむね。

封筒を受け取ったシトリーはポケットからペーパーナイフを取り出すと、ニコニコしながら依頼票の封を切る。一応確認しておくつもりなのだろう。ハンターとしての僕に対するシトリーの立ち位置は、クランマスターとしての僕に対するエヴァの立ち位置に似ている。

クロエはしばらく目を白黒させ、慌てたように言う。黒の目が僕の真意を見極めんとしていた。

「あ、あのグラディスからの指名依頼ですよ!?　クライさんの名声にも繋がりますし、グラディス伯爵領での今後のトレジャーハンターの待遇も向上するかもしれません」

「うんうん、そうだね」

クロエにはかつて適当な対応で追い返してしまった負い目があるが、それとこれとは話が別だ。

指名依頼なんて僕一人ではクリアできないし、クリアできたところで貴族からの厄介事が舞い込みやすくなるくらいで、今すぐにでも引退したい僕には一つもメリットがない。

だが、クロエの仕事が仕事だ。それをそのまま言ったところで受け入れられないだろう。

困ったな……察してくれないかな。僕は君達が考えているようなハンターじゃないんだよ。

「な、何なの？　その表情――」

表情で訴えかける僕にルーダが頬を引きつらせたところで、シトリーが依頼票をテーブルに置く。

僕を見ると、さも自分はわかっているとでも言わんばかりの表情で頷いて言った。

「なるほど……わかりました。追うまでもない、と」

「……え？」

クロエが疑問の声をあげる。僕もあげそうになるが、なんとか耐えた。

ハードボイルドは口数が少ないのだ。

シトリーはペーパーナイフをしまうと、にこにこしながら説明してくれる。

「『バレル大盗賊団』の合同討伐依頼です。規模が大きく強力で狡猾で、厄介な盗賊団です。東方の地から流れてきた連中で、百人近い構成員を持ち、高度な連携をもって正規軍すら翻弄すると聞きます。メンバーは精強ですが幹部クラスが特に優秀で――ゼブルディアにやってきたのは最近ですが、他国を荒らし回っていたので探索者協会の賞金首リストにも載っています。上の方ですね」

それ、やばくね？

ハンターは基本六人パーティだ。いくら強くても、相手が百人近い規模となると人数差はなかなか埋めがたい。しかも、正規軍を撃退するとなると相当な実力だろう。探索者協会の賞金首リストの上の方に名前が挙がっているとなると、並のハンターよりも余程強いはずだ。

追うまでもない。ああ、追うまでもないとも。盗賊団の討伐は国の責務だ。何が指名依頼だ。何こっちに厄介な仕事押し付けようとしてるんだよ。合同という事は、グラディスの騎士団と共同で任に当たるのだろうが、ハンター嫌いなのにどうしてこういう時ばかり依頼を投げようというのか。後でガークさんに文句を言おう。上納金払ってんだからこんな恐ろしい依頼、断れよ。

心に誓っていると、ギルベルト少年が訝しげな表情で問う。

「で、なんでそれが、追う必要がないんだ？」

「簡単な話です。彼らが今まで様々な国を荒らし回っても捕まらないのは……彼らが単純に強いからじゃない。彼らの頭がとても優秀で、勝てない相手とは戦わないから、なんです」

僕は全くその名前に聞き覚えはないのだが、シトリーの頭には名前から来歴まで、全ての情報が入っているようだ。《嘆きの亡霊》《ストレンジ・グリーフ》のメイン活動は宝物殿の攻略だが、賞金首狩りも幾度となく経験している。向こうから向かってくるから仕方なく（幼馴染達が）蹴散らしたのだが、その関係でシトリーの持つ賞金首データベースはかなりのものだ。

シトリーの言葉は淀みない。自信を感じさせる口調のせいか、その言葉には不思議な説得力がある。

「彼らは各地を荒らし回って――自分では勝てない相手を派遣されると、逃げ出して、ここまでやってきたんです。レベル8のハンターが派遣されると聞いてまだ居座る程、彼らは蛮勇ではありません」

「な、なるほど……」

「彼らは強者の気配に敏感です。招集するという情報が入った時点で、とっくに撤退の準備は進めていて――既にグラディス領にはいないと思います」

シトリーの話は理路整然としていて、すんなり頭の中に入った。ギルベルト少年のパーティのリーダーが納得の唸り声をあげる。クロエもそこまで考えていなかったのか、意外そうな表情をしている。

僕は内心で喝采をあげていた。自分の無駄に高いレベルが役に立った形だ。

もともと依頼を受けるつもりはなかったが、敵が逃げ出したとなれば、僕には瑕疵《かし》がなくなる。グラディス伯爵もまさか領外まで追え、などとは言わないだろう。

後でシトリーにはお礼をしよう。僕は自信満々に腕を組むと、クロエに適当な事を言った。

「つまり、そういうことだよ。追ってもいいけど、まぁ追う必要はないだろう。僕には僕のやり方がある」

「え……あ、はい」

「そのなんとか盗賊団は、グラディス伯爵が依頼を出した時点で逃げ出すのは必定《ひつじょう》だった。まぁ、こういう事もある。グラディス伯爵も納得してくれるはずだ。シトリーも、説明ありがとう」

「そんな……恐縮です、クライさん」

シトリーの言葉は推測が多分に混じっていたが、彼女の言葉が誤りだったことはほとんどない。よしんば誤りだったとしても、こちらに指名依頼を受ける義理はないんだからどうでもいい。

これで心置きなく白剣の集いまでの時間稼ぎができる。温泉も入れるし、名物らしい温泉ドラゴン卵や温泉ドラゴン饅頭を食べたり、お土産屋を見て回るのもいい。

そうだ、ティノを連れてこの町の甘味処を巡ろう！　護衛代わりになるし、さすがの僕もこの町の甘味処までは把握できていない。にやにや考えていると、ティノが少しだけ慌てたような声で言った。

「ますたぁ。本当に試練は終わりなんですか？」

「うんうん、終わり終わり。マジだよ、マジ」

「ますたぁ…………」

ティノが、どこか切なげな声をあげる。試練なんてない。もう残るは極楽だけだ。

口元を手で隠すが、笑みが我慢しきれない。

必死に声をこらえる僕を、まるで不気味な物でも見るような目でギルベルト少年達が見ていた。


くそッ、レベル7ともあろうものが——なんてざまだ。

アーノルドは失意のどん底にいた。もはやどうしていいかわからない。

身体はずっしりと重く、とても万全な状態とは言えない。だが、より深刻なのは精神面だ。

気絶から覚め、自分が《千変万化》の顔を見た瞬間に気絶した事を理解した瞬間、アーノルドの胸中に到来したのは深い失望だった。誰でもない、自分への失望だ。

相手がレベル8とはいえ、さんざんひどい目に遭わされたとはいえ、その顔を見ただけで気絶するなど言語道断だ。一月《ひとつき》前のアーノルドがもしもそんな言葉を聞いたら、鼻で笑っていたに違いない。

そして、しかし何よりアーノルドに衝撃を与えたのはエイ達の言葉だった。

『アーノルドさんは少し疲れてたんだ。ここしばらくはひでえ目にあっていたし、ずっとアーノルドさんは俺達を引っ張っていた。負担が祟ったんでしょう。今は温泉入ってゆっくり休んでくだせえ』

配慮されていた。もちろん、アーノルドはパーティリーダーだ。これまでだってエイ達は常にアーノルドの言葉を聞き、配慮してきただろう。

だが、これまでは一度たりとも、その言葉に同情が混じる事はなかった。慮るような声をかけられた事はなかった。そして、それはアーノルドが強きリーダーである証でもあった。

天敵の姿を見ただけで気絶する。そんな無様を見せても、パーティメンバー達は去る気配がなかった。一番年少で、強きハンターであるアーノルドに引っ張られてついてきたジャスターでさえ、全く不満を見せなかった。それは、間違いなくアーノルドが築いてきた信頼あってのものだ。

それは理解している。だが、それを理解した上でアーノルドは、天敵を見て気絶するような惰弱な自分を許せないのだ。

戦闘能力は変わっていないはずだ。疲労は重いが、身体能力に低下はないし、愛剣も未だ健在である。むしろ、マナ・マテリアルの吸収量については【万魔の城《ナイト・パレス》】を訪れたことで高まってすらいる。

だが、アーノルドには自分がとても弱くなったように感じられた。

強さの柱は絶対的な自信だ。それが揺るげば如何に肉体面で卓越していても、弱者に変わる。取り戻さなくてはならない。だが、どうしようもない。

エイの忠告を聞き、気晴らしと自省を兼ねて一人、大浴場を訪れる。

だが、湯気と熱気に満ちた広々とした浴場を見ても何も感じなかった。

これは、傷だ。アーノルドは考える。それも、強さを至上としてきたアーノルドにとって致命的な傷である。ハンターとしての魂に亀裂が走っている。もしも自信を取り戻せなければ、トレジャーハンターを引退することになるかもしれない。

この屈辱をバネにするのだ。何度も考えるが、全く感情が高ぶることはなかった。意識を失ったと同時に、まるで自分が別の生き物に変わってしまったかのようだ。

どうやって戦っていたのかわからない。どうやって怒っていたのかわからない。理性ではわかるが、感情が働かない。昔やっていたように舌打ちをし、昔やっていたように胸を張って歩く。だが、所詮はハリボテだ。今はまだ取り繕うことができているが、いずれメッキがはげるようにアーノルドはただの弱者に成り果てるのだろう。

大浴場には他に客はいなかった。そういえば、ただ一人で歩くのは久しぶりだ。

ハンターになってからは、大抵パーティメンバーの誰かが近くにいた。

どこか寂寞《せきばく》とした気分になる。それもまた、以前のアーノルドにはあり得なかった感傷だった。

行動の全てが自分らしくないと感じた。何もかもが――バラバラだ。

次に剣を振るのが恐ろしい。エイ達の心配が失望に変わるのが恐ろしい。そして何より、次にあの《千変万化》と遭遇した時、自分がどうなってしまうのかわからないのが恐ろしかった。

そこまで考えた所で、ふと自分の大きな失態に気づく。

エイはアーノルドが気絶中に《千変万化》に謝罪をしたらしい。報告を聞いた時は礼を言ったが、果たして《豪雷破閃《ごうらいはせん》》はそれを是《ぜ》とするような性格だったか？

否。答えは、断じて否だ。アーノルドはエイの忠告は考慮しても、常に最終判断を自身で下してきた。責任は全てアーノルドが背負ってきた。もしもエイが謝罪したのだとしても、改めて自分でケリをつけにいく。それがアーノルドの考える強きハンターの姿だ。それが、《豪雷破閃》たる男だ。

まさか、そんな単純な事に気づくのにさえ、ここまでの時間を費やすとは――。

改めて深い絶望がアーノルドを襲う。

そして、そこまでわかっていつつ、すぐに身体が動かない今の自分に嫌気が差す。

大きくため息をつく。今まで蓄えた力の全てが抜けるようなため息だ。

もうダメだ。悩むまでもない。こんな状態ではとてもパーティメンバーの命は背負えない。

《霧の雷竜《フォーリン・ミスト》》は解散する他ない。風呂から上がったらエイ達に話をしなければならないだろう。それが、これまで《豪雷破閃》についてきたパーティメンバーへの責任だ。

重い肉体を引きずるようにして、まるで時間稼ぎでもするようにゆっくりと湯船に向かう。

そして、広い湯船に身を沈めようとしたその時、アーノルドの視界をおかしなものが横切った。

思わず意識が空白になり、緩慢な動作で目頭をもみほぐし、目を凝らす。

予想とは異なり、恐慌は起こさなかった。気絶もしなかったし、身体も震えなかった。

《千変万化》が――温泉で平泳ぎをしていた。

優雅な動作でお湯をかき、小さくもない身体が音もなく水面を動いている。

あまりの衝撃に先程までの不安も忘れ、絞り出すような声で問いただす。

「!? な……な……な…………な…………何を、して、いる!? 《千変万化》？」

幻ではない。アーノルドの震える声に、《千変万化》が慌てて立ち上がろうとして盛大にコケる。

大きく水しぶきが上がり、間の抜けた顔がアーノルドを見た。

客のいない大浴場で優雅に平泳ぎを楽しんでいたら、いきなりアーノルドが現れた。のんびりしていたので入ってきた事に全く気づかなかった。一瞬悪夢でも見ているのかと思った。部屋の露天風呂は狭すぎるし、泊まっている旅館の大浴場はまだ整備中なのでわざわざ別の温泉まで足を運んだのに、まさかそこでよりにもよってアーノルドと遭遇するなど、普通想像できるだろうか？　不運にも程がある。これもうストーカーだろ。

湯船の中で盛大に転び、慌てて顔をあげた僕の目に入ってきたのは、引きつった表情をするアーノルドの姿だった。慌てて敵意のない事を示すため、笑みを浮かべ軽く手を振る。

明るい所で改めて確認するアーノルドの肉体は近接戦闘職に相応しく発達していた。

ハンターの成長の志向にはマナ・マテリアルが密接に関係している。簡単に言うと、筋力を求める者はより筋肉が発達するし、速度を求める者は細身になりやすい。女性ハンターの場合はリィズでもわかる通り、目に見えた筋肉の発達が見られない事が多い。これは彼女達が強さと同時に美しさを求めているためだと考えられている。

僕はあまり見る目がないが、そんな僕から見ても《豪雷破閃》の肉体はあらゆる意味で僕よりも遥かに強靭に見えた。その四肢に至っては僕の倍以上の太さがあるだろう。鎧のような筋肉はたとえ無防備に僕の拳を受けたとしてもびくともしないに違いない。一般的に人族は魔物と比べて身体的能力に劣ると言われているが、目の前の男を見る限りではとても信じられない。

ほぼ反射的に指に嵌めた結界指《セーフ・リング》に触れる。宝具を装備している僕よりも素手のアーノルドの方がずっと強いとは、世の中は本当に不公平だ。

もっとも、僕は運が悪いのでこういったアクシデントには慣れている。《霧の雷竜《フォーリン・ミスト》》との確執は副リーダーとの話し合いで一応解消されているわけで、即座に襲いかかられる可能性は低いだろう。

ここで怯えたら逆にアーノルドを刺激してしまうかもしれない。僕は何故かぷるぷる震えているアーノルドに対し、精一杯の虚勢を張った。

「ふ……こんな所で会うなんて奇遇だね…………」

「ッ……こ…………こ、ここ、こ――」

「…………こけこっこ？」

「こッ――こんな、奇遇、あってたまるかあああああああああああああッ!! 貴様ッ！ 何が狙いだああああああッ!?」

やってしまった。ついつい言ってみたい事を言ってしまうのは僕の悪い癖である。

アーノルドが顔を真っ赤にして地団駄を踏む。ただの足踏みで石造りの床に亀裂が走り、天井からはぱらぱらと石片が落ちてくる。

肌に張りついていた水滴が蒸発し白い靄《もや》になっていた。エネルギーとは熱だ。リィズでも見たことがあるが、人間離れしたエネルギーを持つハンターでは、ままある現象だった。

頭を掻き毟るアーノルドに、僕はレベル8ハンターに相応しい毅然とした態度で叫ぶ。

「落ち着いて、アーノルドさん。先に温泉に入っていたのは僕で、後からやってきたのはそっちだ！」

「ッ……あぁッ!?　貴様は、これが偶然だと、そう言うのかッ!?　偶然、俺が入った温泉に、レベル8ハンターが平泳ぎしていた、とッ？」

アーノルドは壊れていた。いつもどっしりと構えるイメージがあったが、余程【万魔の城《ナイト・パレス》】での経験が応えたのだろうか。しかしそう言葉で表現されると――狂ってるな。露天風呂でドラゴンがまったりしていた僕とどっちが衝撃的状況だろうか。

無言で顔を顰める僕にアーノルドが恫喝するような声で言う。

「なんだ？　貴様、この俺を笑いにきたのかッ!?　馬鹿にしてるのかッ!?　からかっているのかあッ!?」

「落ち着いて、ほら、深呼吸して！　いいかい？　僕だって誰かが来るってわかってたら平泳ぎなんてやらなかったよ。確かに温泉で遊泳はマナー違反だろうけど誰もいない事は確認していたし、お湯を汚すような事もしていない！　ただ、楽しく泳いでいただけなんだッ！」

「レベル8が、温泉で泳ぐなッ!!!」

アーノルドの叫び声が大浴場に反響する。ごもっともである。エヴァに知られたら間違いなく叱られるだろう。世知辛い世の中だ、わざわざお金払って来てるんだから少しくらい大目に見て欲しい。

僕は半腰で後退しつつ、目を血走らせるアーノルドを説得にかかった。

下手をしたらこのまま殴りかかってきそうだ。

「そうだ、アーノルドさんは誤解してるんだ！　僕だってただ泳いでいたわけじゃないッ！」

「ッ……あぁ!?　何か納得できる理由があるって言うなら、言ってみろ！」

「…………………修行？」

「あ……ああ…………ああああああああああああああああああああああああッ!!」

アーノルドは咆哮すると、近くにあったお湯を吐いているドラゴンの像に頭をがんがん打ちつけはじめる。ドラゴンの角が折れ、罅《ひび》が入り、お湯が勢いよく吹き出す。レベル7ハンターの頭は石の像よりも硬いようだ。怖い……情緒不安定過ぎる。

だが、僕は今まで何回か同じ光景を見たことがあるのですぐに我に返った。頭を切ったのか、お湯に真紅の液体が混じり始める。だが、アーノルドは頭を打ち付けるのをやめない。

「わかった、わかったよッ！　アーノルドさんは冷静さを失ってるだけだ。きっと、ちょっと疲れてるんだ。【万魔の城《ナイト・パレス》】に適正レベルに至ってないパーティを率いて、おまけにクロエまで連れて行ったんだから無理もない。…………悩みがあるなら聞くよ？」

「あああああああああああああああああああッ！　き、貴様に、相談する、悩みなど、ないわッ！」

僕の厚意全開の言葉に、アーノルドは頭を打ち付けるのをやめると、両手で竜の像を引っこ抜いた。瞠目する。何かがへし折れる音と共に、お湯が盛大に吹き上がる。予想外の展開に思わず下がる。

凄まじい光景だ。両腕で石像を持ち上げ仁王立ちになってこちらを睨みつけてくるアーノルドの姿はともすれば悪夢に見かねない程恐ろしい。

だが、僕は何度か似たような光景を見たことがあるので何とか正気を保っていた。今度からカメラを持ち歩いて衝撃的シーンを集めてアルバムでも作ったら借金を返す一助になるだろうか。

「はぁ、はぁ、認めん、認められるわけがないッ!!　《千変万化》ッ！　貴様にッ、負けて、ハンター引退など、末代までの恥だッ！」

「え？　………………う、うんうん、そうだね……」

「やり直すッ！　絶対に、やり直してやるッ！　何度でもだッ！　いつまでその余裕を保てるか……俺達を、馬鹿にしたことを、後悔させてやるッ！」

どうして僕が馬鹿にしたみたいな話になっているんでしょうか。

別にアーノルド達に興味などないが、恨みを買うのはまずい。敵意のない事を示すために笑いかけようとするが、さすがの僕でもこんな状況では引きつった笑いにしかならなかった。

「ま、待った、馬鹿になんてしてないよ。そこだけは訂正させてもらうッ！　誤解しないでくれ。僕はアーノルドさん達には、凄く期待してるんだッ！　僕はアーノルドさん達の味方だよッ！」

返ってきたのは言葉ではなく、へし折られた石像だった。

凄まじい勢いで飛んできた石像が、結界指《セーフ・リング》の結界に弾かれ盛大に湯船に落ちる。吹き出すお湯と飛沫で前髪が張り付き鬱陶《うっとう》しい。これ以上投げられたらさすがの僕でも裸足で逃げ出すのだが、飛沫が収まり僕の目に映ったのは荒々しい足取りで出ていくアーノルドの背中だった。

怖い。慣れてはいるが、恐怖が消えるわけではない。これだから常に宝具を手放せないのだ。恨みを買ってしまった。これが最後のチャンスだ、何か……何か、言わなくては。

「アーノルドさん!!　温泉入らなくてよかったの!?」

「…………」

「せっかくのバカンスなんだからちょっとはゆっくり楽しみなよッ！」

口から出てきたのは、ろくでもない言葉だった。

あー……もうだめだこれは。

返事はなかった。耳が痛くなるような轟音を上げ、扉が閉まる。

静寂が戻る。僕は半壊した温泉の湯船の中で膝を抱え、深々とため息をついた。


脳内が煮えたぎるような熱を持っていた。冷静沈着を心がけているアーノルドにも耐え難い熱だ。

アーノルドの身体能力は日常生活で支障をきたすレベルで高い。そのため、常日頃から力をセーブして動いているのだが、今日ばかりは上手く力を抜くことができなかった。

床を踏み砕きかねない程の足音を立てて戻ってきたアーノルドに、部屋からエイが顔を覗かせる。

アーノルドの顔を見ると、大きく目を見開いた。恐らく、アーノルドの表情が部屋を出ていった時と一変していたためだろう。

砕けんばかりに噛みしめた歯を剥き出しにすると、アーノルドは低い声で言った。

「エイッ！　鍛え直すぞ。あのフザけた男に、してやられたままでいられるかッ！　真の、本当の高レベルハンターを見せてやる。何が、平泳ぎで修行だッ！　何が、こけこっこだッ!!　クソっ！　俺をチキン扱いかッ!?」

「え…………へ、へいッ！　……【万魔の城《ナイト・パレス》】には驚きましたが、アーノルドさんは戦えてたんだ。順番に宝物殿を攻略して全員が実力を高めりゃ、いつか必ず攻略できるようになるでしょう」

エイが慌てて返答する。部屋の中に屯《たむろ》していたパーティメンバー達も、アーノルドの荒々しい声を聞き、畏怖を浮かべると同時にどこか表情を明るくしていた。

拳を壁につき、アーノルドは先程までハンターをやめようか悩んでいた事を忘れ、叫んだ。

「当然、だッ！　あんな男が、俺達の上にいるなど、我慢ならんッ！　何が、僕はアーノルドさん達の味方だよ、だッ！　この怒りは、奴を越えない限り、絶対に収まらんッ！　こんな所で休んでいられるかッ！　明日にでも出立するぞ、準備しろッ！」

「明日ですか……また、短い湯治だ」

「違いねえ。そこまで長くはならないとは思っていましたが、まさかたった一日とは」

「えぇ……俺、まだ温泉入ってないんですが」

エイの呆れたような言葉に、それまで黙っていたパーティメンバーが口々に文句を言い始めた。


「あぁ、やっぱり温泉は最高だな。もう僕、ここに住もうかな」

「えー。たまに来るのはいいけど、こんな所に住むなんてつまんないッ！　腕がなまっちゃう」

リィズが拗ねたような声をあげる。うちのメンバーではリィズやルークは常に動いていないと気が済まないタイプだ。僕はのんびりした時間を過ごすのが大好きなのだが、確かにこんな所にいると駄目になりそうというのはごもっともであった。まぁもう駄目になっているので問題ないのだが――。

「いいところだ。ここは、いいところだよ。僕の求めているモノ全てが揃ってる」

「え……？　ますたぁが……求めている……もの？」

出される山海の珍味に舌鼓を打ち、温泉にゆっくり浸かる。アーノルドの出現は予想外だったが、僕が夢見た平穏がここにはあった。土地柄か、外を歩いていてもぽかぽか暖かく、出不精《でぶしょう》な僕でもつい散歩をしてしまう。道端の屋台では美味しいものも売っている。温泉ドラゴン卵（ちなみに鶏卵）や温泉ドラゴン饅頭も絶品で、絶対にお土産に買って帰ろうと決意したくらいだ。

いつもと違う格好をしているためか、シトリーもティノもリィズもどこかいつもより色っぽい。

畳の上でごろごろしながら言う。

「お客さんがもっと沢山いたらよかったのにね」

「普段はもう少しいるみたいですけど……」

まぁ、状況が状況か。戦えない者達にとって目と鼻の先で大暴れしているバレル大盗賊団とやらは恐怖の対象だったに違いない。戦えない者の気持ちはよく知っている。僕だって強い味方がいなければどうしていたかわからない。寝そべったまま露天風呂の方を見る。

「あんぎゃあ」

「にゃー」

「キルキル……？」

露天風呂ではキルキル君とノミモノと温泉ドラゴンが人外同士交流していた。異種間交流である。新米のせいか水色のドラゴンだけ少し気が引けているようだが、思ったよりも仲が良さそうだ。

……………よく僕達、まだ捕まってないな……ってか、なんで僕の部屋でやるん？


日が暮れ、夜も更ける。リィズ達が名残惜しそうにしながら部屋を去ると、途端に静かになった。

普段は部屋を共にすることもするハンターだが、今回はティノもいるし、シトリーの厚意もあり別々の部屋になっていた。いくら仲が良くても、一人の時間も大切だ。

大きなガラス張りの窓から月明かりが差し込んでいた。空に浮かんでいるのは綺麗な満月だ。

今日何度目になるかわからない温浴を終えると、敷かれたふかふかの布団にダイブする。

ゼブルディアでは大抵の宿屋がベッドを採用しており、床に直接敷いて使う布団はレアだ。僕はどちらも大好きである。温泉のせいか、とても安らかな気分だった。もちろん宝具は幾つかつけたままだが、安全地帯でもない旅館では一人での睡眠時に備えをしないなんて考えられないので仕方がない。

明日は何をしようか。のんびり考えながら中に潜ると、心地の良い眠気がやってくる。

眠気に耐えながらうとうとと幸せな時間を過ごしていると、ふと扉が開く音が聞こえた気がした。

上にかけられた布団が躊躇いなく捲られ、何かがもぞもぞと入ってくる。

「おっじゃましまーす！」

「んあ……」

間の抜けた声が出る。潜められた声はリィズのものだった。暗くてよく見えていないが、手足にぴったり触れた感触は幼少の頃と同様に熱い。なんでリィズが——。

眠くてなんだかよくわからない中、なんとか声を出す。

「駄目だよ、リィズ。怒られる」

鍵、閉まってただろ！

野宿などを多用するトレジャーハンターにとって男女が近くで寝るのはままあることだが、寝床にまで入ってくるとなるとわけが違う。年端も行かぬ子どもがお泊り会をやっているわけではないのだ。リィズが忍び込んで来る度に怒られるのはこっちなのだ。

僕は毅然とした態度で重い身体に鞭打ち、寝返りを打った。

「えー、大丈夫。誰もいないからッ！　ねぇ？　クライちゃん、遊ぼ？」

「もう……夜だよ……」

今何時だと思っているんだよ。

確かにまだ夜中ではないが、こっちはもう温泉疲れしているのだ。背を向け拒否を示すと、背中に熱く軟らかい感触が押し付けられた。すりすりと熱っぽい肌が背中に擦り付けられる。

「いいよ、クライちゃんはそのままで。勝手に遊ぶから……」

ぞくぞくするような甘い声が首元で聞こえ、鼻を押し付けられる。まるで動物のような仕草がとてもリィズっぽい。どうやら今日は甘えたい気分のようだ。ドラゴンを探しに行ったり、気分屋なのは昔からのリィズの気質だ。どうして妹と兄はしっかりしているのにリィズだけこうなのか。

そうこうしている間に腕が伸ばされ、ぎゅっと背中から抱きしめられる。体温が高くてぽかぽかして少し暑い。と、そこで手の平にリィズの腕が触れた。しなやかですべすべした腕だ。そのまま、上にぺたぺた触れていく。リィズが身を震わせ、黄色い悲鳴を上げる。熱を発する柔らかい肌は触れているだけで少し気持ちがいい。うとうとしながら腕を伝い、とうとう指先が華奢な肩に触れる。

…………この子、服着てなくない？

「きゃあ！　クライちゃんの、えっちぃ！」

ああ、大丈夫だ。下着はちゃんとつけてる。…………全然、大丈夫じゃなくない？

腕が腕に絡み、その指先が身体に触れてくる。首元に頬ずりをされる。押し付けられた胸からはしっかり心臓の音が伝わってきている。突きで金属鎧を貫通するとは思えない細い指が躊躇いなく寝間着代わりに来ていた浴衣の襟元から差し込まれ侵入してくる。くすぐったいからやめて欲しい。

…………………っていうか、普通逆じゃない？

変な夢を見ている気分だ。だが、これで相手がティノなら夢なのだが、リィズなので現実だろう。

眠気の中で手を握り押さえるが、リィズはくすくす笑って何度もペタペタ触れてくる。手だけではなく、脚が絡みつき、すりすりと擦ってくる。完全に恋人にやるやつである。こういう系に厳しいルシアが見たらガチギレだろう。駄目だ、このまま眠っていたいが、そろそろ羽目を外しすぎだ。

「ん……ねぇ、クライちゃん、もっと触って？」

僕は触ってない。触ってるのはそっちだろ！

寝返りをうち人聞きの悪い事を言うリィズを追い出そうとしたところで、扉が派手な音を立てて開いた。明かりが容赦なくつけられ、布団が派手に剥がされる。

剥ぎ取ったのはシトリーだった。ピンク色の水鉄砲をこちらに突きつけ、近年稀に見る引きつった表情でこちらを見下ろしている。後ろにはキルキル君と顔を真っ赤にしたティノを従え、臨戦態勢だ。

「お、ね、え、ちゃ、んッ！　いいい、いつも、いつも……いい加減にしなさいッ！　ちょっと忘れ物って言うから、信じたのにッ！」

「はぁ!?　私の勝手でしょ!?　今いいところなの、邪魔しないでッ！」

「お、お姉さま、なんて、破廉恥な……」

あられもない姿で文句を言うお姉さまを見て、ティノが唇を震わせる。どうやらリィズは下着姿で布団に忍び込んできていたらしい。珍しい事に宝具まで外している。

どうでもいいけど眠いからさっさと全員出ていって欲しい。

「ティーも、シトも、今クライちゃんは私のもんなのッ！　でていけッ！」

リィズが枕を掴み、神速で投げつける。飛来した枕を腹に受け、ティノが変な声をあげて吹っ飛んだ。子どもの頃に皆で枕投げした記憶はあるが、枕投げっていうのはそういうものじゃないと思う。

シトリーが口元を押さえ、大げさに言う。

「ティーちゃんになんてことを……！　クライさん、見てましたか？　お姉ちゃんが、やりましたよ！かわいいかわいいティーちゃんにッ！　トドメをッ！」

とかなんとか言いつつ、シトリーは一切ティノの方に視線を投げかけていなかった。

キルキル君がどこからともなく幾つも枕を運びシトリーに渡す。シトリーはぽんぽん枕を確かめると、おもむろに振りかぶった。楽しそうだね、君達。

「今日こそ、思い知らせてやります。この慎みの欠片もない、大義名分もない、不肖の姉にッ！」

「あぁ？　何が大義名分だ！　てめえ、ドラゴンにかこつけて混浴しただろッ！　ティーが言ってたぞッ！　こっちは全部知ってんだからなッ！」

どっちもどっち過ぎて何も言えない。僕の大切な平穏が大切な幼馴染達にぶち壊されていく。

うんうん、僕も好きだよ？　枕投げ。でも、僕の部屋でやることじゃなくない？

「見ていてください、クライさん。今この姉を追い出して、マッサージしてあげます」

「クライちゃん、待ってて、こいつ、すぐに叩き出すからッ！」

いつもこういう時に仲裁してくれるルシアやアンセムが恋しい。ルークはだめだ。彼は参加してしまうタイプである。ちなみにエリザはマイペースなのでこういう場面では置物になる。

枕が当たったとは思えない飛び方をしたティノがよろよろと起き上がる。

「ますたぁ、は、私が守――――ぐえッ」

その顔に枕がぶつかる。もうどちらが投げたのかもわからない。そして、戦いが始まった。

「このお！　なんでいつも私の邪魔するんだよッ！　まともにデートもできないでしょッ！」

「その貧相な胸に手を当てて考えてみたら？　大体、クライさんは、私に、借金だって、あるんだからッ！」

「キルキルッ！」

叫びながら枕を投げ合う姉妹はいつもと比べて随分と子どもっぽい。きっとこれが素なのだろう。

枕の飛び交う速度がもう少しだけ遅かったら微笑ましい光景だった。ズドンって枕の音じゃないよ。シトリーとリィズでは身体能力はリィズに軍配があがるが、シトリーにはフィジカルモンスターであるキルキル君という味方がいる。どちらが勝つのかわからない。借金は今関係なくない？

さすがの僕でもこんな状態で眠る気にはなれない。僕は起き上がると、大きくあくびをして枕元に置いておいた宝具を身につける。ちょっとリィズ達の頭が冷えるまで外に出てこよう。

枕が飛び交う下を四つん這いでくぐり抜ける。この手の修羅場は初めてではないので慣れたものだ。

「ちょっと温泉に入ってくるからよろしく……」

互いに外敵の排除に夢中になっているスマート姉妹に小さな声で伝えると、こっそり部屋を出る。

その直前、露天風呂で怯えるように身を丸める温泉ドラゴンがちらりと見えた。

……ドラゴンに怯えられるような女の子って、どうなのだろうか？

夜風に当たりながら外に出る。寝間着の浴衣姿だが、宝具は持っているし、ここは温泉地だ。温泉ドラゴンの件で警備も厚くなっているはずだし、まあなんとかなるだろう。

ぽっかり浮かんだ満月を見上げながらふらふらと歩く。地熱のおかげか、風も程よく暖かく、とても気持ちがいい。夢の中にいるかのようだ。レベル10認定枕投げで引いた眠気が再び湧いてくる。

どこの温泉に行こうか……夜中だし、昼間に行ったところでいいか。あそこにはアーノルドが泊まっているが、裸の付き合いもしたわけで流石に襲われる心配はないだろう。

欠伸をしながら月明かりの照らす夜道を歩いていく。まだ深夜というわけでもないはずなのに、人通りはほとんどなかった。空いているのは良いことだが、少しだけ勿体なく感じる。

ふらふらしながら、昼間も見かけた工事中の場所に差し掛かる。月光が照らす中、ぽっかり掘られた穴は少しだけ幻想的だ。昼間は気づかなかったが、穴から白い靄が立ち上っている。

工事は途中で中止されたと聞いていたが、もしかしてもう温泉が出ているのだろうか？

そんな益体のないことをのんびり考えていると——ふと、穴の中から何かが伸びてきた。

思わず立ち止まり、目を擦る。現れたのは灰色のロープのようなものだった。月明かりに照らされ奇妙な光沢がある。長さはわからないが……何？

凄く眠いせいか、現実感がまるでない。ぼんやりしている僕の前で音もなく穴の縁を掴み、何かが穴の中から現れる。十分明るい月明かりが、それを照らす。

僕は眉を顰めた。思考が全く状況に追いついていない。現れたのは——人間だった。ただし、肌が灰色で、毛先が黒い灰色の長髪が触手のように蠢いていても人間と呼べるなら、だが。

だが、少なくともシルエットはかなり人に似ている。ボロ布だが服のような物も着ている。

もしかして、シトリーが売り出すと言っていたゴーレムだろうか？　同じ灰色だし、キルキル君をモデルにしたのかな？

謎の生き物は両手を使い穴から上がると、しばらく満月を見上げていたが、不意に僕の方を向いた。

その形の良い目が見開かれる。だが、驚いたのは僕の方も同じだ。

灰色の人間が恐る恐る僕の方に近づいてくる。有刺鉄線をくぐり、目の前で立ち止まった。

背丈は僕より随分低い。肌は陶器のように滑らか、顔立ちは端整だが人間離れしている。なんだかよくわからない生物は立ち尽くす僕の目の前までくると、ガラス玉のような眼で僕を見上げた。

額にサークレットを想起させる模様が描かれているが、その程度の特徴は頭から伸びるうねうねした髪と比べればどうということもない。こんな生き物、見たことがないが、ノミモノに温泉ドラゴンにキルキル君と人外に慣れてしまった僕から見ればまともな方だ。

そう言えば、昼間にシトリーが言っていたな……この辺では奇妙な亜人の伝説があるとかないとか。

最近は目撃情報もないと聞いていたが、この生物がそれなのだろうか？

最悪である。どうして僕はこうタイミングが悪いのか。

生物は目を瞬かせると、恐る恐る手を伸ばし、ぺたぺたと僕の腕を触ってくる。

……どうやら敵意はないらしい。相手も見たところ知的生命体のようだ。

少しだけ力を抜く。どうも最近、人外と縁があるな……が、あいにくそういったものに興味はない。

人型が不思議そうな顔で口を開く。そこからこぼれた声は歌声のようだった。

「りゅりゅりゅりゅーりゅー？」

「…………悪いけど、これから温泉だから」

しかし、これがシトリー製ゴーレムじゃないなら、スルスの近く、変な生物いすぎじゃね？

「りゃーーーーー！」

「!?」

踵《きびす》を返そうとする僕に、変な生物が奇声をあげた。その触手に似た髪の毛が大きく広がり僕の身体に巻き付く。結界指《セーフ・リング》は持っているが、拘束系は結界指《セーフ・リング》が苦手とする攻撃の一つである。

って、ちょっとまって!? え!?

「僕達、友達だよね!?」

「うりゅーーーー!」

変な生物は髪の毛だけで僕を持ち上げ、ブンブン振り回し勝どきを上げる。

眠気が一発で覚めた。絞め殺すつもりはなさそうだが、凄い力だ。両腕を動かそうとするが抵抗は無駄のようだった。生物が僕を捕らえたまま駆ける。僕は今更、一人で夜道を歩いたことを後悔した。

僕を縛ったまま有刺鉄線を軽々と飛び越える。その先にあるものを知って、僕は叫んだ。

「ちょ………待った! トイレ! トイレ行きたい!」

「りゅー!」

そして、奇妙な生物は僕を連れたまま躊躇いなく穴の中に飛び込んだ。

なにこれ……。


「お姉さま……マスターが、戻ってきません」

枕の散らばる畳の上で身体を丸めて寝入るお姉さま方に、ティノは叫んだ。

まさに、これまで見たことのない壮絶な枕投げだった。双方とも高レベルハンターになるとただの姉妹喧嘩も大事だ。彗星のように飛び交う枕に篭められた力はまともに受ければ吹き飛ばされる事必至であり、一夜明けた頃には部屋の中は酷い有様だった。そりゃますたぁの布団に潜り込むなんて、お姉さまは酷すぎだが、いつも冷静なシトリーお姉さまがここまで暴れるのも予想外だ。

ティノの声に、寝入っていたリィズが眼を擦り、身を起こす。

「ん……何？　もう朝？」

「それどころじゃないですッ！　温泉に行ったはずのマスターが、戻ってきません」

「それが、どうしたの？」

シトリーお姉さまが大きく欠伸をすると、お姉さまのように大きく伸びをする。そのあっけらかんとした口調に、ティノは目を丸くした。

「何？　ティーちゃん、もしか…………クライさんが戻ってこないからピンチに巻き込まれたとでも思っているの？」

「え…………？」

確かに……思っていた。大変だと、思っていた。だが、冷静に考えると――一番強いマスターをティノが心配するなど身の程知らずにも程がある。リィズが大きな欠伸をして憮然として言う。

「んん……せっかくの一夜なのにシトのせいで台無しになっちゃった。温泉入ってこよっと……」

「お、お姉さま、でも、マスターが心配じゃないんですか!?」

いつもマスターにべったりのお姉さまからは信じられない態度だ。

だが、お姉さまは小さくため息をつくと、事も無げに言った。

「私はぁ、クライちゃんを信じてるから。クライちゃんが帰ってこないなら相応の理由があるって事。

ティーは弱っちいんだから無駄な心配している暇あったら自分の事を心配したら？」

誰もいない旅館の中を、お姉さま達二人について歩く。帝都の建物と違い木材で作られた館内には異国の風情《ふぜい》があった。中庭も存在し、小さな温泉の滝まで流れている。

しかし、マスターはどこに行ったのだろうか。自然と姿を探してしまうが、何も見つからない。

枕を正面から受けフラフラしていたが、マスターは確かに『温泉に行く』と言っていた。あの時は枕投げに呆れて出ていったのだと思っていたが、何か意図があったのかもしれない。何もないように見えてすべての行動が計算されている。それが《千変万化》というハンターなのだ。

と、その時、前を歩いていたお姉さまが唐突に立ち止まった。

きょろきょろ周囲を見回すと、目を瞬かせて呟く。

「ふーん……変なの」

「……どうか、したんですか？」

別に何もおかしな事はないはずだ。おずおずと尋ねるティノに、今度はシトリーお姉さまが困ったような、呆れ果てたような微妙な表情で言う。

「全く、クライさんはいつも唐突なんだから……こっちは全然準備が整ってないっていうのに……」

一体二人は何を言っているのだろうか。その真剣な表情に釣られるようにティノも気を引き締める。

と、そこで旅館のスタッフが歩いてきた。

専用の灰色の着物を着た女性スタッフだ。濃い化粧に、短く切られた髪。見覚えのないその顔と佇まいに目を見開く。スタッフはティノ達を見ると、笑みを浮かべ優雅な所作で会釈をして端に寄った。

そこで遅ればせながらティノも違和感を感じ取る。

不思議な程、物音がしなかった。まだ朝早いが、この時間なら既に旅館は動いているはずだ。貴族や商人向けの高級旅館が客の不在程度でサイクルを変えるとは思えない。

何か起こっているのだろうか？

違和感の正体に納得をつけられない間に、お姉さまが自然な動作でスタッフに近づく。女性スタッフが笑みを浮かべたまま、不思議そうに首を傾げる。お姉さまがにこりと微笑む。

――そして、お姉さまは即座にその鳩尾《みぞおち》に拳を叩き込んだ。

それは容赦のない一撃だった。空気が震え砲撃のような音が響き、あっけに取られる。

《嘆きの亡霊《ストレンジ・グリーフ》》のメンバー……というより、《始まりの足跡《ファースト・ステップ》》ではルールとして一般人への手出し禁止という項目がある。マスターが決定したルールは自由奔放なお姉さまを縛れる数少ないものだ。

だが、ティノがあっけに取られたのはそれが原因ではない。

非戦闘員であるはずのスタッフが――《絶影》の一撃を受け止めていた。その表情には一瞬苦悶が過《よぎ》るが、強靭な鎧を貫通する一撃を受けて一般人がその程度で済むはずがない。

お姉さまが続けざまに蹴りを放つ。ティノの動体視力でもほとんど捉えられない神速のそれを、スタッフはひらりと木の葉のような動きで回避した。それどころか、反撃までしてくる。

刹那に放たれた無数の金属の棒が四方からリィズを襲う。弾丸のような速度で放たれたそれを、お姉さまは蹴りですべて叩き落とした。ぴたりと脚を上に上げたまま、お姉さまが目を細める。

「わかった。あんた、シノビでしょ？　東方から伝来した特殊な斥候」

地面に落ちているのは短い金属の杭だ。先端は鋭利に尖っているが特筆すべき点はない。これを自在に操り瞬時に対象に当てるには厳しい訓練が必要だろう。

着物の女はお姉さまの言葉に答えず、肩を竦めて言った。

「《千変万化》はどこ？」

「――どうして、シノビだってわかるかって？」

お姉さまもまた質問に答えず、笑みを浮かべる。

お姉さまの身体の周囲が歪んでいた。その肉体が発するエネルギーが熱となり放出されている。

お姉さまが消える。ほぼ同時に、正体不明の女が大きく宙を舞う。

「私がぁ、一回くらい、シノビと戦ってみたいと、思っていたからだよッ！」

「ッ!?」

木造りの床にみしりと罅《ひび》が入る。動きにくい浴衣姿であるにも拘《かかわ》らず、その一挙手一投足はまさしく《絶影》の二つ名に相応しい。

着物の女は防戦一方だった。瞬時に短い刀を抜き、拳を、蹴りをぎりぎりで捌《さば》く。

明らかにお姉さまの方が強い。だが、捌く事ができるだけでもかなりの腕利きであることがわかる。

少なくともマナ・マテリアルを日常的に吸収していなければこんな芸当はできない。音もなく動くその足運び。舞い落ちる木の葉のような緩急ある動きからは特殊な技術を感じる。間に――入れない。

と、そこで女の後ろから音もなく何人もの人影が現れた。

「ッ!?」

思わず息を呑む。現れた人影は総じて、一般人の格好をしていた。武器なども特に持たず、顔立ちも穏やかで荒事に慣れているようには見えない。だが、それらは擬態だ。

ただの人間がお姉さまの戦いっぷりを見て顔色一つ変えないなどありえない。

新たに現れた者達がどこからともなく刃を抜く。女が持っていた物と同じ、漆黒の小太刀だ。

一斉に取ったその動きは気味が悪い程揃っていた。四方八方から黒い棒が飛来する。それと同時に統制された動きで数人がお姉さまに、残りがシトリーお姉さまに襲いかかる。

ティノは慌ててそこに割って入った。武器は持っていないが黙って見ているわけにはいかない。

お姉さまの攻撃を捌いている女は格上だが、その後に現れた者達はそこまでの腕ではない。とはいえ、如何に強い師匠でも複数人を同時に相手するのは難しいだろう。

小太刀を回避し隙を見て距離を縮める。相手は武器を持っている、懐に入らねばならない。

次から次へと人影が駆けつけてくる。こちらの味方ではなく、敵の増援だ。

一体何人いるのだろうか？　そんな事を考えたその時、シトリーお姉さまに襲い掛かった一人と、お姉さまに群がっていた者達の内、三人が、糸が切れたように一斉に倒れた。

「あっちゃあ……まさかこれしか当たらないなんて……腕利きですね」

いつの間にかピンクの水鉄砲を構えたシトリーお姉さまが呆れたように言う。水鉄砲はシトリーお姉さまの宝具である。所持しているポーションを自動的に補充する力を持つ恐ろしい武器だ。

どうやら襲撃を回避しながら反撃したらしい。後衛とは思えぬ立ち回りにお姉さまが言う。

「あんた、腕、落ちたんじゃない⁉　遊んでばっかり、いるからッ！」

「だって最近の宝物殿じゃポーションが通じる相手なんて少ないし——」

「《最低最悪《ディープ・ブラック》》を、先に、潰せッ！」

女の命令で増援の内数人がシトリーお姉さまに向かう。

しかし、シトリーお姉さまに焦りはなかった。

「残念。少しだけ、遅いです」

こぽりと、音がした。音の方向を確認し、思わず瞠目《どうもく》する。

中庭でしずしずと流れていた温泉の滝が人型を取っていた。透明な肉体に透けているのは丸い球状の物体だ。ずんぐりむっくりしたそれが飛沫を上げながらこちらに向かってくる。

「これが、新型の温泉ゴーレムですッ！　持ち運び簡単、水さえあればいつでも数秒で起動可能！使い方は水の中に投げるだけ！」

どうやらいつの間にかゴーレムの核を滝の中に投げ込んだらしい。ただ温泉に入る予定だったのに核を持ち歩いていた事といい、相変わらず油断も隙もない人だ。

液体で生成された奇妙なゴーレムが立て続けに起き上がる。

その威容に冷静沈着だったシノビ達が一歩後ろに下がる。それに向かって、発生したばかりの温泉ゴーレム達が一斉に襲い掛かった。

「おっさん、もう行くのか……せっかく温泉街まで来たんだから、もっといればいいのに」

「っせー、アーノルドさんは忙しいんだよッ！　もともと、俺達はゼブルディアにはやってきたばかりだからな。遊んでる暇なんてねえんだ」

ギルベルトの、最後まで遠慮を知らない言葉に、エイがいつも通りのツッコミを入れる。

一夜明け、すっかり元に戻ったアーノルドとエイ達は町を出るべく、町にたった一つ存在する、門の前に来ていた。

防衛能力をほとんど持たない幅広の門の近くの詰め所では、観光客なのか数人のハンターらしきグループが手続きを行っている。

《霧の雷竜《フォーリン・ミスト》》の姿はこの旅の間に大きく変わっていた。装備も馬車も激しい戦いを経て幾度となく取り替えられ、レベル7が率いるパーティとは思えない貧相なものになっている。

だがしかし、アーノルドを始め、メンバーの表情はそこまで暗くはない。

リーダーであるアーノルドが折れない限り《霧の雷竜》は不滅だ。《千変万化》という強大な存在を見て、未だ誰一人パーティから脱退する者がいない事がその事実を強く示している。

すっかり立ち直った《豪雷破閃》の姿を、クロエも、感心したような顔で見ていた。

トレジャーハンターは過酷な職だ。戦いに次ぐ戦いの中で心が摩耗し、肉体は無事でも精神面の問題で二度と剣を持てなくなる者もいる。強い輝きを放つ才能を見て自信を失いハンターを引退する者だって少なくない。クロエは職員になって浅いが、何人もそういうハンターを見てきた。そして今回、クライの顔を見た瞬間に倒れたアーノルドの姿は、確かに十分それを予期させる物だった。

ルーダ達の視線を受け、アーノルドが眉を顰める。細められた金の目はぎらぎらと輝いていた。

「無様を見せたな。だが……あの男の、やり口は、わかった」

「……まだ諦めてないんですか……」

強情というかなんというか。いや、これが本来のトレジャーハンターの姿と言うべきだろうか。

「あったりめえだ、クロエ。アーノルドさんがあっさり負けを認めるわけがないだろ。なにせ、俺達の目的は――最強なんだからなあ。勝算だってある。いつか、《千変万化》も後悔するだろうよ。アーノルド・ヘイルという男に無意味な情けを掛けた事をなッ！」

感心したようなクロエの言葉を、アーノルドに代わり、隣に立っていたエイが鼻で笑い飛ばす。

その声には強い確信があった。その理由が、クロエには少しだけわかる。

神算鬼謀と謳われる《千変万化》には素人目に見ても余りよろしくない弱点があった。

それは――余裕だ。《千変万化》は道中、何が起ころうと余裕の態度を崩さなかった。あえて足跡《そくせき》を残すことでアーノルドをおびき寄せ、まるでおちょくるかのようにスルスの町で待ち伏せた。

それはクロエが今回の旅に参加するまで知らなかった、クライ・アンドリヒの弱点だ。

クライはアーノルドを見くびっている。たとえ現時点で圧倒的に勝っていたとしても、精神に隙がある限り、いずれはアーノルドはクライに追いつくだろう。

まだこの地の宝物殿をほとんど攻略していない《豪雷破閃》には十分な伸びしろがあるのだ。千の試練は無差別に人を強くする。あるいはアーノルドが奮起し研鑽するところまであの青年の神算鬼謀の内、なのだろうか？　そんな事を考えていると、メンバーの一人がニヤニヤしながら言う。

「煽り文句を考えておかないといけないですね、アーノルドさん」

「……たわけがッ！　俺は……あの男とは、違うッ」

「す、すいませんッ！」

アーノルドが一喝する。どうやら、相当腹に据えかねる揶揄《やゆ》を受けたらしい。

感情制御は高レベルハンターにとってほぼ必須の技能に近い。当然、それを高いレベルで習得しているアーノルドを本気で怒らせるとは、そう簡単にできることではない。

なんだかんだここまで行動を共にして絆が芽生えたのか、エイが見送りにきたルーダと《焔旋風《ほむらせんぷう》》の面々を見回す。一人一人握手を交わし、別れの言葉をかける。

「じゃあ、また帝都でな。お前らも、ここに長く残るならあの男に気をつけろ」

「大丈夫よ。さすがのクライも…………こんな温泉街で何をするっていうの？」

「くっくっく、知らねえよ。だが、注意はしておくに越したことはねえ。なぁ、クロエの嬢ちゃん？」

「そう……ですね」

さすがのクロエもそんな事はないとは断言できなかった。何しろ、ここまでクライはまるで遊んでいるかのように好き放題やっているのだ。これまで様々なハンターを見てきたが、実際に見た《千変万化》の動きは余りにも掴みどころがなかった。

帝都に帰還した後、ガーク支部長に報告を求められた時に何を言えばいいか、今から頭が痛い。

空には雲ひとつなかった。出立するにはこの上ないタイミングだ。

エイが大きく伸びをして、門を振り返る。帝都ゼブルディアまでは馬車を使えば数日だ。《千変万化》の策謀から解放された状態での旅程はこれまでと違って安穏としたものになるだろう。

アーノルドを先頭に、《霧の雷竜《フォーリン・ミスト》》のメンバーが門に向かって歩き始める。

観光地だけあって、門は余り頑丈そうではなかった。詰めている衛兵の数も少なく、その実力も帝都を守っていた騎士とは比べるべくもない。盗賊団の影響で観光客の数が減っているとは聞いていたが、状況が変わったのか、周囲には数組の観光客の姿があった。

今回の旅の結果は、アーノルドだけではなく、《霧の雷竜》のメンバー全員に大きな影響をもたらした事だろう。破損し失った装備やアイテムを揃え直し、高レベルの宝物殿を探索し研鑽する。アーノルドの破壊した温泉の弁償も含め、現段階で、ほぼパーティの資産は尽きているし、しばらくは休む暇もないかもしれない。

だが、それらを乗り越えたその時、アーノルド・ヘイルと《霧の雷竜》は一段高みにあるはずだ。

アーノルドの動きにはまだ疲労が見えたが、その背は悠然としていた。

スルスに来た時とは真逆だ。仲間達もどこか吹っ切れた表情をしている。何やら飄々《ひょうひょう》とした表情のエイに、アーノルドが憮然と答えている。それはきっといつも通りの光景だった。

目を細め、クロエはその様子を見送る。と、その時、ちょうど門の向こうからパーティが現れた。

男女混合で五人のパーティだ。湯治なのか、やけに軽装である。

全員が軽装で徒歩。一応帯剣はしているが鎧兜は装備していない。外套を羽織っているので詳しい装備はわからないが、なかなかの腕利きのように見えるのに馬車を連れていないのが少し不思議だ。

集団の先頭に立っていた爽やかな雰囲気の男がアーノルドに会釈をして道を空ける。エイが礼をいい、ランクとしてはほぼ最低に近い馬車が、大きく揺れながら空けてくれた道を進む。

そして、先頭を行くアーノルドが空けてくれた道を半ばまで進んだその時——それは起こった。

クロエの目の前で、道を空けてくれた男が大きく回転した。

それはまるで流れるような美しい動きだった。エイが目を見開く。ルーダもギルベルトも唖然としている。男の表情に浮かんでいたのは会釈した時と同様、穏やかな笑みだった。

外套から飛び出した手には一振りの剣が握られていた。

そのまま白刃が弧を描く。クロエは息を呑むことしかできない。

磨き上げられた刃の先にあったのは、通り過ぎたばかりのアーノルドの首元だった。

ゴーレムの生成は錬金術師《アルケミスト》の得意分野である。

温泉ゴーレムはシトリーが生み出した画期的な兵器だ。

シトリーの指示のままに生成された温泉ゴーレムが忍達に襲いかかる。襲撃者達は姉を相手になんとか耐える程の実力者だ。最初にやってきた女の忍が一番強いが、それ以外も有象無象《うぞうむぞう》ではない。

身のこなしに力、経験と、あらゆる面で負けていた。そもそも、温泉ゴーレムのメリットはいつでも水さえあれば生み出せる利便性と、核を突かれぬ限り崩れ落ちる事のない高い耐久力にある。つまるところ――スルスの人々には護衛として売り出していたが、温泉ゴーレムはただの壁なのだ。

だが、それも数が揃っていなければの話だ。

温泉ゴーレム達がその身を構成する温泉を弾丸にして飛ばす。一撃一撃の威力は決して高いとは言えないが、雨あられのように放てば動きを制限することができる。姉に当たる心配はないし、当たったらその時はその時だ。

襲撃者は続々と増えていくが、この程度ならば問題ない。《絶影》は群れに打ち勝つ突出した個である。いい動きをするリーダーさえ潰してしまえば温泉ゴーレムとシトリーで残りは制圧できる。

周囲を警戒しながら指を咥え、指笛を吹く。その間に敵の正体を探る。

情報はほとんどないが、レベル8宝物殿に挑める《絶影》に食い下がれるという事実がヒントだ。マナ・マテリアルをそれなりに吸収しているようだが、ハンターではない。忍――忍者という職はこの地方では極稀だ。ここまで人数を集めるとなると――。

未だ増え続ける配下達がティノの手を抜け、シトリーのもとに殺到する。

シトリーを守るようにゴーレム達が立ちはだかる。お湯でできた豪腕を振るうゴーレムに対して、敵は適切な対応を取った。黒塗りの小太刀で核を狙ったのだ。それなりの抵抗はあったはずだが物ともせずに核を穿つと、温泉ゴーレムが形を失う。どうやら、まだ改良の余地があるようだった。

シトリーが笑みを浮かべ、両手をぱちんと叩く。

「わかりました。貴方達――バレルですね？」

「!?」

姉の攻撃を必死に捌いていた女忍者の表情は変わらないが、目の前まで来ていた者達の表情が僅かに強張る。その事実がシトリーの推測が正しい事を示していた。

シトリーはこれまでの経験で己のパーティリーダーの行動にあらゆる結果が付随する事を知っている。指名依頼がバレル大盗賊団の討伐ならば、バレル大盗賊団が出るに決まっているのだ。

「さすが聞きしにまさる精強さです。グラディス騎士団がてこずるのもわかります」

「戯言、をッ！」

既に何人も敵兵は倒れている。だが、相手の攻勢は烈火の如く激しく、止《とど》まる気配はない。

討伐依頼に書かれていた敵勢力の推定人数を考えると、相手にはまだまだ余裕があるだろう。なるほど、確かに大盗賊団と呼ぶに相応しい。

ティノが必死に戦っている。リィズが眼に剣呑な輝きを宿し交戦している。温泉ゴーレムの防御を突破した数人がシトリーに向かい、小太刀を振り上げる。

「きるきるきる………」

――それを、上から降ってきた灰色の巨漢が踏み潰した。

「にゃー」

指笛の合図を聞きつけやってきた手駒がシトリーを守るように囲んだ。開発途中の温泉ゴーレムとは違う、正真正銘の自信作だ。

「すみません、私はか弱いので――可愛いこの子達を使わせていただきます」

「馬鹿な……こいつはッ!?」

キルキル君が咆哮し、ノミモノが目を見開く。忍者達がその迫力に圧されたように数歩後退る。

忍者は人間に対して有利を取れる職だが、弱点のない頑強な怪物相手は苦手だ。

下敷きにした男を蹴り飛ばすと、キルキル君がシトリーの指示通り、拳を握り他の者達に襲いかかる。三叉に分かれたノミモノの剣の尾が小太刀を牽制する。

その時、リィズと相対していたリーダーの頬が僅かに膨らんだ。

小さく開いた唇から勢いよく炎が放出される。炎は一瞬でリィズを包み込み、周囲から攻撃をしかけていた部下達が一歩下がる。

火遁《かとん》。忍とは特殊な魔法を操る斥候だ。有するのは逃げ隠れするための術がメインのはずだが、どうやら攻撃にも転化できるらしい。二人の忍を牽制していたティノの表情が師の惨状に歪む。

リーダーの眼がシトリーの方に向く。その刹那、その身体を炎に包まれた脚が吹き飛ばした。

これまでとはまた異なる重く鈍い音が響き渡る。女忍者の細身の身体が勢いよく吹き飛び、床をバウンドして停止する。襲撃者達が動揺する。炎に包まれた黒い人影が大きく身震いすると、轟々と燃え盛っていた炎がそれだけで掻き消える。浴衣は燃え尽きてしまったが、髪にも肌にも傷一つない。

「何？　逃走用の術で攻撃とか、まさかリィズちゃんの事バカにしてる？　くっそ、久しぶりに身体動かしてたのに、つまらねえ事しやがってッ！」

整った眉が興奮にピクピクと痙攣していた。《絶影》が一歩踏み出し、歯をむき出しにして叫ぶ。

「手品がこのリィズちゃんに通じるわけねえだろーがッ！」

「その程度で、《嘆きの亡霊《ストレンジ・グリーフ》》と戦おうなんて、本気ですか？」

シトリーは昔プレゼントされた水鉄砲を構え、挑発するように言った。ずっとパーティ内で研鑽を積んできた。忍術による炎など《万象自在《ばんしょうじざい》》の攻撃魔法と比べれば児戯《じぎ》に等しい。

町の中はどうなっているだろうか。幸い、温泉ゴーレムの核は既に一セット渡してある。あれをうまく使えばしばらく凌ぐことはできるだろう。警備が薄いといっても、温泉ドラゴン騒動で強化はされているはずだし、アーノルド達だって運が良ければいるはずだ。

だが一つわからない事がある。慎重で有名なバレル大盗賊団が《嘆きの亡霊》に挑んできた理由だ。

頭を回転させていると、再び増援がやってきた。

他の雑魚達を烈火の勢いで蹂躙していた姉の手が止まる。現れたのは他の者と同様、着物姿の忍だった。ただし、その腕には見覚えのある旅館の従業員が拘束され、首筋に刃を突きつけられている。

冷や汗にまみれ青ざめた双眸がシトリーに助けを求めていた。忍が冷たい声で言う。

「動くな、《絶影》、《最低最悪《ディープ・ブラック》》。捕らえた宿の者は全員無事だ。今は、な。抵抗すれば一人ずつ順番に殺していく」


身体が勝手に動いた。まだぎりぎり《千変万化》を警戒し気を張っていたのが良かったのか。

だが、アーノルドにはわかっていた。致命傷を回避できたのは偶然のようなものだ。

首筋がぴりりと痛んだ。一瞬で身体を捻り死角からの攻撃を回避したアーノルドに、男が感心したように笑う。

「おいおい……あの体勢から避けるのか——奇襲は完璧だったのに、ハンターは化物だねえ。一番つええ奴から狙って正解だ」

「ッ……何者、だ」

中肉中背の男だった。持ち物は少なくハンターには見えなかったが、その身のこなしは常人のものではなかった。レベル7。マナ・マテリアルを十分に吸い強化されたアーノルドの威圧を受けて、その表情には微塵の乱れもない。

男の仲間達は一瞬で散開し、《霧の雷竜《フォーリン・ミスト》》の馬車を囲んでいた。それぞれの表情には張り付いたような笑みがあったが、動きは水際立っている。

背の剣を抜き、構える。精神を集中させる。回避できたのはただの幸運だ。だが、結果として受けた傷は浅い。治療しなくてもしばらくすれば治るだろう。当然、戦闘に支障が出たりもしない。

身のこなしは機敏だが、レベル7ハンターを手こずらせる程のものではない。エイ達も既に戦闘態勢に入っていた。だが、武器を抜き身構えるエイ達を見ても、男の飄々《ひょうひょう》とした態度は変わらない。

何者かは不明だ。このゼブルディアで恨みを買った記憶はない。

「あんた、《千変万化》じゃないよな？　優男だって聞いてる——クソッ、ついてねえ……まさか奴らの他にこんな高レベルハンターがこの町にいるとは……だが、あいにく町を襲う時は誰も逃さねえのがうちのルールなんでな……」

《千変万化》、だと!?　まさか、またあの男の策略なのか？　鈍い痛みを怒りが消し飛ばす。

しかし、そんな怒りの中でも、アーノルドは強い違和感を覚えていた。

おかしい。こんな白昼堂々襲いかかってきた事もおかしいし、そもそもアーノルド達に襲いかかってきた事自体馬鹿な行為だ。目の前の男とその仲間は確かにそこそこの腕前だが、《霧の雷竜》より格下だ。その上、こちらにはまだ未熟ではあるが十分戦力になる《焔旋風》やルーダもいる。この相手の腕前、ただの賊ではない。実力差がわからないわけがないはず――。

そこまで考えたところで、視界が不意に大きく揺れた。

一瞬、地震かと思ったが、違う。握っていた大剣を下に向け、突き刺し、何とか倒れるのを耐える。

得体の知れない震えが全身を襲い、全身から力が抜ける。

「アーノルドさん!?」

「おいおい、ようやく、効いたか――幻獣用の強力な奴だってのに、本当に頑丈だねえ」

『毒』だ。しかも、レベル7のアーノルドに効くレベルの極めて強力な毒。

トレジャーハンターはマナ・マテリアルの力で身体能力が上がりやすいが、反面、耐性系が疎かになりやすい。アーノルドはそれでも一般的な毒ならば全て無効化できるが、受けた毒はそんな生半可なものではない。

身体の中から熱が消えていく。痛みはないが、それがただただ不気味だ。

何を受けた？　――余裕ぶっていたのは、俺に毒が効くのを待っていたのか。

歯を食いしばり、渾身の力を込め、頭を上げる。男が珍妙な猛獣でも見るような目つきになる。

いつの間にか、アーノルド達の馬車を中心に、周りにいた観光客達が集まってきていた。

その数、十人や二十人ではない。そのほとんどは目立つ武器を持たず、中には商人のような格好をしている者もいる。皆それぞれ、アーノルド達に興味深げな視線を向けていた。

何故、誰も声をあげない？　一瞬、そんな疑問が脳裏を過るが、すぐに答えに思い当たる。

声をあげないのではない。こいつらは全員――。

異常に気づいたルーダ達が慌てて武器を構え円陣を組む。男が唇を歪め、不気味な笑みを浮かべた。

「名乗ろう。どうせ名乗っても無駄だが。俺達は陰に生きちゃいるが、たまにはあんたらハンターみたいに名を売りたい時もある」

周りを囲む者達が各々、その服の下から武器を取り出す。町を守っているはずの衛兵が来る気配はない。そして、男は傲岸不遜にアーノルドを見下ろして言った。

「俺達は――バレル。影のように忍び、人も物も、炎のように何もかもを奪い尽くす。最強の盗賊団にして――これから最強を殺す者だ。まぁすぐに必要なくなるだろうが――覚えておいてくれや」


増援の宣告に、時間が止まった気がした。背筋に冷たいものが奔《はし》る。

お姉さま二人はその言葉を聞いても顔色一つ変えなかった。だが、手を止め、目を細めて増援の男を見る。観察するような目だった。

まずい……敵がまずいのではなく、まずいのはお姉さま達の方だ。

バレル大盗賊団。シトリーお姉さまの言葉が正しければ、相手は諸国で指名手配されている大規模の盗賊団である。冷酷で慎重で残虐無比。推定構成人数百人ともなれば、もはやその力は盗賊団というより軍に等しい。ましてや今回は精強で知られるグラディス軍が実際に手を焼いている。

構成員一人一人の腕前を見ても質が違う。ティノが忍者と戦った事がないというのもあるだろうが、一番弱い相手でもティノより少し弱い程度で、これまで捕らえてきた盗賊団とは格が違う。

レベル４ハンターに匹敵する構成員をこれだけ集められるのならば、町を襲うというのもあながち馬鹿げた話ではない。ましてやお姉さまに匹敵するだけの実力があれば、油断した旅館の警備など物の数ではないだろう。そしてそういった連中が意味のない脅しをかけるとは思えなかった。

だが、一番の問題は――お姉さま達は脅しに屈するタイプではないということだ。

《嘆きの亡霊》《ストレンジ・グリーフ》は苛烈である。そして、決して正義ではない。

マスターやアンセムお兄さまならばともかく、スマート姉妹がたかだか一般人の人質で手を止めるわけがないのだ。シトリーお姉さまならば悲しい犠牲だと言うだろう。お姉さまならば力がないのは罪だと言い切るはずだ。実際に二人の表情には焦りはない。

黒の小太刀がずいとその喉笛に押し付けられ、人質が短い悲鳴を上げる。お姉さまは神速だが、相手はそこそこの手練《てだれ》、無傷で解放するのは難しいいし、よしんば倒せたとしても他に何人人質がいるのかわからない。

必死に頭を働かせる。犠牲なしでこの状況を脱する方法は——ない。ティノに対する警戒はそこまでではないが、たとえマスターから貰った仮面を使ったとしてもこの状況は覆せない。と、そこでお姉さまが動いた。その手で無造作に持ち上げていた女忍者を落とす。

「降参」

「……えええええええぇ!?」

予想外の答えだった。襲撃者も目を見開いている。思わず素っ頓狂な声をあげてしまうティノを他所に、シトリーお姉さまも小さくため息をつき、『最高の水銃《パーフェクト・ブレイ》』を置いた。

「人質取られちゃ仕方ないですね……クライさんに怒られますし……」

「……随分、殊勝な心がけだな。丁重に拘束しろ」

まさかそんな……この二人にそんな良心があるなんて。

狐に化かされた気分のティノの目の前で、襲撃者が警戒しつつ二人を拘束し、続いてティノに手錠をかける。予想外だが、師匠が大人しく捕まる以上ティノが抵抗するわけにはいかなかった。

何かの訓練だろうか？　そんな事を考えながら、感触から手錠が鋼鉄製である事を察する。お姉さまならばともかく、ティノでは力ずくで壊すのは無理だ。

絶体絶命だった。動きにくい浴衣姿なのがもどかしい。状況把握に努めチャンスを探るが、新たにやってきた増援は一番弱いティノにも十分以上の見張りをつけている。

「安心しろ。すぐには殺さん。貴様らは交渉に使えるからな」

増援の中で一番の腕利きの男が腕を組み言う。その佇まいからは絶対の自信が見て取れた。

高レベルハンター相手にただの手錠は不用心に過ぎる。だが、これほどの盗賊団のメンバーがその事実を知らないわけがない。一体この自信の源は何なのだろうか？

お姉さま二人は捕縛されていても全く焦りを見せなかった。シトリーお姉さまが目を細め鎖と首輪で念入りに拘束されているキルキル君とノミモノを見ている。そして、男が信じられない事を言った。

「すぐに仲間のもとに送ってやる。既に貴様らのパーティメンバーを二人捕らえている。盗賊団の間でも音に聞こえた《嘆きの亡霊》《ストレンジ・グリーフ》も、もう——終わりだ」

「!?」

目を見開く。二人のお姉さまもまた、目を丸くする。その様子に男は残虐な笑みを浮かべた。

パーティメンバーを二人。にわかに信じがたい言葉だ。ティノは《嘆きの亡霊》のメンバーをよく知っている。リィズお姉さまとシトリーお姉さまはそれは強いトレジャーハンターだが、残りのメンバーも見劣りしない。誰一人盗賊団に捕まりそうなメンバーはいない。よしんば捕まったとしてもそれは死闘の末のはずで、こんな余裕の表情を浮かべられるわけがない。

「くくく……貴様らの仲間は、我々に取り囲まれ、捕まるその前からずっと——命乞いして、いたぞ」

「……そうですか」

シトリーお姉さまが困惑したように目を瞬かせる。天才にもわからない事はあるらしい。

ティノも同意見だ。《嘆霊》《ストグリ》にただで捕まるような者はいないが、命乞いする者はもっといない。

その時、旅館の奥からずらずらと集団が現れた。着物姿ではなく、動きやすい黒の衣装に身を包んだ者達だ。おそらく、旅館スタッフのふりをする陽動部隊と襲撃部隊で分かれていたのだろう。

その先頭に立った大柄の男が言う。

「激しい抵抗はあったが、計画通り、《千変万化》の捕縛に成功した」

「え!?」

さすがにその単語は聞き捨てならなかったのか、お姉さまが甲高い声を上げる。

あり得ない。マスターはレベル8だ。ティノの知る限り、数字上でも実際の実力でも、クライ・アンドリヒは他のメンバーを凌駕している。戦闘能力だけならばともかく、総合力を考えればハンターの聖地であるゼブルディアでも間違いなく五指に入るはずだ。

そもそも、マスターは温泉に行ったまま戻ってきていない。旅館の中で見つかるわけがない。

頭の中を無数の可能性が過《よぎ》りすぐに消える。呆然としているティノの前に、猿ぐつわを噛ませられた男が連行されてくる。それを見て、ティノは目を見開いた。

男はティノ達とは比べ物にならないくらい厳重に拘束されていた。後ろに回した腕は明らかに普通ではない光沢を持った金属錠で固定され、全身を、鎖で巻いている。その目元には目隠しがなされ、猿轡《さるぐつわ》を噛ませられていた。血色の悪い頬を冷や汗が流れている。大きくふらつく細身の身体を、周囲を取り囲んだ賊達が軽く蹴飛ばし、無理やり歩かせる。

ティノ達を脅した忍が鋭い目つきで検分する。

「随分あっさり捕まえたな。相手はレベル8だぞ？　人違いじゃないだろうな？」

「見くびるな、貧相に見えるがそれなりの腕前だ。そもそも、この宿にはこいつしかいなかった。そもそも、副首領も言っていただろう。《千変万化》の噂は神算鬼謀だけで力については何も出てこなかった。頭脳派が強いとは限らん。なんなら、後で確認すればいい」

混乱しながらも必死に状況を把握しようとする。

ぐるぐるに縛られ目元も隠され猿轡もされているが、見間違えようもない。

賊達が連行していたのは――ここしばらく共に行動をしていたハイイロと呼ばれていた男だった。

どうやら盗賊団は《千変万化》の顔を知らないようだ。無理もない。《嘆霊《ストグリ》》のシンボルマークは仮面だし、マスターはなるべく顔を出さないようにしている。新聞や雑誌にだって写真は載らない。

だが、どうしたら多少腕はよくてもこんな男が《千変万化》と間違えられる事になるのか。

呆れ半分苛立ち半分、しかし真実を述べるわけにもいかない。もどかしい思いをするティノの前で、シトリーお姉さまがそのピンクの双眸に涙を浮かべ、ハイイロに向かって叫んだ。

「ああ、なんてことを！　リーダー、助けてくださいッ！　調子が悪いとは言ってましたが、まさかこんな連中に捕まるなんて！」

「ッ!?　ふが、ふがッ！」

シトリーお姉さま……まさか静観どころか、なすりつけるつもりですか。

これはさすがに予想外だったのか、お姉さまも正気を疑うような目を向けている。

「私達が捕まっている隙に、人質を救出する作戦でしょう！　貴方が捕まってどうするんですか！　この間抜けッ！　馬鹿ッ！　あほッ！　うわきものッ！」

説明口調だが演技自体は迫真だ。絶対にマスターに言わないような単語が飛び出し、リーダー格の二人が顔を見合わせている。シトリーお姉さまは身を捩り大声で叫んだ。

「私とその他二人、どっちを選ぶんですかッ！　はっきりしてくださいッ！　いっぱいマッサージしてあげたし、いっぱいお金を貸してあげたのにッ！　いっしょに温泉まで入ったのに、指一本触れてくれないなんて、酷いッ！　結婚してくれるって、言いましたよね!?　何年待たせるんですかッ！」

「はぁ!?　シト、それ十五年も前の話だろ!?　無意味だから出さないって約束しただろうがッ！」

とても嘘を言っているようには見えない剣幕に、賊達の表情がぴくりと引きつる。

「……痴情の縺《もつ》れか。こんなおっかねえ女を怒らせるとは、神算鬼謀が聞いて呆れる」

「それであいつら、あんなに必死で逃げていたのか……さっさと副頭領の所につれていこう」

先程まで表情に浮かんでいた疑念が消える。

お姉さま……凄い演技です。私には真似できませ——演技……ですよね？

一抹の疑念を抱き視線を向ける前で、シトリーお姉さまが縛られたまま器用に地団駄を踏んでいた。


つい先日まで温泉街として賑わっていたスルスは今、異様な空気に包まれていた。

まるで町全体が息を潜めているかのように静かで、物音も人の声もほとんどしない。鳥の鳴き声やそこかしこにある水路にお湯が流れる音だけが空間を支配している。

たった一つ存在する。簡素な門。そのすぐ外に、一団は陣を敷いていた。

門の前を塞ぐかのように置かれた大きな樽。その上にどっしり腰を下ろしているのは、筋骨隆々とした大男だ。高位の魔獣の革で作られた鎧に、黒の鋭い双眸《そうぼう》。頬には深い古傷が刻まれている。

バレル大盗賊団の創設者にして、首領。ジェフロワ・バレル。数多《あまた》の国を荒らし回り、各地で指名手配を受けている男は、水際だった己の軍の動きに満足げに目を細める。

その時、町全体に静かに送り込んだ部下達が報告にやってくる。

忍の技能を高いレベルで修めている部下は無駄な事は言わず、ジェフロワの隣に立つ男に報告する。

「カートンさん、スルスの封鎖と制圧、完了しました」

カートン・バレル。バレル大盗賊団の創設者の一人。武のジェフロワと、知のカートン、二本の柱で盗賊団は大きくなってきた。命令系統の都合上ジェフロワが首領だが、重要度は変わらない。

最初はたった二人だった盗賊団も今や大国に喧嘩を売る程に至っていた。多くの忍を擁する東方の盗賊団を吸収し、非合法の魔術結社から高レベルハンターにも通じる強力な毒を仕入れた。欲望は強力なリーダーの下、研ぎ澄まされ、正規軍を遥かに越えた士気の高さと統率力を誇っている。

最初の戦利品からつけたバレルの名はいつしか四方千里に轟くものとなっていた。

この勢いはもはや誰にも止められない。たとえ相手が帝国最強と謳われる存在だったとしても、だ。

カートン――線の細い容貌をした金髪の男は、部下達の報告に冷たい声で言う。

「ふむ……抵抗は？」

「《嘆きの亡霊》《ストレンジ・グリーフ》合わせて高レベルハンターが四人、上の下が一パーティ、中堅が一パーティ強。高レベルは一人は毒で弱らせ捕縛、《嘆きの亡霊》らしき者二人は人質を取ったところ降参、《千変万化》らしき男を捕縛しました」

理想的な戦果だった。マナ・マテリアルを吸収した高レベルハンターは個にして軍を打倒し得る存在だ。忍の技能を持った部下達は強いが、大部分は超一流に明確に劣る。逆に高レベルハンターさえ封じてしまえば、たとえ数百人でも町全体を封殺することもできる。

部下が続ける。その目は一般的な賊と異なり、欲望を抑えきれていない。

「どうやらカートンさんの言う通り、《千変万化》は頭脳派だったそうです。噂程強くはなかったと……念の為確認して欲しいときていいます」

「……噂が独り歩きするのはよくある事だ。後で確認する、決して油断するなよ」

策の全てが上手く言っているにもかかわらず、カートンの目には油断の欠片もない。

これはバレル大盗賊団、一世一代の大博打だ。その冷徹な眼差しに頼もしさを感じる。

ジェフロワが横から口を挟み、確認する。

「例の《千変万化》の仲間への、尋問は終わったか？」

「いえ。どうも要領を得ないことばかりで――肝心の手の内は全く。しかし、もう不要でしょう。《千変万化》はご命令通り『魂縛の糸《ソウル・シール》』で捕縛しています」

魂縛の糸は魂を縛る鎖の宝具だ。いかにレベル8のハンターでもあの鎖を撥ね除ける事はできない。

「尋問は続けろ。失敗は許されん」

スルス攻めにはメンバーのほぼ全員を動員した。魔術結社から仕入れた強力な毒や空飛ぶ幻獣を始めとした、リソースのほとんどをつぎこみ、静かに、しかし苛烈に侵略を行った。ここまではうまくいっているが、万が一にも負けた場合は、二十年かけて勢力を増大させたバレル大盗賊団は壊滅する。

ジェフロワとて、最初から《千変万化》の首を狙っていたわけではない。グラディスの騎士団に潜入させていた部下から、討伐指名依頼が《千変万化》に発行されたという情報が入った時には、さっさと領内から撤退し、他国に移るつもりだった。

レベル8ハンターというのは化物である。ジェフロワも力には自信があるし、部下達も常日頃から訓練を怠っていない。だが、高レベルハンターはまさしく一騎当千の存在だ。負けるつもりはないが、正面からぶつかるのはカートンの意見を聞くまでもなく、盗賊団の方針から外れていた。

その判断を覆す発端になったのは、グラディス領からの撤退中——目立たぬように決行した山越えの最中に偶然遭遇した二人の旅人だった。

これ幸いと襲いかかり、あっさり捕縛したジェフロワに、二人は《嘆きの亡霊《ストレンジ・グリーフ》》を名乗った。

ブラフの可能性も考えたが、嘘だとは思えなかった。ジェフロワは《千変万化》に指名依頼が出されたことを聞き、撤退を決めたのだ。嘘を騙るにしてはタイミングが余りにも良すぎたし、そんな事をする理由がない。《千変万化》がグラディス領に向かっている事を知っている者は極僅かである。

二人はそれなりに強かった。少なくとも、中堅ハンター以上の実力を持っていた。

だが、それでもジェフロワ一人で倒せる程度の力しかない。

それを知った時、ジェフロワとカートンの間に欲が芽生えた。

《千変万化》の首を——獲れる。

もともと、疑問は抱いていた。《千変万化》はその功績こそ高く、その先見は良く知られているが、戦闘能力についての情報はほぼゼロに近い。

これまで様々な国を歩き、様々なハンターの情報を見聞きしてきたジェフロワにとってそれは違和感の塊だった。人の口に戸は立てられない。強さとはいくら隠しても隠しきれぬものなのだ。

ジェフロワの《千変万化》の強さへの疑念はその仲間を捕らえたことで確信に変わった。

《千変万化》の力はおそらく、入念な準備があって初めて成立する類のものだろう。加えてパーティメンバーの一部を捕らえる事ができたとなれば、今こそがバレル大盗賊団の飛躍の時に他ならない。

慎重に、しかし時に大胆に。名を上げるには功績が必要だ。高レベルハンターは恨みを買っている。レベル8の首があれば更に盗賊団を大きくできる。国を獲り王となる道すら見える。

更に、生け捕りにできたのは本当に幸運だった。

ここまでジェフロワ側の被害が少なかったのは相手が油断していたからだろう。《千変万化》の首だけでも十分だが、生存していればその価値は更に上がる。バレル大盗賊団の勇名も更に轟くだろう。

町を取り囲み、騒ぎが起こる間もなく占拠した。《千変万化》も手の内に落ちた。大量の人質を取り、敵もいない。グラディスの騎士達も増援が領内に入る前に落ちた事を知ったら絶望するに違いない。

と、そこで、報告をしていた部下が続ける。

「他には……一人、取り逃がして追跡中の女がいます」

「なん……だと!?」

「門を出ようとしていた高レベルハンターの護衛対象のようです。どうやらハンターではないようですが――現在追跡しています」

カートンの目が鋭く細められる。予想外ではあるが、いくら慎重に慎重を重ねてもミスは発生しうる。決死の覚悟で護衛対象だけ逃したということだろうか……大した問題はないだろう。

町の出口はここにしかない。相手がハンターでないのならば、抜けられることはないはずだ。

だが、スルスの町をぐるっと囲む壁は他の町と比べて随分と低い。ジェフロワは苦々しげに言った。

「チッ……仕方ない。隔壁を出せ」

「もう残り少ないですが」

窺うような視線に、ジェフロワの代わりにカートンが答える。

「構わん。ジェフロワの決定だ。今すぐ隔壁を出せ」

この町に長居をする予定もないが、万一助けを呼ばれたら面倒なことになる。

盗賊団の魔導師《マギ》部隊が前に出る。その手に持った銀のチョークを地面につけると、駆け出す。

線を引いた場所に巨大な壁が生える。一瞬で元の外壁の高さを遥かに超える頑丈な障壁となった。

バレル大盗賊団はいついかなる時でも徹底的に事を進める。

チョークは貴重な宝具だった。すでに半分以上使っており、この規模の町を囲むとなるとほとんどなくなってしまうだろうが、計画がうまくいけばお釣りがくる。

万が一、救援がきたとしても──町全体が人質だ。ジェフロワは立ち上がると、部下が持ってきた巨大な戦斧を持ち、周りの仲間達に命令した。

「中に入るぞ。いつも通り偽装する。誰も入れるな！　何かあったら、すぐに俺かカートンに報告しろッ！　バレル大盗賊団に──栄光あれッ！」

ジェフロワの言葉に、仲間達が静かに闘志を燃やす。

今のところ、大きな想定外は発生していない。

敵の増援はこない。万が一来たとしても、正規軍以上の戦力で来なければバレル大盗賊団には勝てない。そして、準備が整った頃にはジェフロワ達は略奪の限りを尽くし、他国で祝杯を挙げている。


はぁ、はぁ……一体、何が……。

クロエは混乱の中、細い道を必死に駆け抜けた。走るのは苦手ではなかったが、緊張のせいか息が乱れる。足音を殺し、気配を殺し、小さな路地を選んで抜けていく。

町中は一変していた。ごく僅かではあるが、確かにいたはずの人間がほとんどいない。たまに見かける者も武装をしたバレル大盗賊団の兵ばかりだ。

完全に町が制圧されている。恐るべき隠密性と速度に、クロエは息を呑んだ。これまでクロエが聞いたことのあるどの盗賊団とも違う。ここまでくると、もはや賊というよりは規律の取れた軍に近い。

幸いなのは血の匂いはせず、破壊の跡などもないことだろう。

町の人々は殺されていない。おそらく人質として一つの所に集められているはずだ。だが、場所を発見することができたとしても、クロエではどうしようもない。

剣はまだ離していないが、クロエにはブランクがある。そして、相手の数が多すぎる。見かけた兵の数を数えていたが、グラディスからの指名依頼にかかれていた人数など明らかに超えていた。アーノルドが毒で動けなくなり、武装した盗賊団の兵に囲まれ、しかしクロエだけが逃げる事ができたのは――《霧の雷竜《フォーリン・ミスト》》と《焔旋風》が、そしてアーノルドが決死の覚悟で隙を作ってくれたからだ。

必死に打開策を考える。最初はスルスの衛兵に助けを求めようと考えていたが、これではどうしようもない。おまけに、町中にはバレルの尖兵が練り歩き、クロエを探している。幸い相手はスルスの町並みには詳しくないようだが、この町はそこまで広い町ではない。見つかるのは時間の問題だろう。

そもそも、アーノルド達が捕まっているのだ。状況は一刻を争う。

空を見上げる。目を細めると遥か上空には今まで見たことのない翼を持つ幻獣が旋回しているのが見える。バレルの手勢が上空から見張っているのだ。

「バレル大盗賊団……まさか、ここまで危険な集団だったなんて――」

空飛ぶ幻獣を駆る者などゼブルディア広しと言えど、数える程しかいないだろう。幻獣がレアという事もあるが、それを手懐けるのは更に難しい。

バレル大盗賊団の動きは手慣れていた。観光客や一般ハンターに偽装して町に入ってきた事といい、一切の抵抗を許さず静かに制圧を完了させた事といい、そして奇襲とはいえ、レベル7のアーノルドに一撃与えたことといい、恐ろしい力だ。それは道を歩く賊の身のこなしからもわかる。

そして、これらの盗賊団を統率するトップもまた、恐ろしい力とカリスマの持ち主なのだろう。

ジェフロワ・バレルと、カートン・バレル。バレル大盗賊団のツートップ。

盗賊団と遭遇して無事帰ってきた者はほとんどいないが、ある程度の情報は入っている。

カートンが策を練り、ジェフロワが蹂躙する。その力は間違いなく高レベルハンターに匹敵しているだろう。実際にトレジャーハンターがその討伐に駆り出され何度も失敗している。

特に武力を担当するジェフロワの力は絶大だ。この地で倒せる者がいるとするのならば、それはアーノルドかリィズ、そして《千変万化》だけだろう。リーダーだけならばともかく、配下もこれほどの練度を誇っているとなれば、グラディス伯爵軍もてこずるはずだ。

アーノルドに一撃入れたあの男は、自らを『最強を殺す者』と言った。その狙いは間違いなく《千変万化》の首だろう。クライ・アンドリヒは探索者協会ゼブルディア支部では最強のハンターである。戦闘能力は不明だが、その依頼達成能力はずば抜けている。そう易々と敗北するとは思えないが、バレル大盗賊団の力を見ると不安にもなる。

本来、町を襲った盗賊の行動は大体が決まっている。即ち、略奪と破壊だ。

だが、この盗賊団には――それがない。誰一人、統率を外れ己の欲望を優先する者がいない。

ッ……駄目。完全に……見張られている。

隙がない。クライの泊まっているはずの旅館の前は完全に見張られていた。遠目から確認しただけでも、とてもクロエ一人ではどうにもならないことがわかる。

最低三人からセットになって見張っているので、奇襲を掛けて倒す事も、すり抜ける事もできない。

早鐘のように鳴る心臓を深呼吸で落ち着かせる。

かくなる上は――外部に助けを求めるしかない。ゼブルディアでも強力なハンターというのは限られる。この状況を打開できるような者が近くの街にいるとは思えないが、クロエ一人で陽動を掛けても捕まるのがオチだ。

もしもクロエがハンターだったら戦いを挑んでいたかもしれないが、クロエは探索者協会の職員だ。非常事態でこそ、冷静に判断しなくてはならない。

断腸の思いで決断すると、建物や屋台の陰に身を隠しながら歩みを進める。

バレル大盗賊団の練度はかなり高いが、どうやら町を完全に封じ込める程の人数はいないようだ。

汗が頬を滑り落ちる。緊張感に口の中がからからだった。なんとか身を低くし、外壁が見える所までたどり着く。そして、クロエは息を呑んだ。

一メートル半程度だったスルスの外壁の外に、聳《そび》えるような高さの壁が現れていた。高さは――四メートル近いだろうか。壁は街をぐるりと囲むようにどこまでも続いている。

計算する。高レベルのハンターならばともかく、クロエの脚力で越えられるかはかなり怪しい。失敗すれば間違いなく見つかるだろう。この壁は――脱走を封じるための物。一人も逃さないというバレル大盗賊団の意志だ。そして、僅かな時間でこれほどの壁を魔術で生み出したのだとしたら、盗賊団の擁する魔導師《マギ》は卓越した腕前だという事になる。

余りの絶望的な状況に頭がくらくらする。流石にありえないとは思うが、もしも最終的にこれが千の試練だったとしたら、クロエはこれまで通りの視線をクライに向けられる気がしない。

その時、ふと後ろから足音が聞こえた。ほぼ反射的に振り返る。

巡回していたのであろうバレルの兵がこちらに向かって駆け出してきていた。

もはや迷っている時間はない。やるしかない。地面を蹴る。

「見つけたッ！　ここにいるぞッ！　絶対に捕まえろッ！」

これまでの人生で間違いなく最高の速度で足を動かす。声に気づいた他の歩哨が左右から殺到してくる。放たれる黒い金属棒――棒手裏剣を奇跡のように回避し、クロエはスルスにもともと存在していた壁の手前で、地面を強く蹴った。

剣士《ソードマン》志望だったクロエに盗賊《シーフ》の身のこなしはない。ただがむしゃらに地面を蹴り宙を舞う。

最初にあった壁を容易く越え、手がかりのない平坦な壁が視界を遮る。一秒が十秒にも一分にも感じた。重力に身体が引かれるのを感じるが、目の前は壁だ。

駄目だ――届かない。とっさに全力で右手を伸ばす。その指先が、壁のてっぺんに引っかかった。

「ッ!?」

一番驚いたのはおそらくクロエ自身だった。だが、片手がかかればこちらのものだ。一息で身体を持ち上げ、壁を乗り越える。頭上を棒手裏剣が通り過ぎるのを感じるが、無事着地する。

壁の外には見張りはいなかった。やはり人数が足りていないのだろう。

盗賊《シーフ》程の身のこなしは無理でも、体力の方には自信がある。

クロエは息を整えると、追手がかかる前に全力で駆け出した。

通常の武器ではない輝きを持った戦斧の刃が地面に突き刺さり、轟音を立てる。門の前の広場にはひりつくような緊迫感が漂っていた。

捕らえられた人質だけではない。仲間までも皆、その男を畏れている。

ジェフロワが、眼の前に転がされた男を見て低い声で言う。

「んん？　これの、どこが、《千変万化》だ？　明らかに覇気がねえ。答えてみろ。俺は、《千変万化》を捕らえるべく、てめえらを送ったんだ。負けて帰ってくるならまだしも、違え奴を捕らえるとはどういう事だ？」

転がされた男はジェフロワが考えていた《千変万化》の像からあまりにも掛け離れていた。

痩せた体つきはともかくとして、その双眸の下には隈が張り付き、容貌には明らかな疲労が見える。

そして何より――覇気が一切ない。マナ・マテリアルはそれなりに吸っているようだが、輝きが違う。

ジェフロワは組織運営の大部分をカートンに預けているが、人を見る目はあるつもりだ。

「せいぜいが、小悪党だッ！　こんな男にあの『蛇』が潰されるわけがないだろッ！」

《千変万化》の功績は知っている。名高い犯罪組織を尽《ことごと》く捻り潰し、今では各組織から蛇蝎《だかつ》のように嫌われ、そして畏れられている。

『蛇』はかつて犯罪組織としては最大級である『狐』と双璧をなしていた巨大な組織だ。三百人の構成員を持つバレル大盗賊団と比べても格の違う巨大組織だったが――負けた。ボスと幹部クラスを潰され組織は死んだ。今も同名の組織は存在するが、かつての影響力が嘘のように弱体化している。

「落ち着け、ジェフロワ。罰は後でいい」

興奮し、射殺すような視線を向けるジェフロワに、カートンが静かに言う。だが、その瞳の奥にはジェフロワに勝るとも劣らない殺意が見え隠れしていた。なまじここまで順調に進行していただけあって、衝撃も大きい。

「す、すいません、オヤジ、カートンさん。しかし、こいつしか旅館には――」

烈火の如き激情を宿しながら、カートンが目を細める。

襲撃がバレていたのか……？　ありえない。バレていたのならばこうして容易く町を制圧させるわけがない。すでに人質は一箇所に集められている。人間も売れるのでなるべく避けたいが、ジェフロワの命令があれば皆殺しになる。

《千変万化》は正義の味方だ。もしも人質を無視して抵抗するのならば、構わず人質を殺して逃げ出すだけだ。それだけで《千変万化》の地位は失墜する。

この状況を打開する方法は――ない。カートンも同じ結論だったのか、毅然とした態度で言う。

「《絶影》と《最低最悪》《ディープ・ブラック》は本物だ。まだ終わってはいない」

そうだ。まだ致命的ではない。パーティメンバーを人質に《千変万化》を燻り出す。相手がどれほどの神算鬼謀を誇ったとしても、こちらには中堅ハンター以上の力を誇る部下が三百人いるのだ。

カートンがジェフロワに代わり命令する。その声は存外に落ち着いていた。

「もう一度、探し直せ。人を使え。長居をしている時間はない。町を包囲して出てこないんだ、《千変万化》が評判程強くないことは明らかだ。《千変万化》を潰せば傘下も増える。人質の見張りを増員しろ。念の為、町を捨てる準備も同時並行で進める」

命令を受け、部下達が素早く散開する。その統率された動きをじっと見るジェフロワに、長らく共に組織を動かしてきたカートンが言った。

「相手はレベル8だ。お前の出番もあるかもしれない」

その声に、勢力が大きくなってから滅多に宿ることのなかった畏れを感じ取り、ジェフロワは鼻を鳴らしてみせる。武力はジェフロワの担当だ。これまで鍛錬の手を抜いた事はない。

「レベル8だろうがなんだろうが、負ける気はねえ。バレル大盗賊団は――最強だ」


そして、気付いたら僕は暗闇の中、横たわっていた。

最初に感じたのは、熱と湿気だった。まるで昔冒険したジャングルにいるかのようだ。

身を起こし、大きく欠伸をする。目を擦ると、現実感が戻ってくる。

「そうだ……捕まったんだ。全く、なんなんだよ」

やばいはずなのだがもう状況がめちゃくちゃで危機感が働かない。

どうやら宝具は没収されなかったらしい。指に嵌めていた梟の眼《オウルズ・アイ》を発動すると、ゆっくり部屋の様子が見えてくる。

そこは――牢獄だった。四方八方土の壁と床に囲まれていて、唯一正面に鉄格子が見える。

昨日の事を思い出す。唐突に現れた奇妙な生き物に捕まり、工事の穴に落とされた。浮遊感は長く続いた。まるで永遠に落ちていくかのような気分だった。

そして、落ち続けた僕の目の前に広がったのは――巨大な地下都市だった。

「なんでスルスの地下にそんなものがあるんだよ……」

なんかもう吐きそう。

よく見えなかったが。地下に掘られた巨大な空間を闊歩《かっぽ》する生き物は明らかに人間ではなかった。

だが、ただの魔物でもない。明らかに文明があったし、この通り牢獄まで作っている。

「…………地底人？」

いやいや、そんな馬鹿な……僕はバカンスでスルスにやってきたのだ。地底人に拉致されるためじゃない。大きくため息をつき、鉄格子を掴んで揺らす。

どうやらあまり頑丈ではないようで、少しがたがたした。だが、リィズならばぶち破れただろうが、僕ではとても無理だ。

……………リィズ達は助けに来てくれるだろうか？　温泉に行くと言って出てきたのだ。戻ってこない事に気付いたら、僕の弱さを知っているリィズは僕を探すだろう。そしてリィズは盗賊《シーフ》だ。少しでも跡が残っていれば、必ずここまで助けに来てくれるはずだ。シトリーだっている。いや……どれだけ眠っていたかわからないが、もう動き出している可能性も十分ある。

希望が見えた事で気力が湧いてきた。となると、僕が今できることは…………延命だ。あらゆる手を使って時間稼ぎをしなくては。

宝具を確認する。抜け出した状況が状況だったので、いつも装備している結界指《セーフ・リング》を除けば万全とは程遠い。武器もない。持っているのは弾指《ショット・リング》がいくつかと、暗視の力を持つ梟の眼《オウルズ・アイ》。持ち主の危機を教えてくれる指輪、子鼠の知恵《ディザスター・スリップ》に、幻を生み出す踊る光影《ミラージュ・フォーム》。最後に——ルシアの魔法を解放した代替としてクリュスに攻撃魔法を入れてもらったペンダント型と、シトリーが帰ってきた時にお土産でくれた中身のわからない指輪型、二つの異郷への憧憬《リアライズ・アウター》。

確実に役に立ちそうなのはクリュスが入れてくれた攻撃魔法だが、彼女のレベルは3である。精霊人《ノウブル》は性格の関係でレベルが上げにくいとはいえ、ルシアと比べると余りにも頼りない。

まぁ、もとより攻撃して切り抜けるつもりなどないが——。

「りゅー……」

と、そこで奇妙な声が聞こえてきた。捕まる時に聞いた地底人（？）の言葉に酷似しているが、それよりもずっと野太く、そして——一人じゃない。

まずい。相手が何なのかは全くわからないが、顔を合わせた瞬間飛びかかってきたのだ。何か手を打たなくては——。

だが、鉄格子は壊せない。クリュスの魔法を解放して攻撃したとしても倒せるのは数人だけだろうし、その手も一度しか使えない。

いや、冷静に考えるんだ、クライ・アンドリヒ。

発想の転換だ。閉じ込められはしたが、殺されはしていない。武装解除もされていない。地底人の文明ではこれは捕縛ではなく——歓迎の証の可能性もある。

呼吸を落ち着け、鉄格子から首を出し声の方向を確認する。こちらに向かってきているのは、僕を捕縛した少し可愛らしい地底人とは似ても似つかない巨大な地底人達だった。髪の毛も太く発達しており、地上で見た地底人と比較するとリィズとガークさんくらいの差がある。

しかもその両手からは鋭利な爪が伸びていた。完全に殺る気だ。

心臓がきりきり痛む。一体前世でどんな悪いことをしたらこんな目に遭うのだろうか。

駄目だ。現実逃避をしながら室内を必死に見回す。

探すのだ。戦う事なくこの状況を打開する策を。絶対に何か手があるはず——そうだ！

天啓《てんけい》が舞い降りる。そして、僕は反射的に手持ちの宝具の一つを発動した。


太陽が煌々《こうこう》と地上を照らしている。温泉がそこかしこに湧いているせいか、スルスは町全体がぽかぽかと温かい。だが、昨日までは心地よさを与えてくれたそれも、今は全く意味をなさない。

鎖で縛られ、追い立てられるように歩く。捕らえられたルーダ達が連れてこられたのは、町の中心部にある大きな旅館だった。

風情《ふぜい》のある建物も今では完全武装のバレル大盗賊団により支配されており、異様な雰囲気に包まれている。

毒を盛られたアーノルドはもう限界に近かった。《霧の雷竜《フォーリン・ミスト》》も《焔旋風》も、そしてもちろんルーダだって、必死に戦ったが、多勢に無勢だった。

完全に囲まれていたのだ。なんとか隙を作ってクロエを逃せたのが奇跡のようなものだ。

ルーダは無事だったが、アーノルド以外にも何人も負傷者が出ていた。だが、重傷者は出ても死者が出ていない事実こそが、彼我の力の差を示している。

レベル8のトレジャーハンターへの指名依頼に出される程だ。厄介なのは当然だが、まさかここまでとは思わなかった。

あえてルーダ達を生け捕りにしたのは、まだルーダ達に使い道があるからだろう。

ルーダ達を人質に探索者協会と交渉でもするつもりなのか、それともクライへの人質にするつもりなのか、あるいは嬲《なぶ》りものにして己の武力を示すつもりなのか。盗賊団に捕らえられたトレジャーハンターの末路は相場が決まっている。せめて……クロエだけでも逃げ延びてくれればいいのだが。

しかし、バレルは本当に厳戒態勢だ。内側からこの状況を打開するのは難しいだろう。

頼みの綱はクロエと《千変万化》だけだ。

そう。まだ、ルーダ達が取り乱していないのは、クライがいるからだった。【白狼の巣】で見せた手腕や、道中全てを読み切りアーノルドを操った手管はバレルとはまた別の意味で恐るべきものだ。

もしかしたら――今の状況すら計算の内なのかも。そんな馬鹿げた想像をしてしまうくらい、《千変万化》の先見は並外れている。

どうやら、町の住人は別の場所に隔離されているらしい。ここは戦える者の隔離の場なのだろう。万が一にも奪還される可能性をなくすためか……本当に用心深い。

スルスの町を守っていた少数の衛兵が目隠しをされ、縛られ転がされている。たとえ武器を持っていてもバレルの精鋭ならば問題なく倒せるはずなのに、どこまでも徹底的だ。

と、そこで、ルーダは部屋の真ん中にこんな所にいるはずのない姿がある事に気づき、唖然とした。

「!?　なな、なんで――」

「なんだ、あんたらも捕まったの？　修行不足ねえ……」

「え……えええええ!?」

あの圧倒的な力を持つ《絶影》が縛られ、呆れたように目を瞬かせていた。隣には同じく《嘆きの亡霊》《ストレンジ・グリーフ》のメンバーであるシトリーも大人しく座り込んでいる。後ろには見覚えのある合成獣《キメラ》と灰色の魔人が鎖でがんじがらめにされていた。

余りにも信じがたい光景だった。そもそも《絶影》の方は負けたからといって大人しく捕まるような性格じゃない。昔【白狼の巣】で半殺しにされたギルベルトや、さんざんな目に遭わせられたエイ達も愕然《がくぜん》としている。ティノが複雑そうな表情をしているのが印象的だった。

「大人しくしていろ。逃げられるとは思うなよ。こちらには……人質がいる」

乱暴に床に叩き伏せられる。すでに毒で意識を失っているアーノルドが崩れ落ち、エイが縛られたまま駆け寄る。

何人もの見張りがじっとルーダ達を監視していた。《絶影》に対する警戒なのだとすると納得だが、バレルはルーダ達にも何もさせるつもりはないらしい。

だが、リィズとシトリーはいつも通りの様子で、《霧の雷竜》《フォーリン・ミスト》や《焔旋風》と異なり、この絶体絶命の状態でも一切の緊張感がなかった。シトリーがアーノルドを見て眼を瞬かせる。

「毒？　レベル7が倒れる……？」

普通、高レベルのハンターというのは毒や麻痺などに耐性を持つものだ。ルーダもそれなりに耐性があるが、レベル7のアーノルドの耐性はずば抜けているだろう。大抵の毒は効かないはずだ。

「解毒薬をくれッ！　このままじゃ、アーノルドさんが死んじまうッ！」

エイが叫ぶ。ここまでもっているのは膨大な体力ゆえだろう。だが、見張りの一人はその助命嘆願を鼻で笑った。

「解毒薬なんてねぇよ。なにせ、あの『アカシャの塔』から仕入れた最新の毒だ」

『アカシャの塔』。数ある違法の魔術結社の中でも最大手だ。最近ではかつて帝都で大賢者《マスター・メイガス》と謳われた者が【白狼の巣】で実験を行っていた事が明るみに出て騒動になった。禁忌を含むあらゆる知識を貪欲に求めるというその組織が裏にいるのならば、《豪雷破閃》が倒れる程の毒にも説得力が出る。

その時、蒼白のエイとアーノルドに、両手両足を縛られたシトリーが身を引きずるように近づいた。

そのままシトリーは縛られた手を床につくと、身体を持ち上げ回転させるようにして、勢いよくアーノルドの腰に蹴りを放った。

「えい！」

人体から鳴ってはならない鈍い音が響き、アーノルドの巨体が一瞬浮いた。意識を失っていたアーノルドがうめき声をあげ、派手に吐血する。シトリーは血の飛沫を綺麗に回避した。

エイが血相を変えて食って掛かる。

「な、何をしやがるッ！」

「免疫活性のツボを押しました。延命にはなるでしょう。残念ですがこの状態では治療はできません」

予想外の言葉に、エイが瞠目する。ツボを押すなどという言葉では収まらない乱暴な動きだったが、確かに先程までほとんど動かなかったアーノルドは今、ぴくぴくと痙攣していた。

「!?　治るのか!?」

「まぁ、なんとか……解毒ポーションは私の専門ですから」

表情は苦笑だが、その言葉からは確かな自信が感じられた。監視も目を大きく見開き、シトリーを凝視している。魔術結社が生み出した、おそらく高レベルハンターを殺すための未知の毒物を解毒できるなどと言い切るとは、この一見穏やかな見た目の錬金術師《アルケミスト》も化物だという事だろうか。

「ですが、住民が人質になっているこの状態ではどうにもなりません……一般人に死傷者を出すわけにもいきませんし」

「クライちゃんが嫌がるだろうしねえ……」

「せっかく私がただで貸したのに、ゴーレムを出し惜しみしたんでしょうね……個人的には見捨てられてもしょうがないと思うんですが……」

苦々しいシトリーの表情に納得する。なるほど……それで、捕まったのか。

人質がいるからというより、クライが嫌がるからという理由で大人しく捕まったのだろう。

《絶影》は衣装が乱れ後ろ手に手錠をかけられていたが、脚を覆う武装はそのままだった。

武装解除しなかったのだろうか？　不審な表情をするルーダに、ティノが小声で教えてくれる。

「触ろうとした見張りを蹴り飛ばした。浴衣も燃えていたんだけど、剥ぎ取って——」

「……………どの口で人質とか言ってるのよ……」

ルーダは全てを察した。《絶影》は場合によっては人質を見殺しにしてでも抵抗するつもりだ。そしてだからこそ、バレル側もこれほどの見張りを割いているのだろう。

決死の覚悟をした高レベルハンター程恐ろしいものはない。

「ところでクライはどこにいったの？」

「…………わからない」

「……………これも『千の試練』だと思う？」

「…………」

ティノがそっと目を逸らす。どう考えても試練の域を越えている気がするのだが、ティノが目を逸らす程度には可能性があるらしい。

「んー……捕虜になるの久しぶりだけど、なんか飽きちゃった。おい、そこのお前。一発芸やれ」

「お姉ちゃん、我慢してッ！」

リィズが見張りの一人に命令し、シトリーに窘《たしな》められている。

完全に見張りも手を焼いている。これでは、どちらが賊かわからない。

というか、久しぶりって……これまでなった事があるのだろうか？

そこで、不意に大声が響き渡った。

「ドラゴンだッ！　ドラゴンが……温泉にッ！　何故!?」

「あんぎゃあッ!?」

「不確定要素だ、絶対に逃がすなッ！　追えッ！」

水色のドラゴンが後ろ足二本で立ち上がりドタドタ廊下を走っていく。続いて、賊が何人もそれを追いかけていった。奇妙な沈黙が場を支配していた。

ああ、あれが……ティノが言っていた温泉ドラゴンか。

「ドラゴンなのに役に立たなッ……せっかくクライちゃんに助けて貰ったのに悲鳴を上げて逃げ回るなんて……ちょっとは気張れよ」

「どうやらはずれみたいですね……」

リィズとシトリーが呆れたように顔を見合わせる。急なドラゴンの乱入があってさえ、リィズ達から視線を外さなかった見張りが歪んだ笑みを浮かべた。

「諦めろ。我々に――隙はない。なに、安心しろ。《千変万化》の首さえ獲れればお前らは用済みだ。オヤジは慈悲深い。人質も含めて無事解放されるだろうさ」

明らかな嘘だった。残虐非道で様々な街を荒らし回ったバレルは慈悲からは遠く離れた存在だ。そんな生ぬるい手を取るはずがない。だが、ルーダには何もできない。

果たしてこの状況を覆す会心の一手というのは本当にあり得るのだろうか？

相手は人数が多く、おまけに分散している。おそらく、町の人間を隔離している場所にも大勢の見張りがついていることだろう。クロエが迅速に助けを呼んできたとしても、バレルは間違いなく人質をとって逃走するはずだ。

少なくともルーダが今の十倍強かったとしてもこの絶望的な状況を打開することはできない。なんとかバレルを倒す事ができたとしても、間違いなく――少なからぬ犠牲が出てしまう。

レベル7とレベル8の間には大きな壁が存在していると言われている。方法は皆目検討もつかないが、この状況をどうにかできるというのならば、それこそがレベル7とレベル8の間の格の差を示していると言えるだろう。

「もー！　早くしてクライちゃんッ！　決めた、温泉入ってくるッ！　来たら呼んでッ！」

え…………えええええ？？？

見張り達が騒然とする。リィズが立ち上がり、小さく唸り声を上げて力を入れると、手錠を繋いでいた頑丈そうな鎖がばちんと切れる。同じ盗賊職《シーフ》とは思えない恐ろしい剛力だ。

「お姉さま!?」

「お姉ちゃん!?　頭冷やしてッ！」

「大丈夫だって。クライちゃんならきっと、リィズは仕方ないなあって許してくれるから。大体、私が人質を殺すわけじゃないし。バレルが全部悪いんだし。一般人に手を出さないってルールには抵触しないかもしれないし」

めちゃくちゃな理論で立ち上がるリィズに、監視していた賊達が一斉に剣を抜き、向ける。

見張りの一人が弾かれるように駆け出しこの場を離れる。おそらく、連絡しにいったのだろう。

「馬鹿な真似を。貴様のせいで、人質が死ぬ」

「はぁ？　あんた、話聞いてた？　殺すのはてめえらだろ。私じゃねえ」

「安心しろ。人質はこの町の住民全員だ。一人や二人殺したところで予備はある」

最悪だ。《絶影》の整った容貌が不満げに歪み、手錠をぶら下げながら拳を握る。妹の方は頭痛を堪えるように額を手で押さえている。

包囲した見張り達がリィズに飛びかかる。

その刹那――旅館のエントランスの方から悲鳴があがった。

激しい破砕音。先程離れていった見張りが目の前の廊下を吹き飛んでいく。

受け身を取る余地もなく廊下に倒れ伏した見張りはピクリとも動かない。

何が起こったのか？　廊下の方を向いていた見張りの表情が激しく歪み、数歩後退る。

そして、ルーダの視界に『それ』が入ってきた。

最初に見えたのは長く伸びる灰色の蔦《つた》だった。蔦は宙を生物のように蠢き、続いて重い振動を伴い本体が現れる。

その姿に、ルーダ達だけでなく、見張りの表情までも凍りついた。

現れたのはクライではなかった。いや、そもそも人ですらなかった。

「魔……物？」

蔦のように見えたそれは、蔦ではなかった。腕ですらない。髪だ。

横幅の大きい岩石のような肉体に、頭部から出た触手のようにうねる髪。ゴーレムではない。ゴーレムはもっと無機質だ。それは岩石のような肉体を持っていたが、明らかに生きていた。

顔立ちは不思議と人間に似ていた。金色の瞳からは確かな知性が窺える。ボロ布のような毛皮を身に纏い、両腕を大きく開き咆哮する。

「りゅりゅーーッ、りゅーーッ!!」

野太い叫び声を上げ、謎の巨人が近くにいた見張りの一人に突撃する。賊はとっさに小太刀でそれを迎え撃つが、髪に当たった刃はあっさりと弾かれた。

「な、なんだ、こいつらは!?　貴様らの味方か!?」

見張りの一人が叫ぶが、そんなわけがない。髪は大きく広がり、敵味方問わず狙っていた。倒れ伏すアーノルドの真上から落ちてくる触手を、エイがとっさに体当たりで逸らす。

再び振り下ろされた髪の一撃を、ぎりぎりで《絶影》が蹴りで受けた。

触手が弾かれ大きく宙を泳ぐ。《絶影》が戸惑ったように呟く。

「何こいつ？　シト、説明」

「……洞窟の奥に住み着く亜人種――『アンダーマン』に似てるけど……なんでこんな所に……」

どうやら《嘆きの亡霊《ストレンジ・グリーフ》》は白のようだ。だが、状況は何も良くなっていない。

アンダーマンという名らしい巨人が手を止め、獲物を見定めるようにぐるりと周囲を見渡す。だが、その間も地響きのような足音は止まっていなかった。

バレルの一人が叫ぶ。その声には先程までは欠片もなかった焦りが含まれていた。

「ッ！　一匹じゃないッ!!　来るぞッ!!　構えろッ！」

それは、唐突にやってきた。最初に気づいたのは、バレル大盗賊団の中でも虎の子の部下。空から哨戒していた魔術結社から入手した合成獣《キメラ》に騎乗した兵だった。

だが、これまで様々なものを経験し何度もバレル大盗賊団に貢献していたその兵も、完全なる未知を前に反応が遅れた。いや——反応が遅れなくても無駄だっただろう。

次に気づいたのは地上を巡回していた忍達だった。忍達は未知を前にすかさずジェフロワに報告を走らせた。だが、それもまた無駄だった。

いくらバレル大盗賊団の司令塔であるカートンの頭の回転が早くても無意味だった。

そこに策はなかった。それは、バレル大盗賊団の水際立った動きとは異なるただの『侵略』だった。

カートンが目を見開き、呆然と言う。

「なんだ、こいつらは……？」

「りゅーーーーー！」

現れたのは灰色の人型の魔物だった。しかも、それは一体ではなかった。

ジェフロワと同じくらい巨大な岩の巨人が、その頑丈な肉体に物を言わせるようにバレルの兵に飛びかかる。うねる髪が地面に激しく打ちつけられる。その一撃は威力こそ高いが、忍ならば十分回避できる速度だった。だが——数が多すぎる。

いつの間にか、囲まれていた。無数の灰色の魔人。その金の瞳がジェフロワ達を見つめている。

混乱する。門はジェフロワ達の陣取る広場の前、一つしかない。これだけの数が空の監視を掻い潜り現れるわけがない。

「なんだ、この数は!?　どこから出てきた？」

「円陣を組め！」

「りゅりゅりゅーッ！」

魔人には二種類いた。小柄で人に似た素早い魔人と、力に秀でた、その誰もがジェフロワと同等の体躯を持つ大きな魔人。共通点は自在に動く触手のような髪だ。

それらが躊躇いなく、ジェフロワ達に飛びかかってくる。

「数人で当たれッ！　ボス、行くぞッ！」

「ッ……クソッ、一体何が──」

カートンの叫びに、ジェフロワは戦斧を振り回した。

一瞬、《千変万化》の策略かとも考えるが、目の前の魔人達の眼は明らかにジェフロワ達を識別していない。その深い金の瞳の奥に見えるのは昆虫のそれに似た感情のない純粋な殺意だけだ。もしも人質がこの場にいたとしても、この魔人達は躊躇わずに襲い掛かってきていただろう。

ジェフロワが頭目だと識別する程度の知性はあるのか、数体の魔人が飛びかかってくる。それを、ジェフロワは斧の一閃で撃退する。重い一撃を受け真っ二つになった魔人が倒れ伏し、動かなくなる。

だが、残りの魔人達の動きは欠片も鈍らなかった。精神構造がまるで違う。

まるで死に対する恐怖をまるで感じていないかのように、新たな魔人が躊躇いなくジェフロワに飛びかかる。死体が残っている。幻影《ファントム》ではない。だが、その事実は何の救いにもならない。

魔人は自在に動く髪の毛の他に、二本の腕を持っていた。技術はそこまでないようだが、人間とは手数が違いすぎる。回避しても迎撃しても構わず間断なく襲い掛かってくる攻撃は厄介極まりない。

ジェフロワにとっては大した相手ではない。岩石のような肉体も、衝撃を増加する宝具の斧の敵ではない。だが、部下達は違う。単純な数と力技で襲い掛かってくる魔人達は厄介に過ぎた。たとえその硬い体皮の防御を突破できたとしても、多少の傷程度では魔人の動きは鈍らない。人ではないせいか、刃の毒も効いていないようだ。いや——それどころか、攻撃が激しくなってさえいる。

一人、また一人と触手のような髪の一撃を受け、倒れ伏す。なんとか持ち堪えているが、多勢に無勢だ。斧を振り回し魔人達を薙ぎ払うが、その数は一向に減っている気配がしない。

「ジェフロワ、撤退するぞッ！　人をなるべく集めて、撤退だッ！」

「ッ…………クソッ！」

後少しだった。ミスはなかった。後少しで、あの《千変万化》の首を獲れたのだ。

鬱憤《うっぷん》を晴らすかのように斧を叩きつける。その分厚い刃が地面に深く食い込み、衝撃を撒き散らす。

「ボス、引き際を見誤るなッ！　まだやり直せる。バレルは最強だッ！」

「ッ…………ああ、わかってるッ‼」

カートンの言葉に激高し、叫ぶ。歴戦の騎士もハンターも衛兵も、今まであらゆる相手を揺るがした咆哮はしかし魔人を相手に全く効果がない。

「者共、撤退戦だッ！　他の連中を拾って撤退だッ！　切り開く、この俺に——ついてこいッ！」

バレル大盗賊団は大所帯だ。武器は新調できても訓練し技能を取得した配下は簡単には増やせない。仲間への慈悲などではなく、実利的な理由で、スルス制圧のために散開させた部下達を切り捨てるわけにはいかなかった。

カートンが配下を落ち着かせるべく、鋭い声をあげる。

その時、バレル達を蹂躙していた魔人達の動きが一斉に停止した。攻撃途中だった者も、迎撃から身を守っていた者も、そしてジェフロワの一撃で死ぬ寸前だった者まで、動きを止める。

「な……なんだ!?」

その視線が揃って一つの方向を向く。先程までの烈火の如き侵略が嘘のような静かな動きに、途方も無い寒気を感じる。

そして、魔人達はしばらく沈黙した後、揃えて声をあげた。

「りゅーーーーーーーーーーー!」

最初の咆哮とは違う、まるで歌うような声だった。続いて、ステップを踏み、くるくると回転を始める。敵を前に、一切の躊躇いなく、まるで何かの儀式であるかのように。

「オヤジッ！　あれを——」

忍の一人が叫ぶ。その視線の先にあったのは——スルスでひときわ大きな旅館だった。瓦が連なる屋根の上に、周囲にいる魔人と比べても圧倒的に巨大な魔人が立っていた。

だが、注目すべきはそこではない。

目を凝らす。その魔人の頭の上に——一つの人影が立っていた。

大型の魔人よりもスリムで、小柄な魔人よりも背の高い、人間のようなシルエット。服装はジェフロワの部下達が着ていた着物に似ている。露出している肌は他の魔人と同様に灰色だが、その一点を除けば、人間そのものだ。髪は申し訳程度に動いているが、他の魔人と比べ明らかに短く、大人しい。

その頭には王冠が被せられていた。謎の人影が困ったような情けないような表情で口を開く。

まるでそれに耳を傾けるかのようにぴたりと魔人達の動きが止まる。

そして、その人影はまるで人間のような声で叫んだ。

「りゅんりゅんりゅーりゅりゅ！」

第三章　温泉の覇者

この世の中にはどれだけ注意しても落ちる落とし穴というものがある。

僕はわりと運が悪い方なので度々トラブルに巻き込まれているのだが、今回のように温泉に行こうとしたら意味不明な人間にさらわれるなど、その筆頭と言えた。

そして、大抵のトラブルは無能な僕にとってどうあがいてもどうにもならない事である。

無抵抗に地下にさらわれたレベル8ハンター。《千変万化》が選んだ神算鬼謀の策。

それは――『人類は皆、友達。逃げ出すことが無理なら、仲間になってしまえばいい』作戦だった。

ティノから貰った宝具――『踊る光影《ミラージュ・フォーム》』。

その黒の腕輪が持つ力は――幻の生成である。そして、僕は度重なる一人遊びの結果、ある程度うまく幻を生み出せるようになっていた。

半ばヤケクソ気味に腕輪を発動し、肌の色と髪の毛と顔に少しだけ幻を被せる。変わるのは見た目だけで、匂いも能力も全く変わらないのだが、どうにか誤魔化すしかない。

地底人達が牢の前にやってくる。そして脅すような声を上げながら僕を見て――目を瞬かせた。

「りゅ!?」

別種に見えるほど体格が違う岩のような地底人が疑問の声をあげる。

なんと言っているのだろうか？　目を瞬かせていると、巨大な地底人達の間から、僕を攫《さら》った額に模様のある小柄な地底人が現れた。自らよりも倍以上大きな周りの地底人達に言う。

「りゅんりゅーりゅ」

やはり僕の知らない言語体系なのだろう。小柄な地底人は僕に髪を構成する太い触手を向けると、まるで言い訳するように続けた。

「りゅーりゅー」

「りゅーーーーー」

他の地底人が大きな腕を上下に振り、抗議している。どうやら意見が割れているらしい。

幻を纏った状態でも余り地底人に近い姿を作れているような気はしないのだが、彼らは……も しかしたら見た目より中身を重視する文化なのかもしれない。

僕は仲間だよ。友達だよ。そんな思いを込め、僕は言った。

「りゅりゅんがりゅー」

「!?」

もちろん僕に地底人の言葉はわからない。

だが、為せば成る、為さねば成らぬ、何事も。本気の言葉はきっと伝わるのだ。

「りゅーりゅーりゅうーん」

「…………りゅう？」

首を傾げ、模様のある地底人が尋ねてくる。

……なんというか……どうやら地底人の言葉はイントネーションでも意味が違うようだ。どうしてこんな単純な音の数で意思疎通を取れるのかわからない。自分が何を言っているのかもわからない。

だが、会話を交わせているのだから何もやらないよりはきっとマシだ。シトリー、早く来て……。

僕は『うんうん、そうだね』の意味を込めて首を縦に振った。

「りゅんりゅんりゅーりゅりゅ！」


どうやら僕の意志はしっかり通じたらしい。ざわめきながらも、地底人が牢から僕を出してくれる。

いつもならば真心込めて対応しても激怒されることが多いから、もしかしたら適当に喋ったほうが交渉力が高い可能性もある。僕の価値ってなんなんでしょうか……。

りゅーりゅーとしきりに話しかけてくる小柄な地底人（多分女の子）、りゅーりゅー野太い声で話しかけてくるごつい地底人（多分男の子）に相槌を打ちながら、彼らの住処《すみか》を歩いていく。

牢の外は考えていた以上に広大な空間だった。まさか地下にこれほどの空洞があるとは誰も思わないだろう。もしかしたらスルスがすっぽり入りそうな大きさがある。そして……地下と聞くと涼しいイメージだが、ここはとても暑い。

手すりつきの細い道。そこから覗くと遥か下にはマグマの川が流れ、光源となっていた。文明は予想以上に発展しているらしく、街中のそこかしこには湯気の立つ水路が通っている。石製の家屋も幾つも建てられていて、地底人達がそこから僕を覗きざわめいていた。

天井は遥かに高く、ここがどれだけ地下なのかもわからないが、僕一人ではとても脱出できない事がわかる。その髪の触手をうまく使って壁を登っている地底人が何人も見えるが、僕は髪を腕のように使える程器用じゃない。本当に……この世界は不思議でいっぱいだ。

しかし一体どこに向かっているのだろうか？　外に案内して欲しいのだが……。

周りを屈強な地底人に囲まれ、どんどん地下に降りていく。

辿り着いた先にあったのは——溶岩に囲まれた円形の空間だった。

この光景、どこかで見たことがあるような……そうだ、闘技場のリングだ！

如何にも物々しい光景に、思わず立ち止まり、地底人に尋ねる。

「りゅーりゅりゅー？」

「りゅーりゅー！」

何言ってるのか全然わからない。髪の毛にぐいと押され、仕方なく前に進む。

マグマに囲まれているせいか気温と湿度が凄い。スチームサウナの中に放り込まれたかのようだ。

一本だけ存在する道からリングの中央に立つと、周りを囲んでいた地底人達が喝采の声をあげた。

「りゅーりゅーりゅりゅー!!!」

大人気だな。どうしようもないので片手を上げて期待に応える。

「りゅりゅんがりゅう！」

「りゅーりゅーりゅっりゅりゅー!!!」

無事帰れたらシトリーちゃんに絶対この事を教えてあげよう。

そんな事を考えている内に、周囲のボルテージは上がるところまで上がっていた。いつの間にか四方の壁には地底人達が沢山張り付き、僕に注目している。

そして、僕が通ってきた道から、一人の地底人がリングに入って来た。

僕を案内してくれた地底人の男よりも一回り大きな屈強な地底人だ。その肉体はとても人間には見えない。そして多分おそらくきっと、人間じゃない。

地底人は僕の対面に立つと、その髪の一房（？）を大きく振り上げ、僕のすぐ横に叩きつけた。

全く反応できなかった。攻撃されたと気づいたのは、横の地面をその髪がえぐった後だった。

振動に足元が揺れ、爆発的な歓声が周りの地底人から上がる。対面の男地底人がまるで己を誇るような咆哮をあげる。そして、僕はようやく気づいた。

あれ？　もしかして僕…………戦わされる感じ？

「りゅ、りゅりゅ……りゅう……」

「りゅうううううううううううう!!」

恐る恐る停戦を要求するが、地底人の答えは凄まじい咆哮だった。その髪がぐにょりと伸び、四方から同時に僕に襲いかかる。

当たり前だが、避けられるわけがなかった。いつも通り結界指《セーフ・リング》が発動し、重い一撃を防いでくれる。

どうやらぎりぎり一個の発動で間に合ったようだ。攻撃を棒立ちで受けた僕に地底人が目を見開く。

僕はとっさに、ペンダント型の異郷への憧憬《リアライズ・アウター》を発動した。

呪文の名前が頭に浮かぶ。唱えなくても力は解放できるのだが、反射的に唱える。

「りゅりゅーりゅりゅ、りゅりゅりゅーりゅ（氷精の吐息《フローズン・ブリーズ》）!!」

ひやりと、冷たい風を感じた。

異郷への憧憬《リアライズ・アウター》は使いづらい宝具だ。魔術をストックする際、本来その術を使用するのに使う魔力《マナ》のおよそ百倍の消費があるという事もあり、ある程度ランクを落とした術しか込められない。

「りゅ!?」

冷ややかな風を浴び、僕より頭三つ分は大きい地底人が小さく声を上げる。

そして――そのまま、停止した。見開いた目も伸ばしかけた触手も、まるで時が止まったかのように動かない。周りで見ていた地底人達が一瞬沈黙し、続いて歓声をあげる。

予想外の状況に一番驚いているのは僕だった。あんな微風でこんな大きな地底人が動けなくなるなんて……どうやら地底人は、冷気に弱かったようだな。

魔物の中では特定の属性を苦手とする者もいる。マグマの流れるすぐ側に街を作るくらいなのだから、そういう生態なのだろう。逆に僕はもう暑さでふらふらである。

手を伸ばし固まっている地底人の体表にふれる。ひんやりしたその感触を感じるやいなや、その目がギョロリと動いた。その口がゆっくりと野太い声をあげる。

「!?」

死んでいなかったのか……そりゃそうだ。自分の考えのなさに嫌になる。クリュスが渋々、込めてくれた術がいつもルシアの込めてくれる術に勝てるわけがないのだ。

その触手が再び蠢き、またも無防備な僕を下方から抉るような角度で打ちつける。結界指《セーフ・リング》はまだ残っているが、すでにクリュスが込めてくれた術はない。

どうやら怒りで興奮しているようだ。轟という音。地底人が髪ではなく両腕を振り上げる。岩石のような手から伸びる爪はまるで鉤爪のように鋭い。

しかしその時、外野から鋭い声があがった。

「りゅりゅりゅーーーーーー!!」

その腕が振り上げられたままピタリと止まる。声を上げたのはリングまでの通路のすぐ外で腕を組んで見ていた小柄な地底人だった。

「りゅうりゅう!!　りゅりゅりゅりゅりゅりゅ！」

「りゅう？」

「ッ……りゅーんッ！」

何言ってるのか全然わからん。だが、僕を指しながら糾弾するように叫ぶ女地底人に、今まさに僕を八つ裂きにせんとしていた地底人が冷静さを取り戻したように腕を下ろす。

そのまま短く僕にりゅうりゅう言うと、そのまま踵を返してリングの外に出ていった。

ふむ、なるほど……よくわからないが、判定勝ちという事だろうか？　クリュスにはお土産を買っていってあげよう。

そんな事を熱でふらふらの頭で考えていると、信じられない事にリングの向こうから今度は五人の地底人が入って来た。そして、僕を取り囲むようにズラリと並ぶ。

その一体一体が先程戦った奴と同等以上の体格だ。意味がわからなかった。

え？　二回戦……？　一体だけでも手に負えないのに、余りにも多勢に無勢だ。吐きそう。

抗議してくれた地底人に視線を向けるが、女地底人はどこか神妙な面持ちで頷くだけで今度は抗議してくれないようだ。しかたなく大きく深呼吸して、目の前の地底人達に慈悲を乞う。

「りゅ、りゅりゅ……りゅう……りゅ！」

「りゅうううううううううううう!!」

地底人達が咆哮し、襲いかかってくる。どうやら怒っているようだ。

駄目だ。自分がなんと言っているのかすらわからないから、何が悪いのかもわからない。

僕よりも遥かに大きな五人の地底人が襲ってくる。チビな僕に全力で髪を向けるなんて、戦士の風上にも置けない。しかも今回は正面からではなく、コンビネーションで攻めるつもりのようだ。

正面から来てもどうしようもないのに四方八方から攻撃を受ければいくら結界指《セーフ・リング》があってもひとたまりもない。僕は破れかぶれにシトリーにお土産に貰った、何が入っているのかわからない指輪型の異郷への憧憬《リアライズ・アウター》を発動した。

聞いたこともない呪文が頭に浮かぶ。

「りゅーりゅんりゅりゅりゅりゅ（静かなる死《アーロン・ミスト》）？」

魔法が解放される。物騒な名前に反して、その魔法は何ら目に見えた効果を発揮しなかった。

クリュスが込めてくれた魔法のように冷気のようなものも感じない。にもかかわらず、周りを囲んでいた地底人達の動きがピタリと止まり、その目が大きく見開かれる。

何が起こったのだろうか？

誰よりも状況がわかっていない僕の目の前で、地底人達の身体が膨張した。

「りゅりゅ!?」

観客達が驚きの悲鳴をあげる。メキメキと岩石のような肉体が成長する。ただでさえ屈強だった体格がそびえるように変化し、筋肉が膨張する。もともとガークさん並みの体格だったのに、今はアンセムより少し小さい程度の大きさにまで変化していた。いや、それはもはや――進化だ。

観客達が呆然としているが、一番衝撃を受けているのは僕だ。ぎょろりと血走った金の瞳が遥か上から僕を見下ろす。それが――五人。

は？　まさか………入ってたの、強化魔法？　……そんなのありかよ。

最低である。ただでさえ勝てなかったのに更に勝てなくなってしまった。

どうすりゃいいんだよ、こんなの！　救いはないのか！　思わず声を上げる。

「りゅう……」

おまけに熱で頭がくらくらしてきた。ここは熱すぎる。ふらつき、頭を押さえる。

もうダメだ。年貢の納め時だ。僕はここで死ぬんだ。最後にルーク達に会いたかった。どうせ死ぬならシトリーと結婚してあげればよかった。リィズと遊んであげればよかった。

だから僕は引退したいと言ったんだッ！　でも、今回は別に危険地帯に向かっていたわけじゃないし、引退しなかったせいではない気もする。完全に詰んでいた。こんなのどうしようもないよ……。

「りゅうううううううううううううう！」

完全に現実逃避して目を瞑る僕の耳に、震えるような声が入ってくる。

割と人間みたいな見た目なんだから、人間みたいな言葉で喋ってよ……。

ぎゅっと目をつぶってその時を待つが、いつまで経っても攻撃が来る気配はなかった。

ゆっくりと目を開く。そして、僕はぎりぎりで声を抑えた。

…………は？

何故か、強化魔法で肉体まで変容してしまった地底人達が揃って伏せていた。倒れたわけではなく、まるで土下座するかのように頭をこちらに向けている。長い髪がぺったり地面についている。

意味がわからない僕を、これまでで一番の歓声が包み込む。

音でマグマが激しく揺れる。マグマのど真ん中でりゅうりゅうと喝采を受けたことがある人間なんて世界広しと言えど、僕だけだろう。だが、熱でもう限界だった。さすがの結界指《セーフ・リング》も気温の高さは防げない。そういうのを防ぐにはまた別の宝具がいるのだ。

「りゅ……」

短い声で答えた瞬間、膝が砕け崩れ落ちる。そんな僕を、さっと飛び込んできた、僕を攫った、言わば僕が今こんな状況に陥っている元凶の地底人が触手で支えてくれる。

目を見開きりゅうりゅう言ってくる地底人に僕も意識が朦朧《もうろう》とする中、りゅうりゅう答える。

なんか慣れてきたぞ。りゅうりゅう言っていればいいんだ。

僕の言葉を聞いた地底人は、手を持ち上げ大きな声で叫んだ。

「りゅーーーーーーーーーーんッ！」

――そして、気付いたら僕は強化地底人の上に祭り上げられ、スルスの町並みを展望していた。

周囲の建物より一段高い屋根の上からは、のんびりしていた温泉街だったはずのスルスのあちこちに煙が上がり、酷く物々しい空気に包まれている事がよくわかる。だが、状況はさっぱりわからない。僕はりゅうりゅう言っていただけだ。確かにちょっと楽しくなっていた事は認めるが、それだけなのに、何故か王冠のような物を被せられ、神輿《みこし》のように担がれ、どこにいたのか驚く程の数の地底人と共に穴の外に脱出していた。

帰り道を見ていて知ったのだが、どうやら、温泉工事のために開けた穴が、地下文明の横道にかすっていたらしかった。どれだけ運が悪いんだろうか……。

その触手のような髪と手の鉤爪は地面を掘り進み垂直の壁を登るには便利なようだ。横道は狭いので全員は一度に出られなかったが、こうしている間も地上に来訪する地底人の数は増え続けている。

この地底人達、もしや魔物？　まずいんじゃないの？　とか思うが、どうしていいかわからない。近くで、僕を攫った地底人が跪《ひざまず》き、じっとこちらを見上げている。

余り自信はないのだが、僕の目が正しければ――そこには尊敬の情が含まれていた。

なんだかよくわからないが、言葉を待っているようだ。なんと言えばいいだろうか……ここまで見送りありがとう、地底にお帰りとでも言うべきだろうか。人間に手を出すなとでも言うべきだろうか。

僕は大きく深呼吸をすると、心を込めて言った。地底にお帰り……。

「りゅりゅりゅーりゅりゅりゅりゅりゅりゅりゅ」

「!!　りゅるるるるるるるる！」

地底人の（多分）女の子が僕の声を下々の民に伝える。それを聞いた地底人達は一斉に髪を逆立てると、甲高い叫びをあげ、駆け足で周囲に散開していった。


旅館内は完全にパニックに陥っていた。最初は状況を窺いティノ達の監視をなんとか続けようとしていた賊達からもすぐに余裕が消え失せた。

数だ。その奇妙な生き物達は高度な訓練を受け、数を揃えたバレル達を蹂躙できるくらいに大量に存在していた。奇しくも、数でスルスを制圧していた盗賊団はさらなる数に押しつぶされたのだ。

そしてもちろん、ティノ達に余裕があるわけではない。

「こういう時のために、盗賊《シーフ》がいるのッ！　わかる？　ティー！」

お姉さまがどこに隠していたのか、針金を取り出し、まるで魔法のようにティノの手錠を外す。

そのままティノに針金を渡すと、目の前に迫っていた生き物を蹴り飛ばした。

「ティー、手錠外しッ！　五分で全員分ね。できなかったら手錠つけたまま戦闘だから」

「!?　は、はい……ッ！」

どうやらこんな状況でもお姉さまはいつも通りのようだ。その事実になんとなくほっとするが、慌ててまずシトリーお姉さまの手錠に取りつく。

侵入者達のターゲットがバレルの賊だけなんて都合の良い話はない。数が一番多いのが賊なので今襲われているのは大体バレルだが、ここにはルーダ達や、町の衛兵達もいる。急がねば死者が出る。必死にがちゃがちゃ針金を動かすティノの耳に、お姉さま二人の会話が入ってくる。

シトリーお姉さまの声もリィズお姉さまと同様に冷静だ。

「なんか、こういうの久しぶりかも。どうする？」

「うーん、とりあえず人質を助けるのが先決かも。これが町全体で起こっているなら、見張りもパニックになっているだろうし……」

え…………？　ここで人質の事を考えるんですか!?

《絶影》は断じて人間社会のモラルに縛られるような人間ではない。そもそも、正義感に溢れた人間でもこんな状況で第一に人質の事を考えるなど、そうできる事ではない。

だが、その言葉にお姉さまも納得したように頷いていた。

思いもよらぬ言葉に手が滑り、ぱちんと手錠の鍵が外れる。シトリーお姉さまはパンパンと手首を払うと、りゅーりゅー言いながら縦横無尽に破壊を繰り広げる乱入者達に真剣な表情を向けた。

「…………うん、言葉は、一般的なアンダーマンと一緒みたい。言葉というか彼らは音で意志の疎通をするんだけど――」

「え!?　シトリーお姉さま、なんて言っているのか、わかるんですか!?」

「話せはしないけど、聞き取りだけならなんとか……」

聞き取りだけ……それでも十分凄かった。確かに鳴き声はよく聞くとそれぞれ音やイントネーションが違うが、それで言語を解するというのはにわかに信じがたい。

「なんて、言っているんですか？」

「えっと……『王の命令だ。力を示せ。我らが王と姫に勝利を捧げよ。古き厄神も恐れるに足らず、今こそ積年の望み、我らが大地を支配する時』」

え!? あの鳴き声にそんな長い意味が!?

内容も凄いが、ティノではつっこみが追いつかない。

お姉さまが眼を細め、襲い掛かってきた触手を掻《か》い潜り、その足を刈る。倒れたアンダーマンの頭蓋を踏み潰すと、鼻を鳴らして言った。

「ふーん、そんな強い王がいるわけ。厄神ってのも気になるけど、とりあえず王とその姫とやらを倒せばいいってこと？」

混乱するティノと違い、お姉さまの言葉はとてもシンプルだった。

そうか……それならば、まだ勝ち目がある。こちらには戦力が揃っているのだ。

だが、その言葉に、シトリーお姉さまは困惑したように首を横に振った。

「うーん………アンダーマンの文化から考えると……倒したら逆に死兵になるかも。彼らにとって王は――絶対だから」

解錠スキルの重要性を強く実感しながらなんとか一通りの手錠を外し終える。

幸いな事に、縛られていた者には負傷者はいなかった。襲撃してくるアンダーマンの大半がお姉さま二人を狙っていたからだ。

姉を盾にしてうまく立ち回っていたシトリーお姉さまが言う。

「どうも、戦士の方が、得点が高いようです」

「何？　皆ルークちゃんみたいな発想なわけ？　気持ちはわかるけどさぁ……」

手錠が外れた事で、《焔旋風《ほむらせんぷう》》と《霧の雷竜《フォーリン・ミスト》》が戦線に復帰する。衛兵達の拘束も外したのだが、どうやらハンターと違いアクシデントには余り慣れていないらしく、役に立ちそうもない。

すでにバレルの大半は旅館から逃げ去っていた。シトリーお姉さまが宝具で痙攣する《豪雷破閃《ごうらいはせん》》にポーションを打ち込む。アーノルドの苦悶の表情が少しだけ和らぐのを見て、エイが礼を言った。

「すまねえ、助かった」

「いえいえ。持ちつ持たれつですから。今はこれからの事を考えましょう」

「あ、ああ。よくわからねえが、とんでもない事が起こっているのは間違いねえ」

相手は数が多すぎるが、一対一ならば軍配はティノ達に上がる。お姉さま二人やティノは魔術などは使えないが、《霧の雷竜《フォーリン・ミスト》》には魔導師《マギ》もいる。シトリーお姉さまは数秒考え、即断した。

「分かれましょう。私達が原因を排除します。貴方達は人質を探してください」

「何!?」

「アンダーマンは戦士の命を第一に狙っているようです。拘束された、マナ・マテリアルをろくに吸っていない非戦闘員は一番優先度が低いはず。まだ生きている可能性はそれなりにあるかと」

ちょうどその時、意識を失っていたアーノルドが腕をつき、身体を起こす。

まだ顔色はあまり良くないが、とっさに対応したとは思えないすごい効き目のポーションだ。

アーノルドは荒い呼吸を整えると、ギロリとシトリーお姉さまを睨みつけた。

「原因は……任せた。人質の方は、人数の多い、俺達が適任だ」

どうやら、もう動けるらしい。アーノルドが立ち上がり、真上から飛びかかってきたアンダーマンに拳を振り抜く。吹き飛ばされたアンダーマンは仲間を巻き込み、壁にめり込み沈黙した。

マスターを追いかけ、一度は拳も交えた相手だが、仲間になると頼もしい。

アーノルドはその辺の倒れ伏す賊から剣を奪うと、大きくそれを振り上げ、咆哮した。

「道を、開くぞ。続けッ！　今こそ、ネブラヌベスの戦士の力を見せる時だッ！」

アーノルドが駆ける。本来の武器を持っていなくとも、病み上がりであっても、《豪雷破閃》の力は絶大だった。立ちはだかるアンダーマン達を使い慣れない武器で薙ぎ払っていく。

「毒は使わない方がいいです。彼らは体質が違うので、逆に強化してしまう可能性がありますッ！」

シトリーお姉さまと、ノミモノとキルキル君のコンビの奮戦もあり、ほとんど被害なく旅館を出る。

外も旅館の中と同様、酷い有様だった。ほとんど人のいなかった通りには屈強なアンダーマン達がひしめき、地面には無数の賊と返り討ちにあったであろうアンダーマンが打ち捨てられている。

「りゅううううううううううううう!!」

勝どきのような鳴き声が蒼穹に響き渡っていた。獲物を求め闊歩していたアンダーマン達の無数の金の目がティノ達に注がれる。

マスターから貰った仮面を持ち歩いていればよかった。少しだけ後悔しながら、連戦に少しだけ乱れた呼吸を整え、蹴りを放ちやすいよう、浴衣の裾をびりびりと破いてスリットを作る。

ここは戦地で、敵は魔物だ。いくらお姉さま達がいるとは言え、一瞬の油断が命取りになる。

《豪雷破閃》はかつてマスターに向けていた眼光をアンダーマン達に向け、強い感情を押し殺しているような声で言った。

「屋根の上を行け。俺達は人質を探す」

《焔旋風》や衛兵達も、アーノルドの言葉に、覚悟を決めた表情をしている。

エイがいつも通り軽薄な、だが覚悟を決めたような笑みを浮かべた。

「この数が相手ではどうせ逃げ切れねえ。戦うしかねえ。なに、そっちが原因を倒すまでの辛抱だ」


今日は人生最悪の日だ。スルスの町を実質的に治める長、長年この平和な温泉街の発展を見守ってきたマルコスはただ呆然と混乱する広場を見ていた。

すでに目まぐるしい状況の変化はマルコスの処理能力を遥かに超えていた。マルコスが長いことスルスを治める事ができたのは、長らくこの町が平穏だったからだ。まずここ十年は目撃情報すらなかった温泉ドラゴンがスルスでも屈指の高級旅館で見つかっただけでも許容範囲ギリギリだったのだ。

気がついた時には、賊に捕まり、広場に力ずくで連れてこられていた。バレル大盗賊団の噂が出回り観光客も来ない今、町に残っているのは顔見知りばかりだ。集められた面々を見て、初めてマルコスはスルスの町が支配されたことを知った。

町の人間が手荒な事をされず、縛られもしなかったのはおそらく、賊達がその手間を惜しんだからだろう。広場には衛兵など多少なりとも戦闘経験のある者はいなかった。そして実際に、マルコスは明らかに手慣れている賊の眼光を浴びただけで、抵抗の意志を失った。

手はあった。前日にかの高名な《嘆きの亡霊《ストレンジ・グリーフ》》の錬金術師《アルケミスト》から受け取った、即席のゴーレムだ。

ひとまず無料でいいと言われ渡された、液体に入れるだけで一瞬で強靭な液体ゴーレムを作れるその核を、マルコスは使わなかった。

抵抗して殺されるくらいならば助けを待つべきだ。そんな判断もあるが、何よりも使わなかった一番の理由は……賊が恐ろしかったからだ。

賊達はマルコス達を武装解除しなかった。隙はあった。だが、使えなかった。賊は腕利きで、ゴーレムでも抵抗できるか怪しかった。そんな言い訳もできるが、自分の事は騙せない。

そして、町の人間達と共に広場で青ざめている間に状況はさらなる急展開を見せている。

先程までマルコス達を見張っていた沢山の賊達はいなくなっていた。抵抗すれば殺すと断言した恐ろしい男も、一切抵抗しないスルスの住人達に馬鹿にするような視線を向けていた女も既にいない。

皆、いきなり襲い掛かってきた大量の魔物達と交戦し、不利を悟ると逃げ出してしまった。

残されたのは今までマルコスが見たことのない灰色の魔物に囲まれた自分達だけだ。

魔物は強靭で、高い知性を持っていた。あの大量にいた統率の取れた賊達が逃げ出すレベルなのだ。ただの一町長であるマルコスに挽回する手はない。

賊達に躊躇いなく襲い掛かった魔物達は、何故かマルコス達を放置していた。だが、その無機質な目には慈悲の欠片もなく、周囲を取り囲み奇妙な言葉で会話しているところを見ると逃がすつもりはないらしい。人質達は皆青ざめ、震える者もいた。徒党を組んで賊達に襲いかかるあの姿を見れば逃げる気すら潰えるだろう。中には激しいショック故か体調を崩し、倒れている者もいる。

賊と魔物、どちらがマシだろうか？　そんな現実逃避をするマルコスの目の前に、ふと魔物の一匹が歩いてくる。そして——そのまま緊張と恐怖に頭が真っ白になるマルコスの眼の前を、通り過ぎた。

魔物が目をつけたのは、マルコスではなかった。立ち止まった先にいたのは、スルスで商人をやっている男だった。恵まれた体格もあり、日頃はスルスで一番の力自慢を謳っている男だ。もちろん、荒事に携わっているわけではなく、本職のトレジャーハンターとは比べるべくもない。

頭の触手が伸びる。引きつった顔をしている男の胴に絡みつき、易易と二メートル近い巨体を持ち上げる。商人の男が悲鳴をあげ暴れるが、人間とは根本的に違う巨大な魔物はびくともしない。

「りゅーりゅー」

何を言っているのかはわからないが、込められている感情はわかる。その声は平静だった。賊を襲った時のように戦意はなく、人間に少しだけ似た表情には退屈が見える。

魔物が町人を捕まえた触手を大きく振り上げる。何をするつもりなのか。それを理解した瞬間、マルコスは反射的に懐から核を取り出していた。

「うわあああああああああああああッ！」

十個程受け取った核をばらまく。焦っていた。狙いはつけられていなかった。だが、ばらまいた核の一つが転がり、排水用の側溝に落ちる。

あの錬金術師《アルケミスト》の売り込み通り、効果は数秒で現れた。側溝に流れる温泉を吸って、半透明の人型が現れる。遠巻きに広場を囲んでいた魔物達の視線が、男を今まさに地面に叩きつけようとしていた魔物が、そちらに集中する。

「りゅー!?」

一体三千万ギールするゴーレムが指示もないのに滑らかな動作で動き出す。半透明のゴーレムが最初にやったのは、水に入らなかった核を側溝に叩き込むことだった。

思いもよらぬ行動に目を見開くマルコスの前で、まるで木々が生えるようにゴーレムが生える。

男を捕まえていた魔物が、まるでゴミを捨てるようにぽいと男を解放する。

魔物が先程賊を襲った時のような嬉々とした声をあげ、ゴーレムに襲いかかる。十体の温泉ゴーレムは恐怖を感じさせない動作でそれに立ち向かった。身体がお湯で構成されているせいか、触手を受けても平然としている温泉ゴーレム達はかなり頼もしい。

ああ、今回の件が無事解決したら――温泉ゴーレムの核をできる限り購入しよう。

そう決意するマルコスの目の前で、怪物とゴーレム達が激突した。

屋根の上を飛び移りながら、スルスの町を駆ける。

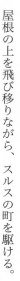

足元は不安定だったが、お姉さまから受けた鍛錬の中には帝都の屋根の上を飛び移るというものがあった。建物の高低差が大きい帝都に比べたらスルスの町を駆けるなど簡単だ。

アンダーマン達はそれこそ町中に存在していた。屋根を走るティノ達も何度も見つかったが、屋根の上に登ってまで追いかけてくる者はいなかった。

おそらく、地底に住み着く者にとって高い所は余り得意ではないのだろう。そして、もしも追いかけられたとしても脚だけならばティノに軍配が上がる。

屋根から侵略されるスルスの町並みを見下ろしながら、錬金術師《アルケミスト》にも拘《かかわ》らず顔色一つ変えずに並走しているシトリーお姉さまに尋ねる。

「しかし……彼らはどこから現れたんでしょう？」

「さぁ？　でもアンダーマンは、本来、地の底に住んでいる、はずだから……」

恐らく伝説にあった亜人も彼らなのだろう。改めて見るが、凄い数だ。もしかしたらスルスの人口よりも多いかもしれない。

どうしてこれほどの軍団がこれまで一切明るみに出ていなかったのだろうか？

もしもバレルがいなかったとしても、これだけの数のアンダーマンに襲われたら苦戦は必至だっただろう。逆に、バレルがいたことでターゲットが分散されてよかった、まである。

………いやいや、さすがにそれは……。

一瞬過《よぎ》った考えを、頭を振って振り払う。バレル大盗賊団とマスターは顔を合わせたことすらないはずだ。ましてや町に入れるなんてとんでもない。どれほどの神算鬼謀でも、賊の動きを完全にコントロールできるわけがない。マスターは神であって、邪神ではないのだ、多分。

ティノ達の目的は、無数に見える程蔓延《はびこ》るアンダーマン達の出処を探すことだ。

そして、それはすぐに見つかった。つい先日、マスターと一緒に観光している際にも通りかかった温泉予定地だ。開けられた穴から絶え間なくアンダーマン達がよじ登ってくるのがわかる。

シトリーお姉さまが困惑したように眉をハの字にして言う。

「ああ、あの穴が、繋がってるみたいね……こんな例、初めて見るけど」

「ふーん……埋める？」

「いや、埋めてもすぐに掘り起こしてくるから……アンダーマンは穴掘りが得意だし……しかし、相当大きな集落があるみたい……アンダーマンの群れって普通こんなに大きくならないんだけど……」

シトリーお姉さまが目を瞬かせ、次から次へと止《とど》まる気配のない侵略者を見下ろす。

と、そこでティノは気づいた。

地上に現れたアンダーマン達が全員――まず一つの方向を見て、声を上げていることに。

お姉さま二人もほぼ同時に同じ事に気づいたのか、アンダーマン達が見ている方向を見る。

そして、ピンクの虹彩を持つ瞳が揃って見開かれた。

アンダーマン達が見ていたのは――町の中心部にある大きな建物の、屋根の上だった。

屋根の上に蹲るようにしたひときわ大きなアンダーマン。

地上に現れたアンダーマン達が視線を向けているのは、その上に立った細身の影だった。

絶句するティノに、シトリーお姉さまが言い訳のように言う。

「アンダーマンは、小柄であればあるほど敬われる傾向にあるらしいから……」

「で、でも、シトリーお姉さま。マスターはアンダーマンじゃ、ありません」

ティノが愛しいますたぁを見誤るわけがない。というか、蹲り石の台座のようになったアンダーマンの上に立っていたのは、そのままマスターだった。肌の色と髪と顔が普段と少しだけ違うが、格好は浴衣だし、この程度では変装とも呼べない。

「りゅーりゅーりゅー！」

揃ってあがる歌うようなアンダーマン達の声はどこか幻想的だ。

シトリーお姉さまがすかさず翻訳してくれる。

「『我らが王、我々をお導きください』」

「クライちゃん……いつの間に王になったのお？」

さすがのお姉さまもこの状況は予想していなかったのか、戸惑いを隠せていない。

そして、右手を上げると、マスターが歌うように応えた。

「りゅーりゅーりゅーりゅーりゅりゅ」

その言葉に、地上に現れたばかりのアンダーマン達が興奮したように声をあげると、獣のように散開した。目を見開いたまま固まるシトリーお姉さまに恐る恐る確認する。

「!?　???　な、なんて言ったんですか……？」

シトリーお姉さまは聞き取りしかできないと言ったが、どうやらマスターはアンダーマンの言葉もぺらぺらのようだ。称賛するべきか困惑するべきか迷うところだ。

ティノには何を言っているのか見当もつかないが、適当にりゅーりゅー言っているわけではないだろう。ティノの『ますたぁ』はそんな人じゃない。

そして、シトリーお姉さまは目を瞬かせ、眉を顰めて言った。

「『皆殺しだ。一刻も早く、強き戦士の血を我に捧げよ。地上は我らが手にあり』」

!? ますたぁは、そんな事言いませんッ！」

どう考えても悪役である。というか、シトリーお姉さまの翻訳が正しければ、スルスがこんな状況になっている原因がマスターということになってしまう。

「あれえ？ もしかして、私達が枕投げ始めたせいで怒ってる？」

「……枕投げはともかく、バレルとアンダーマン、両方手っ取り早く処分するつもり、かも？ いつもよりちょっと乱暴だけど……」

!? 手っ取り早く処分しないでください、ますたぁ!?

というかこの状況をちょっと乱暴程度で済ますのも凄い。町全体にも被害が及んでいるのだ。

「穴が繋がっているってことはアンダーマンはいつここにやってきてもおかしくなかったって事でしょ？ 私達がいない間にやってきたら間違いなくスルスは滅んでいただろうし……」

「!? それは、口で警告するべきでは!?」

シトリーお姉さまが首を傾げながら推理してくれるが、ちょっと信じがたい。

マスターは千の試練でさんざんクランメンバーや外部のハンターをいじめてきたが、ここまで大規模に一般人を巻き込んだことはないはずだ。バレルの気を逸《そ》らすにしても、ゼブルディア最強のハンター、《千変万化《せんぺんばんか》》ならば他にいくらでも穏便な手があるはずで——だが、実際に（シトリーお姉さまの翻訳が正しければ）マスターはまるで先導するような事を言っている。

「でも問題が一つあって…………ここまで煽って、クライさんはすべて終わった後にどうやってアンダーマンを抑えるつもりなんだろう？」

「!?　命令するんじゃないですか？」

「……命令するにしても、ここまで勢いがついたらそう簡単に御せないと思うけど……」

シトリーお姉さまは本気で不思議そうだった。

幼馴染で、かつて最優と呼ばれた錬金術師《アルケミスト》でも読みきれない策にティノは密かに戦慄した。

ま、まさか、全部私達に倒せ、とでも言うつもりだろうか？

無理だ。もしかしたらお姉さま二人用に調整した試練なのかもしれないが、ティノが死んでしまう。

「もー、そんなあーだこーだ言ってる暇あったら、クライちゃんに直接聞けばいいでしょ？　クライちゃーん！」

お姉さまが大きく声をあげ、手をぶんぶん振る。アンダーマンの上で声を上げていたマスターの視線がティノ達を捉え、その口元が綻ぶ。

その時、マスターの側で控えていた小柄なアンダーマンが、こちらに向かって跳んだ。

大きく宙を舞い、まるで盗賊《シーフ》のような恐るべき身のこなしで屋根の上に着地する。

アンダーマンは雌雄で大きさが違うらしい。道中も大小様々なアンダーマンを見かけたが、目の前の個体にはこれまで見たアンダーマン達と異なり、額にサークレットのような模様が描かれている。

「この模様……プリンセスの証……？」

シトリーお姉さま…………詳しいですね。

目を白黒させるティノの目の前で、プリンセスが険しい目つきで口を開いた。

「りゅりゅりゅーりゅん」

「『偉大なる我らが新王に何のようだ、下賤な地上人』って言ってる」


出会いは運命だった。それは、王に相応しい風格を有していた。

地中世界の支配者――人間からはアンダーマンと呼ばれる存在にとってずっと真上に存在する地上は最終的な侵略目標であり、ずっと焦がれ、届かない地でもあった。

アンダーマンは土を掘り進めるのに適した鉤爪を持っているが、分厚い岩盤を崩すのは難しい。それを上に掘りながら進むのは更に困難だ。故に、スルスの地下に広大な王国を築き暮らすアンダーマン達にとって、地上は長らく空想の存在だった。それが現実的な話になったのは、掘った穴の一つに、掘った覚えのない道が存在している事に気づいたその時である。

道はどこまでも真上に続いていた。アンダーマン達はすかさずその道の先を確認し、その穴が未知の世界――アンダーマン達の伝承にある地上に繋がっている事を知った。

そして、その先に地上の支配者の集落がある事も、同時に知ったのである。

アンダーマンの世界は姫個体を中心とした絶対君主制だ。アンダーマンのプリンセスはその集落で絶対的な力と責任を負う。プリンセスは優秀な存在を王に選び、王は国を率いる。スルス地下の王国のプリンセス個体——リューランがまず穴の外に出たのは、まだ王を選んでいないリューランには先頭に立ち導く義務があったからだ。

そして出会った。スルスの帝国の王となる存在と。

最初は地上人かと思った。捕縛したのは地上の人間を観察する事で侵略の足がかりにするためだ。

だが、その認識はすぐに覆された。

伝承にある地上人と同じだと思った肌と髪は、地下でじっくり確認してみると自分達と同様の特徴を備えていた。見た目がスマートなのは問題ない。アンダーマンの雄で細い肉体を持つというのは筋肉が引き絞られている証だ。その時点でその個体はリューランの国の中で誰よりも優秀だった。

そして、その個体はリューランと、特別に選抜された護衛を一目見るなりはっきりと言った。

「我こそはお前達を導く王となる者。頭を垂れよ、弱者に興味はない」

もちろん、リューランの仲間達は憤った。だが、あまねく全てのアンダーマンには王としての資質をプリンセスに示す権利がある。それは他国のアンダーマンでも変わらない。

そして、王としての実力を示す決闘が始まり——その個体は王としての実力と度量を十分に示した。

まずは手始めに一人の戦士を、見たこともない力を使い生きたまま制圧して見せ、あまつさえ、弱すぎて相手にならないから次は五人で掛かって来いとまで言い切った。そして——その挑発の通り、五人でかかってきた王国の勇士達を、今度は強化してみせたのだ。

十分だった。その力と度量にリューランも、そして王国の民達も皆、その個体を王と認めたのだ。

そして、婚姻の儀を結ぼうとするリューランに、王は何気ない口調で言った。

「今こそ地上侵略の時。厄神など恐れるに足らず。皆殺しだ」

厄神とは、長らくリューランの国に伝わる。地上への侵略を妨げる神である。かつて地上を目指し、一度は陽の光を浴びたリューランの先祖達を地下世界に押し込めた怪物だ。

長らく、その怪物はリューラン達の地上侵略の精神的妨げになっていた。だが、老若男女問わず恐れるその存在に対して、新たなる王は一切の畏れを抱いておらず、その言葉は自信に満ちている。

だが――もしも不安げだったとしても、リューラン達は競ってその後に続いただろう。

アンダーマンの王というのは――そういうものだ。王のためならば、命を賭ける事すら怖れない。


なんか凄い事になっているな。地下の王国は確かに広かったが、どうやら僕が訪れたのはそのごく一部に過ぎなかったらしい。

後から続いた地底人達の数は想定の遥か上をいっていた。そしてついでに……いくら訴えかけても誰も帰ってくれない。

どうやら……薄々気づいていたのだが、僕の言葉は彼らには伝わっていないらしいな。

そりゃそうである。僕は完全に傍観者だ。ぼうっとしていたら攫われ、ぼうっとしていたら担ぎ上げられただけだ。町中を駆ける地底人達の雰囲気は友好的とは程遠かったが、僕には何もできない。

地底人の上からスルスの町並みを見下ろし、この事態を解決する方法を探していると、その時、ふと屋根の上に立ちこちらを見上げるリィズ達の存在に気づいた。

迎えに来てくれた……？　違うよね。だが、今は猫の手でも借りたい。

広い知識を持つシトリーならばこの状況をどうにかする方法も知っているはずだ。

手を振ろうとしたところで、傍らの地底人がりゅーりゅー言い、ぴょんと宙に身を投げだした。くるくる綺麗に回転すると、十数メートルは離れていた屋根の上――リィズ達の目の前に着地する。

どうやらリィズ達の視線に気づいたらしい。放置しておくわけにもいかないので、仕方なく僕も屋根から降りることにする。その場にかがみ込んだところで、僕は手を止めた。

……………どうしよう、高くて降りられない。助けて……。

こうしている間も、僕を攫った地底人はリィズ達に向かって腕を振り上げて声を上げている。

どうやら僕を攫った地底人は特別な個体なのか（そういえば額に模様があるのもその地底人だけだ）、リィズとその地底人が対峙している屋根の足元に地底人達が集まってきていた。

一触即発の空気だった。僕からすればその地底人は誘拐犯なのだが、何度か庇ってもらったので言葉はわからなくても多少の愛着は湧く。僕の望みは平穏だ。地底人の文明を見るに、彼らの知能は人間にかなり近いのだろう。言葉による説得も不可能ではないはずだ。

下りるのを諦め、仕方なく大声で叫ぶ。争うのはやめるんだ！

「りゅーりゅりゅりゅう！」

印のある地底人が僕の声を聞き、こちらを向く。

そして、何事か口を開くその前に、シトリーが叫んだ。

「クライさん、どっちの味方なんですか!?」

「……りゅー？」

そんなのシトリー達の味方に決まっている。

「そりゃ私達だって、少しは喧嘩しましたッ！　でも、あんなのただのじゃれてただけでしょう!?

こんなに簡単にアンダーマン達に乗り換えるなんて、クライさんのおたんこなすッ！」

「りゅう……」

おたんこなすだなんて……久しぶりに聞いたよそんな言葉。

しばらくりゅーりゅー言っていた癖でりゅーりゅー言う僕に、シトリーが涙を流しながら叫ぶ。

「そんなに、アンダーマンのプリンセスがいいんですか!?　女の子なら誰でもいいんですか!?　それなら、私でもいいでしょー!?　この女たらしッ！　鬼畜ッ！　借金持ち！」

……借金あるのは今関係なくない？

シトリーの取り乱しように、隣のリィズが珍しいことに目を白黒させている。というか、女の子なら誰でもよくないし、この地底人がアンダーマンなんて名前なことも初めて知ったし、確かに見た目からして雌かなーとは思っていたが、プリンセスというのも初耳である。

「王ですか!?　王様になりたかったんですか!?　国を作ればいいんですか!?　クライさんの、馬鹿ッ！」

王様!?　別に王様になりたいなんて事考えた事もないし、もちろんなった事もない。

どうやらプリンセスらしいアンダーマンがぴょんと飛び上がり、状況を把握しかねている僕の元に来ると、笑顔でりゅーりゅー言いながら抱きついてくる。

相変わらず何を言っているのかわからない。異性として認識するなど論外なのだが、どうやらシトリーちゃんの目にはそう映っていないようだ。

シトリーはマルチリンガルである。もしかしたらアンダーマンの言葉がわかっていたりするのだろうか？　僕はわかってないんだよ！　どうにか誤解を解かなければ――。

「りゃん!?」

その時、僕に抱きついていたプリンセスが奇妙な鳴き声を上げ、僕をどんと押した。

ふらつき、尻もちをつく僕を、プリンセスが愕然としたような表情で見下ろす。思わぬ反応に、何が起こったのか周囲を確認し――僕はそこでようやく、自分の肌が元の色に戻っている事に気づいた。

「りゅりゅりゅ!?　りゅ!?」

あちゃー……チャージ切れてるじゃん。

『踊る光影《ミラージュ・フォーム》』は幻を自在に生み出す宝具だが、持続時間は生み出した幻の種類に左右される。ある程度遊んでどの程度で魔力《マナ》切れを起こすか確認はしていたのだが、完全に忘れていた。

黒い腕輪を擦ってみるが、僕程度の魔力《マナ》では宝具を動かせる程チャージできない。

だが、そもそも幻と言っても、今回は肌の色と髪を少しいじったくらいである。余り変わりはないはずだ。僕は恐る恐る、プリンセスを見上げて言った。

「りゅー」

「りゅ、りゅううううううううううううううう!!!」

……どうやらダメみたいですね。

プリンセスが涙をぽろぽろ流しながら髪の毛をうねらせ、僕を強く押し飛ばす。

僕は為す術《すべ》もなく転がり落ち、シトリーの足元でようやく止まった。

「……ただいま」

「おかえりなさい！」

やれやれ、酷い目に遭った。さっき散々僕を罵っていたシトリーがころっと態度を変えて、僕の手を取り、立ち上がらせてくれる。

やっぱり人間が一番だな。当たり前の事を実感する僕に、リィズが呆れたような口調で言う。

「クライちゃん、何やってたの？」

「…………見てわからない？」

「わかんない」

そうか……それは奇遇だな。僕もわからない。

「どうもアンダーマンの文化には魔法や宝具がないみたいですね」

シトリーがしみじみと言う。そう言えば存在が魔法みたいなものだったので気にしていなかったが、確かに魔法を使っているところは見なかった。

僕を蹴落としたプリンセスが肩を震わせ、大声で叫ぶ。

「りゅるるるるるるるるるるるるるるる!!」

それまで集まっていたアンダーマン達の動きが停止した。音が消え、町を埋め尽くしていた地底人達が一斉にプリンセスを見上げる。

静かだったが、その光景は酷く不気味だった。まるで……嵐の前の静けさのような――。

「『王は死んだ。殺せ。戦士も、民も、何もかもを破壊せよ。我々を謀《たばか》った愚かな地上人共に我らの恐ろしさを思い知らせるのだ！』って言ってます」

「王がいなくなっても、逃げないんですか!?」

「それはほら……状況が状況だから」

青ざめたティノの言葉に、シトリーが僕をチラチラ見ながら言う。視線よりも状況よりも、シトリーが平然とあの変な言葉を理解している事の方が怖いと思うのは僕の危機感の欠如のせいだろうか？

アンダーマン達が咆哮を上げる。先程までもやりたい放題町中を練り歩いていたが、今の彼らの声には強い感情――確かな怒りが含まれていた。

プリンセスが大きく腕を振り上げ、僕をびしっと指差す。金の瞳が一斉に僕を見る。

「クライちゃん、もしかしてアンダーマン達と戦いたかったの？　だからこんなに怒らせたの？」

リィズが眼を丸くしているが、僕がこれまで何かと戦いたかったことなんてない。

なんでバカンスに来ただけなのにこんな目に遭ってるんだ。だが、一番迷惑を被っているのは、いきなり襲撃を受けたスルスの人達だろう。何故か姿が見えないが――。

「この数……流石に厄介ですね。アンダーマンには毒も使えませんし、うーん……せめてルシアちゃんがいれば――」

シトリーも思案げな表情だ。ティノは引きつった顔で構えを取っている。

数が多すぎる。《嘆きの亡霊》《ストレンジ・グリーフ》で広範囲攻撃を一手に担当しているのは魔導師《マギ》のルシアだ。リィズは強いが、パンチやキックが主な攻撃手段だし、数を狩るのには向いていない。

僕は覚悟を決めると、リィズ達から数歩前に出て、目を細める。

だが、僕はすでに解決手段について考えていなかった。

なにせ、僕はこれまでこういった状況でまともな解決手段を思いついた事がないのだ。前に出たのは単純に後ろに引っ込んでいても何の意味もないからである。

ティノが息を呑む。アンダーマン達の視線は僕に集中している。完全に確執が残っていた。

騙したつもりじゃないんだよ……でも、謝罪しても許してはくれないんだろうなあ。

「クライさん」

「大丈夫だ」

とは言ったものの、あまり大丈夫ではない。結界指《セーフ・リング》はあるが焼け石に水だろう。

なんとか穏便におさめてもらえないだろうか。

周囲を取り囲んでいたアンダーマンが次々と跳び、こちらに向かって襲い掛かってくる。

プリンセスがいつか見た軽やかな動作で宙を舞い、僕に向かって髪を向ける。

無我夢中で叫ぶ。

「りゅーりゅーりゅーりゅりゅりゅ!!」

そして、まるでそれを合図にしたかのように――世界が崩壊した。


《千変万化》の智謀、何者にも解する事適わず。

それはそれなりに付き合いの長いティノでも変わらない。

ここに至って、ティノには何が起こっているのかさっぱりわかっていなかった。

だが、近くにいるお姉さま二人もよくわかっていないようなので、それも仕方がないのだろう。

まるで盾になるかのように前に出たマスター。そこに四方から飛びかかる怒れるアンダーマン達。

マスターは一切何もしなかった。やったのは、マスターではなかった。

その立っている家屋が、飛びかかってくるアンダーマンが、一瞬で吹っ飛んだ。

続いて襲ってきた凄まじい熱気と風をぎりぎりで耐える。

髪が、浴衣が、激しく乱れる。必死に状況を把握する。

連なっていた温泉街の一画は完全に崩壊していた。変わらないのはその中心で佇むマスターだけだ。

その表情は平時と同様で、動揺の欠片も見えない。

そして、咆哮が世界を揺らした。

「あんぎゃああああああああああああああッ！」

地面に巨大な影が現れていた。

太陽を遮る巨体。お姉さまが目を見開く。アンダーマン達が、ぎりぎり攻撃範囲外にいたため無事だったプリンセスが上空を見る。顔が引きつるのを止められない。

怒りを湛えた赤色の眼がぎょろりとティノ達を見下ろしていた。

陽光を遮り、空を悠然と支配していたのは――一匹の竜だった。

この世界で最強格の幻獣――ドラゴン。ティノが倒した温泉ドラゴンとは格が違う巨体にのしかかるプレッシャー。先程まで町を襲っていたアンダーマン達がまるで蟻のようだ。

小さく開いた顎から強い蒸気が漏れている。シトリーお姉さまが目を瞬かせ、言う。

「あー……あれは、成体ですね。温泉ドラゴンの、成体」

「でっかい……私達が倒した事のある竜の中で最大級かも？」

「え!?　えええ!?　温泉、ドラゴン!?　成……体？」

信じられない言葉だった。そのドラゴンはティノが温泉で殴り合ったものとは何もかもが違う。

暗い水色の表皮は遠目から見ても屈強そのもので、丸っこくどこかファンシーだったあのドラゴンとは似ても似つかない。大きさも違うし、空も飛んでいる。

成体と幼体で姿が変わる幻獣がいることは知っていたが、違いすぎじゃないだろうか。

「りゅ、りゅーりゅーりゅー！」

アンダーマン達が動揺したような声をあげる。プリンセスも目を見開き固まっている。

言葉のわからないティノでも、その声に含まれた怯えははっきりと感じられる。

そして――その中心を、力が薙ぎ払った。

『竜の息吹《ドラゴンブレス》』。それは、多種多様なドラゴンが持つ最大の攻撃だ。

体内で生成され、口腔から放たれる破壊のエネルギーは種によって威力に差異こそあれ、全てを破壊する威力を持っている。伝説によれば、ただ一度の息吹《ブレス》で国が滅ぼされたという話もあるらしい。

光り輝くエネルギーが温泉街を、それを占領するアンダーマンごと紙切れのように吹き飛ばす。

暑い。気温が一気に上昇している。ティノにはわかった。蒸気だ。

いかなる摂理だろうか、温泉ドラゴンの息吹は炎でも氷でもなく、蒸気だった。ティノが戦った温泉ドラゴンは温水を飛ばしていたが――どうやら眼の前の巨大な竜は本当にその成体らしい。

アンダーマン達が温泉ドラゴンを見上げ、大合唱を始める。

「りゅんりゅりりゅー!!」

「……どうやら、あれが彼らの言っていた厄神、みたい」

たとえ数がいても、空を飛べないアンダーマンでは竜には敵わない。

温泉ドラゴンの成体は完全に機嫌を損ねていた。その眼光を受けたプリンセスが焦ったように駆け――あろうことかマスターの陰に隠れる。

大きな溜めの後、再びブレスが放たれる。その先にいたのは――マスターだ。

高圧で放たれた蒸気が地面をえぐり家屋の残骸を粉々にする。思わず悲鳴を飲み込む。

この世界で最も強力とされる竜の息吹を受け、マスターは微動だにしていなかった。致死の攻撃を受けて尚、その表情には何の変化もない。

温泉ドラゴンの鋭い眼が、己の攻撃を平然と受けてみせた豆粒のような人間に見開かれる。

マスターは目をゆっくり瞬かせると、きょろきょろと周りを確認し、最後に後ろに隠れたプリンセスに言った。

「りゅりゅりゅりゅりゅりゅっりゅりゅりゅりゅ？」

なんと言っているのだろうか？　ティノにはさっぱりだが、その言葉にプリンセスが動揺する。

目を頻《しき》りに瞬かせ、マスターとドラゴンとアンダーマン達を見て、最後にまたマスターを見る。

何度か言い訳のようにりゅーりゅー言っていたが、また温泉ドラゴンがブレスの予備動作を取るのを見て、慌てたように叫んだ。

「りゅんりゅりゅ、りゅーーーー！」

よく響く歌うような声。

プリンセスの言葉を聞いたアンダーマン達の反応は激的だった。

立ちすくんだようにドラゴンを見上げていたアンダーマン達がまるで蜘蛛の子を散らすように逃げ出す。その先にあったのは——アンダーマン達が出てきていた大穴だ。

町を埋め尽くす程存在していたアンダーマン達が帰っていく。それは波が引くかのような光景だった。

埋葬でもするつもりなのか、しっかり倒れた仲間を担いでいっているので地面には何も残らない。

最後に残ったのはプリンセスだった。目に涙を浮かべ、呆けたような表情で立っているマスターに近づくと、両腕を使いハグをする。

「りゅ！」

そして、まるで挨拶のように一言残すと穴の中に戻っていった。

「なるほど………アンダーマンでバレルを追い払い、ついでに天敵たるドラゴンの恐ろしさを見せることでアンダーマン達が狙っていた侵略も諦めさせる。素晴らしい采配です！」

シトリーお姉さまがまるで納得したようににこにこと手を打った。

だが、そんな事をのんきに言っている場合ではない。

残されたのは、破壊された温泉街とティノ達。そして――。

「あんぎゃあ！」

獲物が減って不満げな顔をしている温泉ドラゴンだけだった。その眼光はアンダーマン達がいなくなった事で目立っているティノ達をしっかり捉えている。

ちょ、ちょっと、これどうするんですか!?

アンダーマンを追い出すところまでは見事だが、遥か上空から攻撃してくる温泉ドラゴンは遠距離攻撃手段のないティノ達にとっても絶望的な相手だ。

シトリーお姉さまはもちろん、お姉さまだって――人間は地に足をつけて攻撃する者である。

これでは、戦う余地すらない。頼みの綱であるマスターを見る。

――マスターはそこで初めて空の温泉ドラゴンに視線を向けた。

しばらくじっと見つめ合っていたが、何を納得したのか、ぽんと手を打つ。

「あんぎゃあああああああああ！」

温泉ドラゴンが咆哮する。その口内に輝くようなエネルギーが集まる。

アンダーマン達はどうにか撃退したが、このままではスルスは壊滅だ。

何か……何か方法はないのか……。目を見開くティノの前で、更にエネルギーの輝きが増す。

どうやら次は全力で放つつもりらしい。多少のマナ・マテリアルは吸っていても、神ならぬティノの防御力ではそれに耐える事など到底できない。仮面を被っていたとしても無理だろう。

初めて正面から見る竜の息吹《ドラゴンブレス》の威容に、息がつまり、身体が震える。

そして、その輝きが解き放たれようとしたその時――マスターの眼の前に丸っこい影が飛び出した。

「あんぎゃあ……」

それは、ティノが戦った丸っこい温泉ドラゴンだった。

あわや食べられかけたところでマスターの温情で見逃されたドラゴンである。最後に見たのはバレルに追いかけられるところだったが、どうやら逃げ延びたらしい。

成体とは違うつぶらな瞳で空を見上げるドラゴンに、上空のドラゴンが唸る。

口元に集まっていたエネルギーはいつの間にか霧散していた。

「あんぎゃあ!!」

「鳴き声は……大人になっても、一緒なんですね……」

情けない話だが、ティノがとっさに出せたのはそんな間の抜けた感想だけだった。

緊張と弛緩の連続に汗で浴衣が張り付いている。

幾つもの視線の中、水色のドラゴンが一声鳴く。

「あんぎゃあ……」

上空に停止していた温泉ドラゴンが大きく上空で旋回する。そのまま、山の方に帰っていく。

丸っこいドラゴンはマスターを見て小さく鳴くと、器用に二本足で立ち、どだどだと去っていった。

静寂が訪れる。動けなかった。緊張で変に力を入れてしまったせいか、身体が軋んでいる。

信じられない。先程までは絶望的な状況だった。状況が連続で変わりすぎて脳が全く追いついていない。深呼吸をするが、早鐘のように鳴る心臓は全く落ち着いてはくれない。

お姉さまが屋根の上から飛び降り、マスターに近づく。ティノ達もそれに続く。

「あー、面白かった。クライちゃん、すごーい！」

お姉さまが感心したように言うが、ティノはとてもそんな気楽には考えられない。

アンダーマンの襲撃も、ドラゴンの襲撃も、それ一つだけで容易く町が壊滅するような大事件だ。

それを、マスターはたった一人、しかもたった十数分で、収めてしまった。

しかも、剣の一本も、魔法の一つも使わずに、本来人間の敵である二種を操り解決して退ける様は運命をすら操っているかのようだ。一体その黒い美しい双眸には何が見えているのだろうか？

ますたぁ、もしも可能ならば、もっと穏便に事を収めてください……。

「あ……あー……びっくりした」

「お疲れ様です、クライさん。バカンスに相応しいイベントでした」

とぼけた事を言うようなマスターに、シトリーお姉さまが気を取り直したように手をあわせる。

これまでティノは、お姉さま達は何事にも動じずに凄いと思っていたが、もしかしたらこの程度で動じていたら持たないだけなのかもしれない。

ようやく心臓の鼓動が落ち着いてきて、周りを見る余裕が出てくる。

風情ある町並みだったスルスは酷い有様になっていた。

ただでさえバレル大盗賊団に占拠されていた所を、アンダーマン達が押し寄せ、最後にはドラゴンだ。幾つも立ち並んでいた風情のある建物は崩壊し、整備されていた石畳の道にはぼこぼこと穴が穿たれている。復興には時間がかかるだろう。と、そこでティノは肝心な事に気づいた。

「バレル!! 忘れてました、ますたぁ、バレルが――」

「え……？ なにそれ？ バレル……？」

「!?」

不思議そうな顔をするマスターに言葉を失う。

バレルと言ったらバレルだ。精鋭であると同時にハンター嫌いで知られるグラディス伯爵が、レベル8のハンターに指名依頼してまで討伐しようとした恐るべき盗賊団だ。そりゃ、アンダーマンやドラゴンと比べれば大した事はないかもしれないが、人間の賊には賊の恐ろしさがある。

それに、人質を助けにいったアーノルド達も気になる。解毒は済んでいるし、人数も多くキルキル君達だってついているが、多数の人質を守り切るのは厳しいだろう。

だが、マスターの表情はまるでその事を気にしている様子はない。そこでティノはピンときた。

「もしか、して……もう、手を打ったんですか？」

「え？？ うんうん、そうだね？」

マスターはお姉さま達のように弱者を見捨てたりはしない真のハンターだ。たとえいつも千の試練に酷い目に遭わされていても、その前提を疑ったことはない。多分。

「えぇ!?　もう手、打っちゃったの？　あのクズ共をこの手でぶち殺してやろうと思ってたのにぃ」

お姉さまが眼を丸くして至極残念そうに言う。

いつ手を打ったのだろうか？　どんな手を打ったのだろうか？　ティノには予想すらつかない。

ハラハラしながら言葉を待つティノの前で、マスターが大きく欠伸をする。

「なんか今回は疲れたよ。地下はイメージしていたよりも暑くてさ」

何をやっていたのかは全く知らないが、この大騒動の感想を暑いで済ませたマスターに、さんざんマスターを詰《なじ》るような言葉を上げていたシトリーお姉さまがにこにこと言った。

「お疲れ様です。そうだ！　後の事は私達に任せて……温泉に入られたらどうでしょう？　今なら間違いなく貸し切りですよ！」

第四章　楽しいバカンス

何を考えているんですか、と。昔からルシアによく言われていた。

しっかり者で頭の回転が早い妹から見れば僕の動きは理解し難いものだったのだろう。

そしてシトリー達とは違い、正真正銘の家族だったルシアにとってそれは指摘せずにはいられないものだったに違いない。

だが、本来ならば凹むようなセリフも、僕には全く通じなかった。何も考えていなかったからだ。

なんだかわからない内に妙なことに巻き込まれ、なんだかわからない内に解決していた。

今回僕の身に起こったことを端的に説明すると、そうなる。

嘘をつくとか説明が面倒くさいとか以前に僕は起こったことがよくわかっていなかった。

高レベルハンターの宿命と言うべきか、僕はこれまでも割と様々な事件に巻き込まれてきた。遭難したこともあるし、陰謀に巻き込まれたこともある。

そして、もちろん僕は毎回右往左往しているだけで、実際に事件を解決するのは頼りになる仲間達なのだが、それらイベントのほとんどで僕の頭は状況についていけていなかった。

今回も間違いなくその口である。おまけに今回の僕の行動はりゅーりゅー言っていただけだ。

いつにも増して、自分でも呆れるくらい無能である。あの時はいい考えだと思ったのだが……そして、りゅーりゅー言っていただけなのになんとかなってしまった辺り、さらに質《たち》が悪い。

シトリー達を連れてスルスの町を歩く。

スルスの町並みは破壊の跡こそ予想よりも少なかったが静まり返っていた。つい昨日まではちらほら見かけたはずの町の人間が誰一人見えない。

地下で見かけた地底人の数は尋常ではなかった。どう考えてもスルスの町の住人より多かった。それが、僕の地上に帰りたいりゅーりゅーと同時に進軍したのだ。あまり人間に友好的な種族でもなさそうだったし町が破壊されてもおかしくはないはずだったが、思ったよりも被害が軽微である。

同じことを考えていたのか、リィズが目を瞬かせる。

「あんなにたくさん現れたのに、全然壊れてないの、不思議じゃない？」

「それは、地下に文明を築いて生きるアンダーマン達にとって建物の破壊はご法度だから……ほら、地下で崩壊したら全滅でしょ？　ですよね、クライさん？」

「……うんうん、そうだね」

なるほどなあ。しかし人っ子一人見かけないのはどういう状況なのだろうか？

道端には死体の一つも転がっていない。アンダーマン達が持っていった様子もなかった。

「温泉の前に、とりあえず人的被害が知りたいな……」

「町の人間は一箇所に集められていたので……アーノルドさんが助けに行ったのでそれが間に合っていたら無事なはずです」

「ふむふむ、なるほど……」

なんだかよくわからないが、無事なはずらしい。シトリーがそう言うのだから正しいのだろう。

どうして町の人間が一箇所に集められていたのだ、とか、よくあんな勢いでアンダーマン達が襲撃を仕掛けたのに避難が間に合ったね、とか、色々言いたいことはあるが……まぁいい。

「やるな……アーノルド。ただの粗暴な男だと思っていたが、さすがレベル7だ」

帝都から森あたりまではこちらが被害者だったが、今回の件は多分僕が悪い。

僕のせいでご迷惑をおかけして申し訳ございません。

内省していると、リィズが僕の肩をつついて、どこか自慢げに言ってきた。

「ねぇ、クライちゃん。私ねえ、人質を無視して攻撃しなかったの！　偉いでしょ？　褒めて？」

「私なんて、アーノルドさんがアカシャの毒で死にかけていたところを、助けてあげました！　後一時間遅かったら間違いなく死んでましたよ！　命の恩人です！」

「わ、私は……私は……えっと……手錠の鍵を、外しました……」

「あ、うん…………偉い偉い」

てか、アンダーマンやばいな。あんな魔物みたいな見た目しているのに、人質取ったりアカシャの毒？で攻撃したり手錠使ったりするのか……全然イメージがわかない。

と、そこで道の端っこに男が倒れているのが目に入ってきた。

やばい、第一被害者だ。

慌てて駆け寄る。倒れていたのは着物姿の中肉中背の男だった。脚があらぬ方向に曲がっていて、全身に打撲跡がある。だが、幸運にもまだなんとか生きているようだ。

様子を見ようと更に近づくと、朦朧とした表情で僕とシトリー達を見て、ビクリと身を震わせた。うめき声をあげ、その手が近くに落ちている黒色の小刀に向かう。どうやら混乱しているらしい。

「大丈夫ですか⁉　シトリー、シトリー、ポーションだ！」

大丈夫、シトリーのポーションはよく効く。意識が残っているなら死ぬ心配は多分ない。

だが、僕の要求に何故かシトリーではなくリィズが眉を顰めた。

「……クライちゃん、そいつ敵！」

「……え…………？」

予想もしない言葉に、もう一度、男性に視線を向ける。

着物を着ている。中肉中背。ハンターのように強面でもない。どうみても町の人に見える。

シトリーも戸惑いの表情を浮かべている。だが、リィズは人間的にはちょっとあれでも盗賊《シーフ》としては間違いなく一流だ。どういうことだろうか？

「えっと……つまり、リィズはこう言いたいわけだ。この男は人間に見えるけど、正体はアンダーマンだ、と」

半ば信じられないが、僕は自分の判断よりもリィズの判断を信じる。相手は地面の下に住み着く未知の生命体だ、高度な変装能力を持っていたとしても不思議ではない……のか？

僕は恐る恐る男の短い髪を指差し、知ったかぶりをした。

「ああ、そう言われてみればこの髪、よく見ると触手に少し似ているな……？　それに、いかにも地底にいそうな格好だ？　まったく、帰るならちゃんと全員で帰ればいいのに……？」

「！？？　？？？」

「ああ、ごめん、そういう意味ね。うんうん、そういう意味では……敵じゃない、かな？」

「!?」

力いっぱい迎合したのに一瞬で梯子《はしご》を外されてしまった。

目を見開く僕の隣にシトリーがかがみ込み、転がる男を見下ろす。

「確かに、ただの人間なんてアンダーマンの大群や竜と比べたら敵じゃないですよね……ところでクライさん、治療と拷問、どちらをお望みですか？」

何その二択。治療のような拷問か拷問のような治療かって事？　錬金術ジョークかな？

「………どっちでも良いから、とりあえず傷を治してあげてよ。さっさと被害確認しないと安心して温泉にも入れない」

しかし、軽く見て回った感じだと、思ったよりも被害は少なそうだ。

幸運なのか不運なのかわからないな、これは。


腑に落ちないような表情をしているティノ達を連れて町中を見回っていく。肉体も精神面もくたくたただったが、リィズに任せるのも不安だし、さすがに放置は人として良くないだろう。

町の被害は本当に少なかった。だが、ゼロではない。

重傷かはともかく、負傷し倒れ伏す者は何人もいた。幸いまだ死人は確認していないが、中には意識がなく早急な治療が必要な者もいる。

本当ならばアンセムがいれば完璧だったのだが、シトリーの治療もかなりの腕前だ。

昔あげた宝具の水鉄砲を取り出し、シトリーが負傷者に一人一人順番にポーションを投与していく。

「死人も蘇るポーションです…………まだ未完成ですが」

「……なんで、シトリーお姉さま、まだ未完成のポーション、常備してるんですか……」

ティノが恐れ戦《おのの》いているが、シトリーが開発中のポーションを持ち歩くのは昔の癖である。

回復魔法というのは一般的な魔法とはまた分野が異なり、難易度が高い。今でこそ回復魔法の腕前が帝都中に轟くアンセムも、ハンターになった当初は満足な回復能力を持たなかった。

そのため、シトリーが自家製のポーションを使い回復の補助を行っていたのだが……レシピが公開されている魔法薬程度ではとても《嘆きの亡霊《ストレンジ・グリーフ》》の冒険速度――負傷速度に対応できなかったらしい。

かといって、市販の強力な魔法薬というのは総じて高価だ。毎回それらを購入して使うわけにもいかず、いつしかシトリーは開発途中のポーションの中で比較的安全な物を実戦で使うようになり――それはアンセムの回復魔法が欠損部位を完全再生できるようになるまで続いた。

最近では使う機会もほとんどなくなったと聞いていたが、それがこうして役に立つのだから習慣というのは偉大である。シトリーが機嫌良さそうに呟く。

「こんなに良質な実験動物を使えるって知ってたらもっと色々なポーション持ってきたのに……」

僕は何も聞かなかった事にした。シトリーは真面目すぎるだけで、本当はいい子なんだよ。

ちょっとマッドサイエンティスト気味なのもご愛嬌だ。

リィズが興味なさそうな、感心しているような、微妙な表情で言う。

「しっかしよく生きてるねぇ。クライちゃん、どうやったの？」

とりあえず全部僕のせいにするのやめようか？

「そりゃ生け捕りの方が評価高いけど、一人くらい死んでてもいいのに……」

生け捕りの方が評価が高いとか完全に蛮族の発想だ。誰の評価だよ……。

物騒なことを言うリィズに、ポーションの投与を終えたシトリーが立ち上がりながら言った。

「あのねえ……お姉ちゃんは知らないかもしれないけど、アンダーマンの習性を考えれば当然だから。アンダーマンにとっては力こそ至上で、敵対する相手も強者から狙う性質があるわけ！」

その声には熱量があった。アンダーマンに何か思い入れでもあるのだろうか？

凄く嬉しそうに僕とティノを見る。

「おまけに今回は王の命令まであったんだから、この結果は偶然じゃない。わかる？　ティーちゃん」

「な、なるほど……？」

ティノが眼を白黒させている。なるほど……僕も全然わからん。

「力でなぎ倒すのは、馬鹿でもできるのッ！　策を巡らせ他種族の文化や思考を読み取り、自在に操る。それがどれだけ凄い事か、わかる？　少しでもタイミングがずれたら大惨事だったんだから！　ですよね、クライさん！」

「…………りゅーりりゅー」

ところで、馬鹿なのに力でなぎ倒す事もできない僕は一体なんなのでしょうか？

「でも、それってやられた相手が死んでない理由にはならなくない？」

戦闘狂としてシンパシーでも感じているのだろうか、リィズが腕を組んで言う。

というか、そもそもただの街の住民が強者認定されているの、おかしくない？

そこでシトリーが、我が意を得たりとばかりに、手をぱちんと打つ、いつもの動作をした。

「お姉ちゃん、ちゃんと見てる？　全員脚を折ったり、意識を刈り取ったりして、逃げられないようにしてるでしょ？　生け捕りにすることで相手の戦意を削ぎ、もしも助けがきたらそれに襲いかかるってていう一石二鳥の高度な作戦よ。アンダーマンの持つ知性は人間とほとんど変わらないんだから」

……アンダーマンやべえ。

僕、そんな奴らに祭り上げられていたの？　完全に戦闘民族じゃないか。

「彼らにとっては戦死は恐れるものじゃない。クライさんがドラゴンを使って追い払ってくれなかったら、全滅するまで絶対に止まらなかったし、もしかしたら被害が周囲の街にまで広がっていたかもしれないのよ？　ですよね、クライさん！」

「…………ま、まぁ、そういう事もあるんじゃないかな……」

やばい。アンダーマン達の精神性もやばいし、何故か僕がドラゴンを使っている事になっているのもやばい。そして一番やばいのはシトリーは基本的に嘘をつかない事だ。やばい。

ティノがいつもお姉さまを見るような目でこちらを見ている。

大丈夫。大丈夫だ。経緯がどうあれ、こうして結果的にはアンダーマンはいなくなったのだ。後はあの穴を埋めるなりなんなりすればいい。そこから先は国が対応すべき事だろう。

リィズの先導で人の気配のある方に進む。

町の人達が集まっていたのは、スルスの町の中心にある広場だった。

温泉の流れる水路に囲まれた広々とした場所だ。初日に町を見て回った時には人の姿もなかったのだが、今は町の住民達がひしめいていた。

もともとスルスはそこまで人口の多い町ではないが、ここまで集まっていると壮観である。

本当にスルス中の人間が集まっているのだろうか？　アンダーマンの襲来という急なイベントにこまで見事に対応するとは、この町の住人達の意識はとても高い。

住民達はまだアンダーマン達の襲来の混乱から立ち直れていないのか、身を守るように一塊になっていた。そこで、その外周に立つ見知ったハンターの姿に気づく。

「ルーダ見っけ。無事だったんだね、よかったよかった」

「!?　クライ！」

周囲を警戒していたルーダが僕の姿に気づき素っ頓狂な声をあげる。その声を聞きつけたギルベルト少年とそのパーティメンバーが集まってくる。どうやらなんとか無事のようだ。

ギルベルト少年が緑の血で濡れた大剣を杖のようにして言った。

「《千変万化《せんぺんばんか》》、これ、お前がやったのか!?　あのドラゴンはなんだ!?」

「僕がやったというかやっていないというか……まぁ、もう大丈夫だよ。アンダーマン達は地底に帰ったから」

「!?」

そうだよね。それが正常な反応だよね。僕も許されるなら同じ反応をしたかった。

最後にアーノルドが近づいてくる。顔色は悪いがその目に宿る力は微塵も揺らいでいない。

アーノルドはパーティメンバー達に短く指示を出すと、僕に短く言った。

「元を、断ったか……《千変万化》」

……元は目の前にいます。

シトリーがすかさず確認する。

「死者はいますか？」

「……いない。俺達が助けに入るまで、ゴーレムで耐えしのいでいたからな。《最低最悪》《ディープ・ブラック》、お前が貸したものだそうだな」

「はい。役に立ったようでよかったです。最初に使っていればそう簡単に捕まらなかったはずですが……まぁ、いいでしょう」

死者はいない。その言葉を聞き、僕はほっと息をついた。

アンダーマン達の襲来は間違いなくこの町にとって大事件だったろうし、大きな迷惑もかかっただろうが、死者がいないのならばまだマシだ。死人だけは取り返しがつかないからな。

アンセムの回復魔法はあらゆる損傷を回復させるが、それでも死人だけは治せない。ポーションや医療技術でも不可能だ。可能性があるとするのならば、宝具くらいだが、そちらも眉唾ものの噂くらいしか聞いたことがない。

首の皮一枚つながったか。これからの事を考えると頭が痛いが……りゅーりゅー言っていたらなぜかアンダーマン達が出撃していたと正直に言うしかないんだろうな。

全員の無事を確認した事でどっと疲れが押し寄せてくる。シトリーが小さな声で聞いていた。

「計画通りですか？」

どこかに計画の要素あったかな？

「……とりあえず、全員無事でよかった。危険は去った。解散にしよう」

顔色の悪い町の人達をぐるりと見て、ギルベルト少年達を見て、未だ警戒を続ける《霧の雷竜《フォーリン・ミスト》》を見て、最後にティノ達を確認する。

後は（そんな余裕があるのかは不明だが）温泉に浸かってゆっくり眠って身体を休めよう。そうすればこの事態を説明できるいい言い訳が思いつくはずだ。

だが、締めに入った僕に、アーノルドが言った。

「……ちょっと待て。バレルはどうなった？」

バレ……ル……？　何の話だ？

そういえば、さっきティノがちらりと言っていた気がする。全く考える余裕がなかったのでスルーしていたが……。

リィズが獰猛《どうもう》な笑みを浮かべ前に出ると、馬鹿にしたように言った。

「バレル？　ただの人間なんてクライちゃんの敵じゃねえし。とっくに手を打ったって。あんたらみたいな田舎者と《千変万化》は、違うんだよ。ね、クライちゃん？」

全然フォローになっていなかった。

だが、いくら頭空っぽな僕でもついこの間クロエから聞いた単語くらい覚えている。グラディスの指名依頼の討伐対象の名前だったはずだ。相当厄介な盗賊団だと聞いているが、それって今関係ある？依頼を受けるつもりもなかったし、僕の記憶が正しければ、シトリー曰く――。

「バレルって臆病者の盗賊団でしょ？　逃げ出したんじゃないの？」

「な……!?」

もう少し柔らかい表現だったかな？　だが、内容的にはあっているはずだ。

アーノルドが絶句している。ギルベルト少年達の表情も引きつっていた。

何か変なことを言っただろうか？

「ごめんごめん、変な事言ったかな……ほら、僕、アンダーマン達のことで頭がいっぱいだったから……たかが盗賊団を気にかけている暇なんてないというか……」

そもそも盗賊団なんてこれまで何度も戦ったことがある（《嘆きの亡霊《ストレンジ・グリーフ》》が）。多少強い程度ではリィズ達には敵わないだろう。

グラディスに討伐されなかった理由も逃げているから、みたいだし。

「何人いたんだっけ？　百人？　二百人？　そんなの、誤差でしょ？」

アンダーマン達が何人いたと思ってるんだ。

一応断っておく。僕は働きたくないわけじゃない。働きたくないわけじゃないんだ。

「いや、誤解しないで欲しい。バレルが恐ろしくないって言ってるわけじゃないんだ。襲われたらもちろん僕だって相手するさ。でも逃げる相手をわざわざ追う必要はない。ほら……弱いものいじめになっちゃうだろ？」

僕がいじめられる方だがな！　ハードボイルドかな？

視線が集まっていた。アーノルドが押し殺したような声で聞いてくる。

「貴様……バレルの力を知って言っているのか？」

「知らないよ。興味もないし、知る必要もないね。そもそも、僕は宝物殿を探索するためにハンターになったんだよ。盗賊団を倒すためじゃない」

まぁ、宝物殿の攻略もやれなかったんだが……。

理解して欲しいとは言わないよ。ただ僕は誰がなんと言おうと、これ以上動くつもりはない。

「まぁ、どうしても君達が戦いたいなら止めはしないよ。指名依頼も譲ってあげる。急げば追いつけるんじゃない？」

どこにいるのか知らんけど。

今の時点で、温泉ドラゴンに地底人と酷い目に遭っているのだ。僕の運でもさすがにこれ以上盗賊団が現れたりはしないだろう。

無数の視線が僕を見ていた。言いたいことは言い終えたので、にこにこしているシトリーに言う。

「さて、話は終わりだ。シトリー、悪いんだけど、後は任せていいかな？」

「もちろんです！　商談もありますしね」

こんな状況で、商魂たくましいね。頑張ってね。

よし、解決だ。誰がなんと言おうと解決だ！　これで終わり！　部屋の温泉に入って寝よっと。

大きな欠伸をして一歩前に出たところで、ふと後ろから声がかかった。

「待て、《千変万化》ッ！」

「ん……？」

後ろを向く。そして、目に入ってきた予想外の光景に目をしばたかせた。

「動くな。指一本でも動いたら、こいつを殺す」

先程まで守られていた町人が別の町人の喉元に黒い短刀を突きつけていた。しかも一人ではない。

老若男女、五人が揃って黒い短刀を喉に当てる様はあまりにも異様で現実感がなかった。

何？　何やってるの？　この人達。

全く理解が追いつかない。短刀を突きつけているのは全くなんの変哲もない、ただの町人である。

人質に取られた側が一瞬ぽかんとし、すぐに青ざめる。どうやら冗談ではないらしい。

平凡な顔つきをした男が短刀を握りしめながら言う。

「油断したな。この距離ならば、貴様らよりも俺達の方が早い」

「ッ!?　交じっていた、のか」

アーノルドが悪鬼の如き表情で男を睨む。

状況が全くよくわからないのだが……どうやらわかっていないのは僕だけのようだ。

いきなり町人が別の町人に短刀を突きつけるとは、アンダーマンの狂気が移ったのだろうか？

リィズをちらりと見るが、リィズも攻めあぐねているようだ。

どうやら神速を誇る彼女でもこの距離で先手を取るのは難しいらしい。五人だしな。

「ま、待って。落ち着いて。素人が短刀を使うと危ないよッ！」

「ッ……馬鹿に、するなッ……」

男の表情が怒りに歪んでいる　他の面々も似たりよったりだ。

いや、馬鹿になんてしてないけど……僕、人質を取られるような事、した？

「…………何がしたいの？」

「う、うるさいッ！」

いつもなら焦る状況なのだが、意味がわからなすぎてなんと言っていいかわからない。

しばらく目を瞬かせ必死に頭を回転させていたが、やがて僕は一つの結論に達した。

もしや、彼らは…………アンダーマンの変装？

恐る恐る一歩前に出て別の言語で説得する。

「…………りゅーりゅー？」

短刀をつきつけていた者の表情が変わった。表情に満ちていた怒りが一瞬で消失する。

いや――消えたのではない。余りの強い感情に表情が平坦になったのだ。

それは覚悟だった。その表情は死兵の浮かべるそれだった。短刀を構えていた者達が一斉に叫ぶ。

「…………………バレルに、栄光あれ……」

予想外の単語だった。人質の喉元に突きつけられた刃が一瞬、浮く。

指一本動かす間すら、声を上げる間すらなかった。目を見開くその刹那、リィズが、ティノが、アーノルドが踏み出す。だが、明らかに間に合わない。

そして、その刃が喉笛を切り裂こうとした瞬間——短刀が地面に落下した。

「!?」

誓って言うが、僕は一瞬たりとも視線を外していない。

一切の前触れがなかった。喉笛を掻っ切ろうとした五人は影も形もなくなった。

解放された人質達がふらつき、へなへなとへたり込む。白昼夢でも見ているような気分だが、僕だけならともかく、アーノルドも愕然として周囲を見回している。

リィズが目を瞬かせる。ティノは——。

「あれ、ティノは？」

「エイ達も、だ。何が起こってる!?」

消えたのは五人だけではなかった。シトリーやリィズ、キルキル君やアーノルドはいるが、リィズと共に踏み込んだはずのティノが消えた。ルーダやギルベルト少年とその仲間達、《霧の雷竜《フォーリン・ミスト》》のメンバーもいなくなっている。だが、人質になっていた町の人間達や僕が無事だ。意味がわからない。

一体何が起こったのだろうか？

眉を顰める僕の前で、ふとシトリーがかがみ込み、足元から何かをつまみ上げる。

小さくため息をつくと、それを自分の手の平に乗せて、困ったような表情で言った。

「クライさん、大変です。ルシアちゃんが……かんかんです。見てください、ティーちゃんが……」

「!?」

「ああ、なるほど……クライちゃんが打った手ってこれね。バレルの負傷者を治療して解放なんて、どうりで『らしくない』って思ったぁ……」

リィズが珍しく呆れたように言う。シトリーの手の平の上で、小さくて可愛らしい黒い蛙が焦ったようにぐるぐる回転しながら辺りを見回していた。


すべては計画通りに回っていた。町への侵入から制圧の流れ、敵になりうる高レベルのトレジャーハンターの封殺に至るまで、完璧な水際だった動きだった。

ジェフロワ達に失敗があるとするのならば、それはたった一つだ。


——相手が、悪すぎた。


レベル8のハンターと敵対するべきではなかった。たとえ明らかな隙と勝機を見出したとしても、近づくべきではなかった。逃げるべきだった。だが、後悔してもすでに遅い。

「はぁ、はぁ……怪物を操れるなど、聞いたことがないぞ」

荒く呼吸を漏らしながら、ジェフロワが油断なく町中を見回す。

仲間達の回収はうまくいった。損耗は激しく負傷したメンバーを何人も置いていく羽目になったが、相手は無限にすら見える膨大な軍勢である。この程度の損耗で済んだのはひとえにバレル大盗賊団の誇る高度な連携故だ。

先程あれほど存在していた灰色の怪物はすでにいなかった。空にドラゴンが現れるや否や、まるで波が引くように一瞬でいなくなった。ジェフロワが散々殺した死体すらも残っていない。その事実が酷く気味が悪かった。メンバー達はまだ気丈を装っているが、戦意が完全に折れている。

あの一瞬だけ確認した、屋根の上で奇妙な言葉で指示を出す姿。目に見えてわかる圧倒的な力より未知の方がずっと恐ろしい。冷静沈着なカートンの表情にもこの時ばかりは畏れが浮かんでいる。

「僕もない。だが、これは現実だ」

「何故、怪物共を引かせた？　何を、しようとしている？」

ジェフロワの問いかけに答える者はいなかった。

あの灰色の怪物は間違いなく《千変万化》の仕業だ。襲撃を仕掛けて来るくらいならば偶然の可能性があるが、撤退までするとなるとできすぎている。

監視役の大部分はすでに回収してしまった。いざという時のため、取った人質の中にも仲間を潜り込ませてはいるが、その程度ではどうにもならないだろう。

恐ろしい力だった。怪物を自在に操るのも恐ろしいが、その事を撤退の瞬間まで、ジェフロワやカートンに感づかせなかったという事実が一番恐ろしい。

もしも知っていたら、人質を取ってその場にとどまるように命令できていただろうか？

いや……無理だろう。あの怪物の目には明確に人類に対する敵意が存在していた。やらなければやられる。ジェフロワにそう確信させるほどの燃え上がるような戦意が。

あの目を前に無防備を晒す。そんな事ができるのは化物のような精神力の持ち主か、よほどの馬鹿だけだ。

散っていたメンバーの大半は救えた。バレル大盗賊団の戦力はまだ八割方残っている。

十分戦える戦力だ。もうあの忌々しい怪物達もいない。

だが、ジェフロワの決定は変わらない。

「町を出る」

「大きな損害だ。立て直すのには時間がかかる。いいのか？」

「急ぐぞ。怪物を退かせたのには理由があるはずだ」

略奪も済んでいない。構成員も失った。貴重な宝具も消費した。手酷くやられた。この事実が各地に伝われば、バレル大盗賊団は同じアンダーグラウンドで生きる者達から見くびられるだろう。

だが、引き際は見誤らない。それ故に盗賊団は大きくなった。

カートンの言葉は問いかけであって、問いかけではない。ジェフロワとカートンは以心伝心、共にここまで盗賊団を大きくしてきた。常に向いている方向は同じだ。

「……敗北など、いくらでも取り返せる。生きていれば、な」

「聞いたか!?　撤退準備だ、出口に向かってる暇はないッ！　隔壁を越えるぞッ！」

カートンの命令に、陣形を組んだまま周囲を警戒していた部下達が訓練通り速やかに動き出す。

侵略が静かで迅速ならば、撤退もどこまでも静かだ。

と、そこで部下の一人が声をあげた。

「オヤジ、仲間がッ！」

「何!?」

部下が指差す方を確認する。当然だが、ジェフロワは部下の顔を全て覚えている。

目を細める。近づいてきたその男は、確かにバレル大盗賊団の一員だった。怪物に手足を折られ、団を守るために放置せざるを得なかった同胞だ。偽者でも変装でもない。

「傷はどうした？」

「《千変万化》の仲間が、ポーションで癒やしてくれました。お前など、敵ではない、と」

「…………」

意味がわからない。だが、誰よりもその部下自身が困惑しているようだった。

強者の余裕にしてもあまりにも馬鹿だ。ジェフロワも部下達も、仲間を癒やされた程度で情に絆《ほだ》されるほど甘くはないし、そもそもバレルには懸賞金もかかっている。

リスクを犯しつつ逃がす理由があるのだろうか？

「目撃者を残すため、か？」

「……くだらんな」

カートンも本気で言ったわけではないだろうが、あまりにも非効率で、あまりにも無意味だ。

だが、今は考え込んでいる場合ではない。

仲間が戻ったのは理由はどうあれ僥倖《ぎょうこう》だ。バレルを侮ったのならばいずれ後悔させるだけである。

そんな事を考えている間に仕方なく置いてきたはずの部下達が戻ってくる。

置いてきた部下達は全員、多少の治療で歩けるようになるレベルではなかったはずだが、相当高級なポーションでも使われたのか、走るのにも不自由はなさそうだ。

予想外の事態だが……見逃す、という事だろうか？

これまで高名なハンターも歴戦の騎士団も、あらゆるものを退けてきた。情けをかけられるのは
——屈辱だ。だが、ここで我を忘れるほどジェフロワもカートンも愚かではない。

味わうのは久しぶりだが、地べたを這いずり回るのには慣れている。

忍の部下が他のメンバーのため、壁に速やかに杭を打ち込む。

警戒していたが、襲撃の気配もない。ジェフロワは最後に、怪物達の王がいた方向を睨みつけた。

怪物の血で塗れた戦斧を担ぎ、静かに宣戦布告をする。

「待っていろ。これで終わりじゃねえ。力をつける。どんな汚い手段を使ってでも、いずれ、後悔させてやる。このバレルの……名にかけて」


——者共、撤退だ。

指示を出し、後ろを向く。そして——ジェフロワは凍りついた。

部下達が、長年をかけて盗賊団が吸収し鍛えた精鋭達の姿が、先程まで撤退準備をしていたメンバー達が――消えてなくなっていた。武器の一つも、衣装の一つも残さず、消え去っていた。

「あり……えない」

唯一、隣に残されたカートンがかすれた声をあげる。これまでいくつもの修羅場をくぐり抜けてきたが、そのいずれでも見せなかった蒼白の表情がこの事態の異常性を示している。

「カートン、何が起こった？」

ジェフロワは後ろを向いていたが、カートンは撤退準備をする仲間達の方を向いていたはずだ。

だが、いつも即座に返答するカートンは何も答えない。

「カートン、答えろッ！　奴らはどこにいった!?」

もう一度強く聞き直す事で、カートンがようやく切れ切れに答える。

「かえる、だ……かえるに、なった……なんだ、これは……」

かえる……蛙？

そこで、ようやくジェフロワは地面に無数の小さな蛙がいる事に気づいた。

冷たい何かが背筋を駆け上がる。あまりの異様な光景に身の毛がよだつ。

蛙達は一言も鳴かず、じっとジェフロワを見上げていた。

その動きに人間じみた何かを感じ取り――。

ふと、視線を感じた。

ほぼ反射的にそちらを確認し、今度こそ一瞬心臓が止まる。

しっかり握っていた斧を取り落とす。重い刃が浅く地面に突き刺さり重い音を立てる。

だが、それを拾う余裕などない。

大きく三メートル以上もせり上がった岩の隔壁。

その遥か上から――鈍色のヘルムが静かにジェフロワを見下ろしていた。


魔法というのは、それを使えない者にとっては憧れの対象である。僕も自分の才能のなさに絶望する前は魔導師《マギ》になりたかったし、故郷の町の魔導師《マギ》に『お前に魔法の才能はない』と断言された後は、魔導師《マギ》としての適性を見出され、努力を重ねるルシアに散々つきまとった。

無知だった当時の僕にとって、魔法とは万象を無条件で可能にする奇跡だった。

今の僕はそんな事ありえないと知っているが、当時の僕は何しろ子供だったので、僕の考えた最強の魔法一覧を喜色満面で妹に押し付けて困らせたり、自作の杖をプレゼントして使用してくれなかったらこれみよがしに拗ねたり、やりたい放題だった。

ルシアは真面目だし勉強家だったので、嫌な顔をしながらも一生懸命、既存の魔法を組み合わせて『僕の考えた最強の魔法一覧』を再現してみせた。

僕は凄い凄いと手を叩き喜びながら、細かいダメ出しをしたりしてルシアからパンチを貰っていた。

今では本当に申し訳ない事をしたと思っている。

まぁ、そんな子供のお遊びとは直接的に関係はないのだが、いつしか、彼女は、膨大な魔力《マナ》と魔法知識を持ち、無数のオリジナル魔法を修めた、ゼブルディアでも有数の魔導師《マギ》になっていた。

僕はいつしか魔法に飽き、自分でも使える宝具という存在に夢中になっていたが……。

シトリーが、空になったポーションの瓶にティノを丁寧につまみ上げ、入れる。

真っ黒な蛙は透明な瓶の中、うるうるした眼で僕を見上げていた。

「これで、大丈夫です……」

いや、全然大丈夫じゃないと思うけど……。

目を見開き、すっかり小さくなってしまったティノの入った瓶を持ち上げ、眉を顰める。

「『魔女の秘術《ウィッチズ・ミラクル》・蛙編』……完成していたのか」

これはまさしく、昔まだ子供だった頃、御伽噺《おとぎばなし》で出てくるのを読んで眼の前で見てみたくなり、ルシアから無理だと断言された魔法ではないか。僕の考えた最強の魔導書の第三巻か第四巻かに載っている魔法である。そんな魔法存在しないとか、質量をどうしたらいいのとか倫理を考えろとか、変えるのはともかく、どう考えても戻せないとか、さんざん詰《なじ》られた代物だ。

まさか長年の時を経て今この目で見る事になろうとは――。

……実際に目の当たりにすると反応に困るな。

「…………元に戻せるのかな？」

「！？？？　けろ!?」

「とりあえずこのままでも良いのでは？　これはこれで、とっても可愛いですし……」

「けろ!?　けろけろけろ！」

シトリーがとんでもない事を言っている。錬金術師《アルケミスト》にとって蛙はポーションの材料だったはずだ。

ティノガエルがぺたぺたと必死に瓶を叩いている。

「お、おい、ふざけるな！　一体これは何なんだ！」

「気をつけた方がいいよ……交ざったらどれが仲間なのかわからなくなる」

「!?　ふざけるなッ!!!」

真剣な忠告にアーノルドが地団駄を踏む。その足元には元《霧の雷竜《フォーリン・ミスト》》や元ルーダや元ギルベルト少年や元町人の蛙達が集まってきている。ああ、もうわからない。やってしまった。

ともかく、ティノの髪の色と同じ色をしたアマガエルを再度見る。

『創造の神薬《ハイ・エリクサ》』を使えば戻せるのか……？　うーん……」

そもそも、なんでルシアがかんかんなのかもわからないし、どうしてそれでティノが蛙になるのかもわからない。ルシアとティノは本当の姉妹のように仲がいい。ルシアはスマート姉妹と比べて当たりが弱いので、ティノも随分と懐いていたはずだ。

そこで、リィズが答えを出してくれた。

「まあ、帝都でバカンスの話を聞いて来たんだろうし？　いきなり面倒事に巻き込まれたら怒るよね」

ああ、なるほど。確かに、ルシア達が帝都に戻って僕達がバカンスに行ったという話を聞いたら追いかけようとするだろう。そして町並みを見て何かが起きている事を察して機嫌を損ねるというのもまあありえない話ではない。

「……どうせならもっと早く来ればよかったのに。来るの遅いよ……」

「ルークちゃんに自慢してやろーっと」

リィズはこんな時でもマイペースだった。

ルシアは強い。《嘆きの亡霊《ストレンジ・グリーフ》》ではレベル7のアンセムに次ぐ、レベル6（しかも、かなり7に近い方）の魔導師《マギ》だ。特にその力は多対一の戦いで最も発揮され、（魔導師《マギ》だからある意味当然なのだが）うちのパーティの中では最も高いキルスコアを持っている。

もう全て終わった話だから別にいいんだが、彼女がいればアンダーマン達の軍勢もどうにでもできただろう。ドラゴンだってどうにかなったはずだ。もう終わった話だから別にいいんだけど！

そこで、シトリーが良いことを思いついたと言わんばかりに満面の笑みで手を合わせる。

「そうだ！　ルシアちゃんをお出迎えしにいきましょうか！　少しは機嫌も治るかと」

ティノの髪と同色のティノガエルがぺしぺし瓶を叩き、僕に向かって早く出してと訴えかけていた。


肉体を酷使し今にも倒れそうな状態で助けを求めたクロエ。その言葉に、かつてクラン参加試験の模擬戦でクロエの自信を木っ端微塵にしたその男は真紅の双眸を細め、真剣な表情で言った。

「わかった。それで…………その盗賊団の中に、強い剣士《ソードマン》はいるのか？」

《嘆きの亡霊《ストレンジ・グリーフ》》。

かつてハンターとなり、犯罪者がつけるような名のパーティを組んだ者達がいた。

帝都ゼブルディアでは毎年数え切れない程のハンター志望者が登録を行う。田舎町から出てきたばかりの、成人したての六人で組んだそのパーティはありふれたもので、そしてその忌まわしい名前故に早々に潰されるはずだった。

しかし、そのパーティは艱難辛苦を乗り越えた。才能と努力。勇気と幸運。類まれな智謀とそして――仲間である他のトレジャーハンター達さえ怖れさせる絶対の意志で。

何とかスルスの隔壁を越え、付近の街を目指し駆けていたクロエが出会ったのがそのメンバーを乗せた馬車だったのは果たして偶然だったのだろうか？

《嘆きの亡霊》。それは、二つ名持ちのみで構成された帝都でも屈指の若手パーティだ。

歴戦と呼ばれるには余りにも若いが、その瞳の奥には英雄の持つ強い輝きが秘められている。

クロエは探協の職員になってそれなりに経つが、《嘆きの亡霊》のメンバーはなかなかやってこないのでそこまで深い関わりはない。

馬車の中には不思議と緊張感のようなものがなかった。ルークの言葉に、黙ってクロエの話を聞いていた、長い黒髪を結わえる事なく背中に流した女魔導師《マギ》が深々とため息をつく。

あらゆる分野の術を修めた、齢十九にして帝都屈指の魔導師《マギ》の一人とされる少女。

レベル6。《万象自在《ばんしょうじざい》》のルシア・ロジェは捻れた巨大な杖を抱きしめ、責めるような口調で言った。

「そういう、問題じゃない！　温泉に行く予定が、賊の相手させられるんですよ!?　しかも、宝物殿の攻略が終わったばかりだというのに！」

「ただの盗賊団じゃねえか」

「なんで、遠征していた私達が、帝都で待っていたリーダーの、尻拭い、しなきゃいけないんですか！」

「いつもじゃねえか」

やり取りをするその表情は年齢相応で、とても凄腕の術者には見えない。

「いつもだから、駄目なのッ！　そもそも兄さんが、ただの盗賊団をぶつけてくるわけないでしょッ！」

「!!　うんうん、そうだね」

「！　真似するなッ！　嬉しそうに言うなッ！」

「……おうおう、そうだな？」

「！　アレンジするなッ！　アンセムさんも何か言ってやってくださいッ！」

地響きを立てて御者のいない馬車を先導し、外を走るアンセムが短い返事をする。どうやら幼馴染と言う噂は本当らしく、その短い会話には気心の知れた者同士特有の遠慮のなさがある。

だが、余りにも緊張感がない。本当にこれで大丈夫だろうか？

必死に逃げ出したスルスの町が見えてくる。

最初はなかった高い壁のすぐ外。そこに展開された馬車の数を見て、ルシアがボソリと呟いた。

「……多い」

恐らく、いざという時に迅速に行動できるように移動手段を外に置いているのだろう。町中で見た賊の数を考えると少ないくらいだが、それでも並の盗賊団を凌駕している。

クロエが逃げている最中、町の人間は見かけなかった。これだけ訓練された賊だ、十中八九人質にされているのだろう。血の臭いがしなかったのが救いだが……かなり厄介だ。

スルスは余り大きな町ではないが、それでもそれなりの広さはある。人質が囚われている場所もわからない。帝国の誇る正規の騎士団でも攻めあぐねるだろう。クロエも探索者協会の一員として賊への対応は学んでいるが、バレル大盗賊団は付け焼き刃でどうにかなるような敵ではない。

不意打ちとはいえ、竜殺し《ドラゴンスレイヤー》の称号を持つ《豪雷破閃《ごうらいはせん》》も遅れを取っている。圧倒的な人数の差。情報の不足。メンバーも三人しかいない。そんな明らかに不利な状況でどう立ち回るのか。

「作戦は……どうしますか……？」

おずおずと尋ねるクロエに、ルークとルシアが顔を見合わせた。


《不動不変《ふどうふへん》》のアンセム・スマートが大きく拳を振りかぶる。

世界がうなりを上げた。大地が、空気が震えた。分厚い壁がただの一撃で弾け飛ぶ。

そこには刹那の迷いもなかった。《嘆きの亡霊《ストレンジ・グリーフ》》の出した策はシンプルだ。

「いつも通りだ。ルシアが魔法をぶっ放す。アンセムがぶっ壊して、俺が説得する」

敵の強さはさんざん話したはずなのに、めちゃくちゃだ。だが、止める間はなかった。

《嘆きの亡霊》の町攻めはクロエの知るどのハンターとも、バレルの巧緻な手際とも異なっていた。

相手は数百人で、おまけに恐らく人質も取っている。いくら強くても、たった三人で何ができるの

か？　他の街に助力を求めた方がいいのではないか？　そんなクロエの懸念は一瞬で吹き飛んだ。

帝都最強の剣士《ソードマン》の一人。《千剣《せんけん》》のルーク・サイコル。

古今東西、あらゆる魔導を学び修めた万能の魔導師《マギ》。《万象自在》のルシア・ロジェ。

そして――ゼブルディアでもしかしたらロダンに匹敵する知名度を持つ守護騎士《パラディン》。

それは、かつて《戦鬼《せんき》》と呼ばれ怖れられたガーク支部長の倍近い巨体を誇る怪物のような男だった。全身鎧を纏ったその姿は肌が全て隠されている事もあり、とても人間には見えない。

全身鎧の巨人は攻撃に際し、一言すら漏らさなかった。

大穴から、窮屈そうに町の中に入り、周囲を見下ろす。

圧倒的な力。

《不動不変》の人柄の良さは帝都ではよく知られているが、その姿は魔物よりも遥かに魔物らしい。

深紅の外套をはためかせ、アンセムに続き町に侵入した《千剣》が舌打ちする。

「チッ。だーかーらー、斧持ちは剣士《ソードマン》じゃないって言ってんだろ、クライ」

「ッ……何者だ!?」

破壊された壁の前。巨漢の男が地面に突き刺さった巨大な戦斧を握り、叫ぶ。

見覚えがあった。グラディス伯爵から発注された依頼票に記載されていた男。あらゆる国で手配されながらもここまで逃げ延びてきたバレル大盗賊団の長。ジェフロワ・バレル。

影武者ではない。間違いなく本物だ。遠目に見てもその姿からは歴戦のハンターと同じような迫力を感じた。恐らく、高レベルのハンターに匹敵する実力を持つというのはただの噂ではないだろう。

だが、その巨体すら、燃え盛る炎のようなエネルギーに満ちたルークと比べれば霞む。

《千剣》はジェフロワの問いを受け、唇を歪め笑った。

「俺達を知らねえなんて——おっさん、さてはあんた——モグリだな？」

男性にしてはやや高めの声。

壁を容易く破壊したアンセムが、そして突入前に大規模な魔術を行使したルシアが、前に出る。

その顔はいつの間にか《嘆きの亡霊《ストレンジ・グリーフ》》のシンボル。笑う骸骨の仮面で覆われていた。ルークが懐から仮面を取り出し、被る。

首領の半歩後ろに立った、油断ならない目つきをした男が頬を引きつらせ呟いた。

「《嘆きの亡霊》……」

「なんだ、知ってんのか……名乗りってのはなかなかうまくいかねえな」


「あり……えない」

後ろに立ったカートンの顔にも冷や汗が浮かんでいる。

笑う骸骨。この国の犯罪者達が見ただけで震え上がるという仮面がジェフロワ達を見ていた。

人間とは思えぬ体躯の全身鎧の騎士。ジェフロワよりも頭一つ小さな暗い赤髪の剣士《ソードマン》に、巨大な杖を持つ黒髪の女魔導師《マギ》。《嘆きの亡霊》のシンボルが骸骨の仮面だという噂は聞いていたが、実際に見るその姿は常軌を逸していた。

だが——強い。わかる。山で捕らえた二人のメンバーもそれなりの腕前だったが格が違う。

巨人はもちろん、残りの小柄な二人の存在から感じるエネルギーについても、これまでバレル大盗賊団が狩ってきたハンター達の中でトップクラスだ。

「ッ……あの二人は……罠かッ」

「…………」

ジェフロワは国外からやって来た。主にこの国で活動している《嘆きの亡霊》については、調べさせはしたが、そこまで詳しくは知らない。だが、人数と職構成くらいならば知っている。

《嘆きの亡霊》は七人のパーティだったはずだ。三名がここまでの力を持つのに、同じパーティで宝物殿に潜っているはずの残りの四人の内二人があそこまで弱いというのは考えられない。

目の前の男は剣士《ソードマン》だ。ならば、《千剣》だろう。

「どういう事だ……？　あの二人は……クソッ」

弱いとは、思っていた。著名なハンターの名を騙る者がいる事も知っていた。

だが、余りにも状況証拠が揃いすぎていた。二人の表情にあった焦りと恐怖は本物だった。

そもそも、犯罪者《レッド》でもないトレジャーハンターが、そんな卑劣な罠を張るなど本来ありえない。

思考を切り替える。こちらはそれなりに鍛え上げたメンバーが三百人近く、本来たった三人相手など話にならない。だが、今ここで立っているのはジェフロワとカートンだけだ。

落とした戦斧を持ち上げる。久方ぶりのまともな戦いを前に鍛え上げられた腕が震える。

暗い赤髪の骸骨はじっとジェフロワを見ていた。そして、不思議そうな声をあげる。

「ってか、ルシア。二人も残ってるぞ」

「……二人『しか』、残ってないの！　ルークさんは知らないかもしれないけど、広範囲にかけるのほんとに、疲れるんですから」

観察する。状況を正確に把握する。言葉に耳を傾ける。

どんな危機も、冷静さと力で乗り切ってきた。まだ勝負は決まっていない。

広範囲？　どこまで広範囲だ？　初めて見る魔法だ。まさか、町全体に掛けたのか？　ありえない。

いや……今はそれは重要じゃない。

魔導師《マギ》だ。魔導師《マギ》は――疲弊している。数百人を一瞬で無力化するような強力な魔法を使ったのだ、二度目はない。魔導師《マギ》が戦わないのならば可能性はある。

バレル大盗賊団は正義じゃない。卑怯者には卑怯者のやり方がある。

「僕達の部下を……こんなに可愛らしい姿にしてしまったのは、お前か」

カートンが呆れたような声をあげた。その手にはいつの間にか短刀が握られている。

「本当に驚いた、こんな魔法見たことがない。だが……遅かったな」

いつもよりやや低めの冷たい声。そこに焦りはない。恐らく、一瞬でジェフロワと同じ思考に至ったのだろう。一瞬で焦りを押し殺し、僅かな勝機を見出そうとしている。

その迫真の演技に三人の視線がカートンに向く。カートンが酷薄な笑みを浮かべた。

「この町はすでに我々の手に落ちた。ここで捕まるくらいなら――道連れだ。貴様らの仲間も、町の人間も、この町をバレルの墓標にしてくれる」

そうだ。ハッタリを利かせろ。奴らは今到着したばかりだ。状況はまだわかっていないはずだ。

精神を揺さぶれ。相手が如何に強くとも人間だ。宝具の戦斧を頭に受ければ死ぬ。

「何言ってるんだ？　お前」

ルークと呼ばれた赤髪の男が訝《いぶか》しげな声をあげる。

ルーク・サイコル。このゼブルディアで有数の剣の使い手。貪欲に剣の理を求め、古今東西のあらゆる流派と技を修め、数々の名のある剣士《ソードマン》を下した事から名付けられた二つ名が――《千剣》。

この状態にあって、《千剣》は自然体だった。脅しが効いている様子もないが、構えてもいない。

剣も腰に帯びたままだ。ルークは奇襲を警戒している気配もなく、淡々と近づき、一歩前に出たカートンの目の前で立ち止まった。

二人の目の前に出るとは――好機！　ジェフロワとて、戦闘には自信がある。剣の腕では負けるかも知れないが、これは試合ではない。振り下ろすだけなら――俺の方が速い。

殺気を押し殺す。呼吸を読む。獣のように踏み込み、このちびを叩き切るのだ。

踏み込もうとしたその時、ルークがゆっくりと仮面を外した。

手の平をこちらに向け、申し訳なさそうに言う。

「悪い。話し合うはずだったんだ」

「ッ……何……？」

予想外の言葉に、息が詰まった。カートンも目を見開いている。

女魔導師《マギ》が頭を押さえる。巨人も立ったまま、一歩も動いていない。

《千剣》はふざけた様子もなく、真剣な声で言った。

「落ち着いて聞いてくれ。俺は、コミュニケーションは大事だと、常日頃からクライに言われててさ……人を斬る前に話し合え、と。面倒くせえが、そういうのが格好いいらしいんだ。俺は格好良くて最強の剣士《ソードマン》を目指してる」

「……何を、言っている？」

意味がわからない。少なくとも、戦場の話し合いで出す言葉ではない。

油断させるつもりか？

隙だらけだ。話を聞く必要はない。手を動かすのだ。殺すのだ。《千剣》は油断している。

だが、どれだけ命令しても手は動かなかった。

まさかこの俺が――呑まれているというのか？　目を最大まで見開く。緊張に汗が伝い落ちる。

そして、《千剣》が予想外の事を言った。


「それで……ちゃんと話し合ってから斬るつもりだったんだが……つい先に斬っちまった」


「…………ッ!?」

一秒が引き伸ばされる。どさりと、何かが地面に落ちる音がした。身体の右側が軽くなり、右肩に激痛が走る。だが、そちらを見る余裕はない。

痛みを怖れたりはしない。だが、気づかな……かった。いつ斬られたのかも、いつ剣を抜いたのかすら――。ジェフロワと同じく何も見えなかったのか、カートンも青ざめている。

「でも、まぁ、結果は同じだし……次は気をつけるよ。大切なのは未来だろ？」

「馬鹿な、こちらには人質が――」

「まぁ、そっちも気をつける。次があったらな……でも、あんたが悪いんだ」

そして、何気ない動作で《千剣》が剣を抜く。

今度はしっかり剣閃が見えた。だが、避けられるかどうかは別だ。ジェフロワ同様、その一撃が見えていたはずのカートンが地面に叩きつけられる。

「好き嫌いはないさ。でも、俺はできるなら剣士《ソードマン》と戦いたいんだ。斧持ちや短剣持ちは剣士《ソードマン》じゃないってのに、クライはいつもそういった奴を振ってくる。ああ、悪口を言ってるわけじゃないんだが――【万魔の城《ナイト・パレス》】のボスの六本腕の剣士《ソードマン》は楽しかったし……」

わからない。何を言っているのか、わからない。言葉はきちんとこちらに向けられているはずなのに、噛み合わない。ルシアの叱責が飛ぶ。

「ルークさん、人質ッ！」

「ああ、わかってるよ。だから、手加減してやった。斬れてないだろ？」

膝が砕ける。《千剣》が持っている剣が目に入り、頭の中が真っ白になる。

「いや、攻撃するなって事でしょ！　もう！」

慌てたような女魔導師《マギ》の声。蛙に姿を変えられてしまった仲間達が合唱する。最後にジェフロワ・

バレルの目に入ってきたのは、《千剣》の手に握られた何の変哲もない木刀だった。


空っぽの町をのんびりと歩く。もっとも、のんびりしているのは僕とリィズとシトリーだけで、仲間を蛙にされたアーノルドは土気色の顔をしていた。

ちゃんとリィズに確認してもらっているが、今のところは他に蛙の姿はない。どうやら町中の人々があの広場に集められていたというのは本当らしい。

しかし冷静に考えて、恐ろしい魔法を考えたものである。相手が蛙だったらさすがの僕でも負けない。無敵の魔法じゃないだろうか？

「しかし、どういう基準で蛙になったんだろう？」

アーノルドやシトリー達が蛙にならなかったのはまだわかる。大量のマナ・マテリアルにより強化されたハンターは一般人と比べあらゆる耐性が高いためだ。

ティノやルーダ達が変わってしまったのもまだわかる。他にも、この町を守っていた衛兵も蛙になっていたようだし、マナ・マテリアルの吸収量が足りなかったのだろう。

だが、ほとんどマナ・マテリアルを吸っていない町の人々や僕が変化しなかった理由がわからない。

僕の疑問に、シトリーが不思議そうな顔をした。

「あれ？　この魔法、クライさんが考案したものじゃないんですか？」

「まぁ、それはそうだけど……」

僕が考えたのは結果であって、理屈ではない。ルシアに昔あげた、僕の考えたオリジナル魔導書にも『人をカエルにする魔法』と一言だけ書かれていたはずだ。僕が度々ルシアに文句を言われる理由の一つでもある。シトリーが少しだけ考え、口を開く。

「非戦闘員を除いて対象としているんだと思います」

「どうやって？」

「……クライさんから、一般人には効果のない魔法を作れと無茶ぶりされたと、ルシアちゃんが愚痴ってましたが……」

……言った。ああ、確かに言ったさ。僕の持っている、魔法を一個ストックできる宝具――異郷への憧憬《リアライズ・アウター》に込めるために、だ。

異郷への憧憬は込めた魔法をそのまま解放するだけの宝具のため、本来術者が制御できる攻撃範囲を指定できない。そのため、何とか非戦闘員にだけ効かない魔法を込めてくれないか頼んだのだ。

その結果、完成したのが以前アーノルド達にお披露目した魔法、暴君の権能《タイラント・オーダー》なのだが――ああ、なるほど。原理は一緒か。

「マナ・マテリアルの量で判別しているのか」

「アーノルドさんが変わらなかったのは多分、こういった変化系の術式の耐性は毒などと比較してかなり付けやすいからですね。さすが私が見込んだだけの事があります、アーノルドさん！」

「…………あぁ」

シトリーの称賛にも、アーノルドは何も言わず疲れたような声で返すのみだった。今度、機会があったら慰めてあげよう。

瓶の中で僕達の話を聞いたティノがけろけろ鳴く。シトリーやリィズに効かなかったのも同じ理由なのだろう。僕に魔法が効かなかったのは……マナ・マテリアル量が一般人並みだからですね。

しかし……ルシアの事だから心配は要らないと思うが、これで元に戻せなかったらやばいな。下手したら今度はこっちが指名依頼のターゲットになりそうだ。

元に戻ったとしても……帰ったら絶対ガークさんに呼び出し受けるだろうな……ゲロ吐きそうだ。

と、しばらく歩いたところで、リィズが目を輝かせた。

「あ、見つけたッ！　ルークちゃぁあああああああああん！」

まず僕の目が捉えたのはアンセムだった。身長四メートルオーバーで今も成長中。全身鎧に身を包んだその威容はそのパーティ一落ち着いた性格とは裏腹によく目立つ。

破壊された外壁。そのすぐ近くに仮面を被ったルークと、長い杖を持ったルシアの姿もある。

リィズの声に気づいたルークとルシアが仮面を外す。【万魔の城《ナイト・パレス》】に行って以来なので、会うのは久しぶりだ。

「ルークちゃん、おそーい！　ドラゴンと地底人、もう帰っちゃったから！　可哀想！」

第一声でズレにズレた声をあげるリィズにルークが目を見開いた。

「はぁあああああああ？　クライ、俺のドラゴンと地底人は!?」

「残念でしたぁ！　もうクライちゃんが処理しちゃったからぁ！」

ただいまの前の第一声がそれかよ。処理してないし、欲しいならいくらでもあげるよ。

リィズの声を聞きつけ、機嫌が悪そうだったルシアの表情がなんとも言えないものに変わる。

そこで、僕は地面に転がる人間の姿に気づいた。一人は地面に倒れ、もう一人は血溜まりに沈んでいる。ルーク……帰ってそうそうやりやがった！

慌てて駆け寄る。一人は目立った外傷はないが、体格のいい方は右腕が落ちている。

「ルーク！　何、一般人斬ってるの！　せめて手加減して木刀使えって言っただろ！」

「木刀で斬ったんだよ」

なおのこと悪いわ！

地面に落ちている蛙を踏まないように近づく。

倒れ伏す巨漢の側に跪《ひざまず》き、ひっくり返すのは無理だったので頭だけ動かしこちらを向かせた。随分強面《こわもて》だが、強面の町人がいないわけではないし、この町の衛兵だろうか？

幸いなことに、血溜まりに沈んでいてもまだ意識は残っているようで、その焦点のあっていない瞳が僕を見る。もはやここまでくると謝罪のしようがない。

「ごめんなさい、ルークにはいつも相当なことがない限り剣を抜くなと言ってあるんですが……アンセム、治療してあげてッ！」

アンセムも何黙ってみてるんだよ。一般人斬るのが一番やっちゃいけないことなんだぞ。最近は余り斬らなくなっていたので完全に油断していた。

僕の言葉を聞き、ルークが目を見開き唸った。

「なるほど……治療すれば何度でも楽しめるってことかッ！　確かに斧と打ち合えなかったのはもったいなかったと思ってたんだ。クライ、お前天才だな」

どこに倫理観落としてきたのでしょうか。真剣を取り上げたのにまだ懲りていないようだ。

「大体、先にちゃんとまずコミュニケーション取れっていってるだろ！　取ったの？」

「…………ああ、もちろん取ったぞ」

ルークは目を逸らすと、バツが悪そうに小さな声で答えた。

Epilogue　嘆きの亡霊は引退したい⑤

黒の鎧で身を包み、馬に乗った一団がスルスの町を取り囲む。

大きくたなびく旗に描かれたのは、交わる三本の剣――グラディス伯爵の紋章だ。

先頭の馬に跨った、一際立派な鎧を着た団長の男が、地面に降り立ち、壁を見上げる。

「この壁は…………一体……」

「随分、遅い到着ですね……」

「!?　誰だ!?」

「第一声が誰だ、だなんて……貴方達の任務を代わりにやってあげた者に対して余りに無礼では？　まぁ、バカンスの『ついで』、ですけど」

門から現れた影に、団長が、そしてその後ろに並んだ部下が一斉に剣を抜く。

シトリーは興奮に大きく身体を上下させるキルキル君の腕を叩き宥め、にこやかに応対した。

懐から、依頼票を取り出し、地面に放る。グラディスの紋章の入ったそれに、団長が目を見開く。

「この程度なら、協力するまでもありません。貴方達が遅いので、バレルはもう潰しちゃいました」

「協力……まさか……《嘆きの亡霊《ストレンジ・グリーフ》》のメンバーかッ!?」

「はい。《嘆きの亡霊《ストレンジ・グリーフ》》で交渉役を担当している、シトリー・スマートです。グラディス騎士団の勇名はかねがね伺っています」

荒事に従事しているようには見えない穏やかな物腰に、風に揺れる短く切り揃えられたピンクブロンド。見惚れるような落ち着いた笑顔に、団長が目を見開く。

剣を抜き構えていた部下達もざわめく。トレジャーハンターに指名依頼を上げたという話は聞いていた。治安を守る事もなく、宝物殿で宝探しをするだけの連中と協力するのは業腹《ごうはら》だったが、グラディス軍は任務に私情は挟まない。

何がなんだかわからなかった。まだハンター達はグラディス領に到着すらしていなかったはずだ。バレル大盗賊団らしき集団がグラディス領を出ようとしているらしいという情報が入ってきたのもつい一日前である。ハンターを待っている時間はない。虚仮《コケ》にされたままで引き下がってはいられないと、強行軍でやってきた男達にとって、ようやくたどり着いた場所にすでにハンター達がいるというのは、まるで狐に化かされたような気分だった。

だが、依頼票は本物だ。無礼にも地面に無造作に放られたそれを拾い上げ、団長はなんと聞くべきか迷い、結局、眉を歪めて言う。

「……何故こんな所にいる？　ずっと待っていたんだぞ」

「待ち伏せ、したのです。どちらかというと待ち伏せというよりは誘導、ですが……ご安心ください。本命はドラゴン狩りでしたが——バレル大盗賊団はついでに、一網打尽にしました。一人残らず、ね」

ありえない。その言葉に、グラディス領で武勇を知られた団長は瞠目する。

バレル大盗賊団の手口は慎重かつ、大胆だ。精強で知られたグラディスの騎士団を何度も嘲笑うかのように撃退してきた。特に、その用心深さには何度も煮え湯を飲まされてきた。

街を襲う際は必ず先遣隊を派遣し戦力を把握、勝てない相手には決して戦いを挑まない。流浪の盗賊団なので本拠地というものは存在せず、仮の拠点すら見つからない。

大規模な討伐隊を編成し襲撃しようとしても、するりと逃げられる。どういう技なのか、壁を生み出すような道具も持っていた。どんな犯罪者も恐れるグラディス領を荒らし回り、その名に、帝国の剣の名に傷をつけた本当に性質の悪い盗賊団だ。

ともかく、町が略奪されているような気配はない。何かあったのは間違いない。

部下達が、町を取り囲んだ岩の壁に触れ、顔を見合わせている。その壁は、バレル大盗賊団を追った際に度々グラディス騎士団を阻んだ物に似ていた。

「この壁は……？　この町にはこんな巨大な壁はなかったはずだが」

スルスは温泉で有名な観光地だ。防衛能力はないに等しかったはずだ。

団長の問いに、シトリーは不思議そうに唇に指を当てる。

「この町が余りに不用心だったので、ついでにバレルに作ってもらったのです。まぁ、補強は必要ですが、とりあえずの物としては十分でしょう。《千変万化《せんぺんばんか》》の先見はご存じでは？」

もちろん、聞いてはいる。だが、目の当たりにしてもまだ信じられない。

待ち伏せまではまだいい。だが、人の身でここまで状況を操る事ができるだろうか？　そして《千変万化》はどうやってほとんど情報が出回っていないバレルの動きを知ったのだろうか？

それに……ドラゴン？　部下達が半ば信じられないような表情をしている。

「まぁ、お礼はいりません。《千変万化》にとってバレル大盗賊団なんて、いていないようなものです。今回の本命はあくまでバカンスですので」

馬鹿にされていることはわかったが、ここまであけすけに言われると反論もできない。

腹立たしいが、とりあえず状況の把握が先だ。

団長はシトリーにとりあえずの礼を言うと、状況の確認のために町に繰り出した。


諸々の処理をいつも通りシトリーに任せ、合流したルーク達を連れて宿に戻る。

今回の騒動はかなりの規模だった。アンダーマン達が町中を練り歩いたのはもちろん、ドラゴンが幾つか家屋を破壊してしまったのもまずい。アーノルド達にも本当に迷惑をかけた。本当だったらリーダーである僕が謝罪行脚《あんぎゃ》をするべきなことはわかっているが、僕が出ると毎回こじれてしまうのでシトリーに任せざるを得ないのだ。

ルークやアンセムと顔を合わせるのは本当に久しぶりだった。僕達はハンターになる前からの幼馴染で、だいたい毎日顔を合わせていたので、一月以上会わないというのは本当に珍しい。

旅館の部屋に入ると、ルークはその性格を表したような炎のような真紅の瞳を輝かせ、言う。

「クライ、それで……俺の分の地底人とドラゴンは？」

「ないよ」

「はぁ？　贔屓《ひいき》か!?　ちょっと遅れたくらい許せよ！　バレル達だけじゃ物足りねーよ、ほとんどルシアがやっちまったし！」

ルーク達は【万魔の城《ナイト・パレス》】攻略で出かける前と何も変わらなかった。以前シトリーから聞いていた傷もなく、格好をつけた外套にもほとんど汚れがない。どうやらレベル8宝物殿の攻略は何事もなく終わったようだ。

それにしても、酷い言いようである。ルークにとって、アンダーマンや温泉ドラゴンはウェルカムイベントなのだろうか？　それに、バレル達だけじゃ物足りないって何？

スルスへの道中でついでに滅ぼしてきたってこと？　やりたい放題かよ。

「待ってたんだけどね……それに、今回はバカンスだから」

「なるほど……試練ではないんだな。なら、こんなもんか……まぁ、準備運動にはちょうどいい。だが、地底人は見たかったなぁ……なぁ、ルシア？」

「私は、騙されませんよ、リーダー。温泉だって言われて来たのに、面倒事の対応やらされて――」

どうやら蛙化の魔法は消耗が激しかったらしい。旅館に着くや否や、畳に身を横たえていたルシアが荒く呼吸をしながら顔だけこちらを向ける。

「…………面倒事って、なんかやってもらったっけ？」

「!?」

いや、確かにルシアにはいつも助けられている。僕なんかには勿体ない出来た妹だ。

だがしかし、今回は何もやってもらっていない。確かに蛙化の魔法はタイミングが絶妙で助けられたが、それも僕達を助けるために放っていたわけではないだろうし……他に何かあるだろうか？

「アンダーマン達が地上を練り歩いていた時に来て欲しかったな」

「…………もお！　もおもお——けほっけほっ！」

興奮したのか咳き込むルシアに水差しを取って渡してあげる。

「大丈夫？」

「けほっ、けほっ……あ、ありがとう、ございます。ちょっと、力を使いすぎただけなので……」

水を一口含むと、大きく深呼吸をして答える。

声はつらそうだし、顔色も蒼白だが、問題はないだろう。目立った怪我などはしていない。

僕よりも深く艶のある黒髪に黒の目。線の細い容貌はとてもハンターに見えない儚《はかな》げなものだ。

実際に、ルシアは少し体調を崩しやすい。決して病気とか体力がないとかそういうわけではなく、原因は膨大な魔力《マナ》らしいが、大きな魔法を使った後は大人しくしているのはいつもの流れである。

ルシアは身を起こすと、もう一度喉を潤し、こちらに冷たい目を向ける。

「なんかやってもらったっけって……少しずつ基準上げていくの、やめてください」

「俺はいいけどな。いい修行になる」

「…………うむ」

窮屈そうに身を横たえたアンセムが重々しく頷いた。四メートルにも及ぶ体躯のアンセムは大抵の家屋とサイズがあっていない。この旅館は天井も高めだが、立ち上がる事はできないようだ。

だが、その光景に、僕は小さく息をついた。

ルシアがつっこみ、ルークが反論し、アンセムがうなずく。いつもの光景に緊張が抜けていく。

大変な目に遭ったばかりだが、ようやく本当のバカンスを過ごせる気がした。

「まぁ、せっかく来たんだ、アンセムの入れる温泉と旅館を探して、ゆっくり浸かって休もう」

最高級の旅館の一室でもアンセムは窮屈だ。とはいえ、さすがに野宿は可哀想である。

幸い、ここは温泉地だ。アンセムが入れる浴場もきっとあるだろう。

………最悪、ルシアに掘ってもらえばいい。

「リーダーはずっと休んでたでしょ」

「……ああ、そうだ……ティノが蛙になってるんだけど、これってちゃんと戻す魔法あるよね？」

「…………戻す魔法なんてあるわけないでしょう、変えるだけでも無理しているのに……リーダーから貰った本に、戻す魔法、ありましたか？」

瓶の中でティノガエルがその言葉を聞き、目を瞬かせ、焦ったようにけろけろ叫びながら何度も跳び上がっている。

可哀想に……いやいやいや、確かに僕の書いた本に戻す魔法はなかったが、冗談にもなっていない。

リィズがくすくす笑いながら、瓶を持ち上げているのだが、彼女に慈悲はないのだろうか。

ルシアはティノと仲が良かったはずじゃ……。

笑みを浮かべたまま凍りつく僕に、ルシアは小さく咳払いをして言った。

「でも、安心してください。戻す魔法はありませんが……殺せば戻ります」

全然安心できない。ティノの悲痛な鳴き声が響き渡る。

どうしたらいい？　僕はティノの親御さんに、妹が貴方の娘を蛙にしちゃいましたって言わなくちゃならないのか？　…………合わせる顔がない。

「だ、大丈夫、ティノ。僕が責任取って飼うから……」

「…………馬鹿な事言ってないで、ほらッ！」

ルシアが細い腕を持ち上げ、ぱちりと指を鳴らす。リィズが持っていたティノの入った瓶が突然燃え上がった。その様子は僕のイメージする魔法使いそのものだ。

指パッチンで対象を燃やす術は僕の考えた格好いい魔法第一巻に載っていたものである。修行中のルシアが一ヶ月くらい必死に悩んで作った魔法だ。一ヶ月掛かったという話を聞いて大笑いしてパンチされたのは苦い記憶だ。

突然の殺戮に絶句する。ティノの鳴き声が炎に消えた瞬間、それを掻き消すように人間ティノが現れた。リィズが急に現れたティノを両手で受け止める。

蛙になる前の格好そのままだ。水色の浴衣に、きちんと結ばれた帯。目の下に残る涙の跡。

……殺したら戻るってそういう意味かよ。

そういえば、ティノが蛙に変化した時、付属物も消えていたな……どういう理屈なんだろうか。

ティノは僕を見て、ルシアを見て、ルークを見て、ようやく何が起こったのか理解したのか、リィズの首に腕を回して抱きついた。

「お、お姉さまあああああああああああッ！　怖かったですッ、私、ずっと蛙かとッ！」

涙をぽろぽろ流し泣きつくティノを、リィズが強く抱きしめる。

「よしよし、ティー、あんた、後で蛙にならなくなるまで蛙化特訓だから」

「ますたぁぁぁッ！　助けてくださいッ！　ルシアお姉さまぁあッ！」

「ティーは相変わらずだな。……よし、クライッ！　温泉に行くぞッ！　ほら、クライ、お前泳げないだろ？　浮き輪も持ってきたんだッ！」

………まぁ、いいか。

騒ぎ出す皆に、何もかもがどうでも良くなってくる。ようやく元に戻った日常にほっと一息つく。

色々あったが、やはりバカンスはいい。ここまでやってきてよかった。無事皆も揃ったのだ、全てが万々歳という事にしよう。穏やかな笑みを浮かべ完全に気を抜く僕に、ルシアが思い出したように、僕にジト目を向け、とんでもない事を言った。

「そういえば、リーダー。もう知ってるかもしれませんが――《魔杖《ヒドゥン・カース》》と『アカシャの塔』の抗争で、帝都が大騒ぎしてましたよ。私達はバカンスなのでさっさと逃げて来ましたが……皆、リーダーの事を呼んでいました。焚き付けたって本当ですか？」

「……嘘だよ。さぁ、ルシアも疲れてるだろうし、温泉でも入ってゆっくりしよう！」

イカれている。人質がいて状況もよくわからない状態でも構わず剣を抜き斬りかかってきた《千剣》

も、倒れ伏すジェフロワに近づき戯言で侮辱した《千変万化》も——実力だけでなく手段の選ばなさでも負けていてはとても勝負にはならない。

ジェフロワは町の出口付近で鎖で縛られ転がされていた。一度失った右腕は鎧の騎士——《不動不変《ふどうふへん》》の回復魔法で再生している。武器は当然取り上げられていたが、身体は自由に動く。

周りにはこれまでさんざんジェフロワ達が惑わせてきたグラディス騎士団が歩哨に立っていた。無数の視線が一挙手一投足も見逃すまいとジェフロワとカートンの行動を捉えている。

バレル大盗賊団は広く指名手配された盗賊団だ。まだ生きているのは単純にジェフロワ達が《千変万化》に捕らえられて以降抵抗していないからで、本来ならば捕縛時の交戦で殺されてもおかしくはなかったし、生きていても最終的には縛り首は免れないだろう。

なんとしてでも捕縛から逃れなくてはならない。だが、今動き出す事もできない。

敗因は魔導師《マギ》の質の差だった。数の差を覆せる強力な魔導師《マギ》は天敵だ。魔法対策は施してあったが、足りなかった。

グラディスの騎士団くらいならば何とか立ち回れる自信はあるが、あのジェフロワを見て悪気の欠片もなく『一般人』と言い切った男がいる状態で脱走を成功させるのは不可能だ。

思い返しても、恐ろしい男だった。

勝利を確信した状態ですら弱者の演技を続ける、バレルを凌駕する慎重さ。囮を使ったり、化物共を操ったりなど、真っ当なハンターならば避ける策を容易く選択する冷酷さ。明らかにこちら寄りであるにも拘《かかわ》らずまだ大手を振って外を歩いている時点で、役者が違いすぎた。

自分達の歩んだ道は間違いだった。

ああいう風に、するべきだった。表向きは正義を装い裏で動くべきだった。カートンも力なくぐったり俯いているように見えてその実、これからの策を練っている事だろう。

だが、今更の方向転換は不可能だ。ジェフロワもカートンも、そしてバレル大盗賊団も、余りにも有名になりすぎた。ならば今のままの方向で《嘆きの亡霊《ストレンジ・グリーフ》》を凌駕するしかない。

相手は七人。だが、バレルだけでは勝負にならない事はわかった。

協力が必要だ。アカシャの塔を始めとした数多存在する秘密結社や犯罪組織と手を結び事に当たるのだ。これまでは取引すらあれ、行動を共にすることはなかったが、そうも言ってられない。

統一された鎧で武装した騎士達が距離を取ったところで会話を交わしているのが聞こえる。

「……この蛙達、どうするんだ？」

「……まさか全員捕縛できるとは思わなかったからな……蛙のまま連行するしか」

「数が余りにも多すぎるから、もしかしたら一般人や野良のハンターも交じっているんじゃないかと、団長が――」

「捕縛漏れの確認が――」

「こんな魔法、見たことも聞いたこともない……まるで童話の中の魔法使いだ」

どうやらあちらも困惑しているようだ。相手の情報共有も万全ではない。その上、この町には怪物達の襲撃まであったのだ。情報は更に錯綜しているだろう。《千変万化》への不信感もあるはずだ。

ならば、確実にそこに隙が生じる。

その時、ひときわ立派な鎧兜で武装した壮年の男が近づいてくる。

グラディス騎士団の団長。正面から戦えばジェフロワと対等に戦えるだけの武力を持った男だ。

抵抗はしない。抵抗すれば相手はジェフロワを殺す大義名分を得る。極力抵抗の素振りを見せないジェフロワを見てその意図を察したのか、団長は小さく舌打ちした。

「おい、ジェフロワ・バレル。貴様らの仲間は何人いる？　我らの調査では貴様らは百人強しかいなかったはずだが……三百と一人で間違いないか？」

兵力の隠蔽は戦術の基本だ。グラディスとの交戦時もメンバーの大部分はアジトに潜み、全員は絶対に出さなかった。団長の言葉を聞き、カートンが僅かに目を見開く。

「虚偽は許さん。調べればわかることだ」

「……」

鋭い視線がジェフロワを見下ろしている。どうやらあれほどの事態に陥ったにもかかわらず、バレル大盗賊団は欠けていないらしい。いや、それどころか——誤差の範囲だが、数が多い。

「一匹一匹蛙を数えるのには手間がかかってな。《嘆きの亡霊》《ストレンジ・グリーフ》も厄介な事をしてくれる」

グラディスの騎士団の仕事は堅実である。故にこれまでバレルに翻弄されてきた。

向こうの数え間違いの可能性は低いだろう。だが、ジェフロワの記憶が正しければ……メンバーが三人増えている。

「……間違いない」

カートンがうつむき、低い声で答える。その声で、ジェフロワは思い当たった。

バレルが捕らえたニセモノの《嘆きの亡霊》の数が三人だ。捕虜は一箇所にまとめていたが、その三人については別の場所に隔離していた。それが蛙になったのだろう。

このような事態に陥る事になった発端だ。協力者にしては余りにも洗練されていなかった。

《千変万化》との関係性はわからないが——。

「ああ、間違いない」

「……そうか」

せめて、道連れにしてやろう。カートンも同じ事を考えているのだろう、その唇の端が僅かに持ち上がるのが見える。バレルは崩壊したが以心伝心は変わらない。

乱暴に騎士団が持ってきた護送用の馬車に押し込まれる。カートンは別の馬車に、蛙になってしまった仲間達はまとめて袋に入れられ積み込まれる。

メンバーを失った。武器も資産も失った。だが、バレル大盗賊団はまだ壊滅してはいない。

今回は負けだ。だが、ジェフロワとカートンは生きている。

いずれ、バレルにトドメを刺さなかったことを後悔させてやる。

決意を新たにしたバレルを乗せた馬車は、ゆっくりとスルスの町を出ていった。

「はぁ？　今、なんて言いました？　リーダー。ただでさえ宝物殿帰りで疲労が溜まっている状態だったのに、帝都に戻ったら温泉に行ったと聞かされ？　温泉についたと思ったら、厄介事の後始末をさせられ？　挙げ句の果てに？　私の、聞き間違えだったら――いいんですが」

ルシアが瞼を痙攣させ、仮にも兄に向けるものとは思えない鋭い視線で僕を見上げる。

一晩眠ってようやく体調が戻ったのか、その顔色は昨日よりも随分良くなっていた。何よりだ。

こちらにずいと詰め寄るルシアに、半端な笑みを浮かべながら一歩下がる。

背中が冷や汗でじっとり湿っていた。

他意があるわけではなかった。ちょっと思ったことが口に出てしまっただけなのだが、どうやらルシアの逆鱗に触れてしまったらしい。

「う、うん。いや、まあ。よくやったと思うよ？　うん、さすが、僕の妹だよ」

称賛してみるが、ルシアの表情は変わらない。義理とはいえ兄妹になって長いルシアは僕の性格を知り尽くしている。ルークやリィズもこの時ばかりは助けてくれない。まるで面白いものでも見ているかのようにこちらを見ていた。

ティノも怯えたようにリィズの後ろで視線を背けている。味方はいなかった。

嫋《たお》やかに指先を組み合わせ、ルシアがにこりと笑う。

「もう一度、言ってください、リーダー。私の、耳が、おかしくなっている可能性もありますから」

「……」

「…………兄さん？」

僕は大きく深呼吸をすると、覚悟を決めて言った。

「……へ、変化させる、蛙の種類……間違ってるよ……」

「……ッ」

「ルシアが変えたのはアマガエル。本来変えるのはヒキガエルだから……」

「そんな設定、知りませんッ!!　ほら、この本見てくださいッ！　リーダーが、作った本ですよ、ほらッ！　ほらッ！　ほらッ！」

ルシアは悲鳴のような声を上げると、僕が昔作った手書きの魔導書を押し付けてくる。

読み込まれヨレヨレになったページには、一行、『蛙に変える魔法』とだけ書かれており、余白はルシアのメモ書きに埋め尽くされていた。

「どこに、ヒキガエルと、書いてありますか？　言ってみなさいッ！　この、この、このッ！」

「い、いや、でも、魔女の秘術なんだから、そりゃヒキガエルだ。アマガエルじゃ、魔女っぽくない」

僕の作った魔導書は結果しか書いていない、子供の妄想ノートである。利便性など欠片も考えておらず、そこに詰まっているのは昔の僕の夢だけだ。だが、だからこそ、細かいこだわりがあるのだ。

「だ、大丈夫、アマガエルに変えられたんだからヒキガエルもいけるさ」

「無理ッ！　これは、そういう便利な魔法じゃ、ないのでッ！　魔法、作る前に、言ってくださいッ！　今のデザインを作るのも、かなり大変だったのにッ！　もっと感動してくださいッ！　まさか……作り直せって、言ってます？」

口元をぴくぴくと揺らし、勢いよく詰め寄って来る我が妹。機嫌が良くない時に見せる表情だ。

どうやら、素人から見れば然程難しくないように思えるが、アマガエルとヒキガエルでは隔絶した差があるらしい。もちろん作り直せなどと言うつもりはない。

僕は両手を向け、宥めるようにルシアに言った。

「も、もちろん、そんな事ないよ。アマガエルでも凄いと思うよ。魔女っぽくないなーとは思うけど、作り直せなんて言わないよッ！　ところで…………魔法で温泉出して欲しいんだけど。アンセムが入れるやつね」

「そんな魔法……ないです」

「作って？　……大丈夫、ルシアなら、できるさ」

「…………ッ」

ルシアは目に涙を浮かべ僕を睨みつけると、随分様になっている動作で、ぱちりと指を鳴らした。

眼の前にどさりと、大きな物が落ちる。ティノが目を見開く。

それは、ぬいぐるみだった。明らかに僕を模した物で、かなり大きい。

ルシアは無言でクライ君ぬいぐるみの首元を左手で強く握ると、右拳をその鳩尾に何度も何度も叩き込んだ。どれほどの力が込められているのか、ずんずんと重い振動が伝わってくる。かなり恨みが篭っていそうだ。反抗期だ。

「ルシアちゃん荒れてるう。クライちゃんいない間は平和なのに」

「おい、大丈夫だ、ルシア。温泉が必要ならば、俺が掘る。スコップ出してくれ」

「ますたぁのぬいぐるみ、私にも出してほしいです……」

リィズとルークとティノが三者三様のコメントを出す。

僕は何も言わず、そっと目を逸らした。

丁度その時、色々交渉事に行っていたシトリーが戻ってきた。

手に一メートル半ほどの柄のついた大きなモップを持っている。シトリーはぬいぐるみを殴りつけているルシアを見て目を丸くしたが、すぐに僕を見ると、いつも通りの口調で言った。

「残念ながら、お兄ちゃんの入れる大きさの温泉はありませんでした。掘る許可は貰ってきましたが……どうしますか？」

そりゃもちろん、掘るに決まってる。


「ゴーレムの核が沢山売れたんです！」

交渉の結果がかなり良好だったらしいシトリーについて、全員でぞろぞろ外に出る。大きさ故に旅館の広間を借りて泊まったアンセムも合流し、シトリーの先導で温泉掘削予定地に向かった。

アンセムと僕以外全員が浴衣姿なのがとても新鮮だ。

ティノがどこか落ち着かなそうな表情で僕を見る。今回は、ティノだけが《嘆きの亡霊《ストレンジ・グリーフ》》のメンバーではないが、これまでも何度もパーティに交じってついてきた事がある。皆顔見知りだ。

「と、ところで……ますたぁ……温泉ってどうやって掘るんですか？」

「何言ってるんだ？　ティー、スコップで掘るに決まってるだろ」

「……え？　し、しかし、ルークお兄さま。それでは、温泉が出ない可能性も——それに、何メートル掘ればいいのか……」

ティノのもっともな疑問に、ルークは欠片も躊躇うことなく強く宣言した。

「そりゃもちろん、出るまで掘んだよ。それが修行だッ！　森羅万象全てが剣の道に通じている。つまり、穴掘りも剣の道に通じてるわけだッ！　そうだな、クライッ！」

「……うんうん、そうだね」

君、本当に何やっても強くなるよね。意味がわからない。

剣を取り上げてもどうにもならないのだから、もはやその成長を止める事は僕にもできない。

最近では半分くらい色物扱いをされているらしいが、それでもなんか楽しそうなのがルーク・サイコルという男であった。

散々クライ君ぬいぐるみに憤懣《ふんまん》をぶつけ、落ち着いたルシアが一度咳払いして言う。

「しかし、バカンス先が海じゃなくて、温泉でほっとしました」

「ん？　なんで？」

海か……海もいいね。今回は温泉な気分だったが、海水浴も大好きだ。

泳ぎはしないんだけど、潮風に当たり日向ぼっこしているだけで大分日頃のストレスが軽減される。

よし、次は海に行こう。ルシアが眉を顰めると、額を押さえて深々とため息をつく。

「海だと……何が出てもおかしくありませんから。温泉地ならまだマシです」

「……ルシアお姉さま。ここでも、ドラゴンと、アンダーマンが出ましたよ」

「俺ももっと急げばよかった……クライ、次は手が八本ある剣士《ソードマン》を探してるんだッ！　頼んだッ！」

この世界はどこも危険がいっぱいだ。やはり帝都で甘味処でも巡っているのが一番安全なようだ。

そして、なんか頼まれてしまった。僕はいつも通り適当な事を言った。

「四人の剣士を一度に相手すれば？」

「……ん？　どういう事だ？」

「手が合計八本になるじゃん」

手が八本ある剣士ってなんだよ。そんなのもう魔物だろ！　と言いたいところだが、アンダーマンという実例があるからなあ……彼らは剣を持っていなかったが、あの髪は剣も持てそうだった。

ルークはしばらく黙って考えていたが、ぽんと手を打った。

「…………天才かッ！　次からそうしよう。実は、八本の次にどうするか心配してたんだ、これならいくらでもいけるッ！」

「うんうん、そうだね」

アンセムの肩に座っていたリィズが呆れたような眼差しを向けてきているが、僕は最近、ルークがどこまでいけるのかとても楽しみだったりする。

シトリーの案内でたどり着いたのは町の端っこ、四方百メートル程の空き地だった。

建物もなければ、なにもない。あるのはただ草や石ででこぼこした大地だけだ。シトリーが両手を合わせるいつもの所作をして、ニコニコと言う。

「今回、ゴーレムの代金の一部として、土地を頂いたのですッ！　スルスには隠れ家を持っていなかったので、ちょうどよかったです」

「隠れ家って……こんな、開けた土地貰ってどうするつもりですか……」

ルシアが途方にくれたように、土地を見る。町の端っこだし、立地も不便だ。そもそも僕達のホームタウンは帝都である。家を建てるのにもお金がかかるだろう。

だが、今はパーティが揃っているのだ（エリザはいないけど）。なんだってできるように思える。

僕は指をぱちりと鳴らした。

「よし、ルシアッ！　温泉だッ！　出してッ！」

「はぁ？」

「ルシア、滝も忘れないでくれよッ！」

「…………」

ルシアは凄腕の魔法使いだ。シトリーも大概万能だが、彼女の魔法は面倒な前準備なくして大抵の事を可能にする。大体、何か要求すると「できない」と言うのだが、ある程度時間をあげるといつの間にかできるようになっているのがルシア・ロジェという少女であった。

期待を込めた目で見る僕に、ルシアがむすっとした表情を向ける。

「そうだ、後、一緒に、旅館も出して欲しいんだけど。アンセムが余裕を持って入れるサイズで」

「そうだ、激流と大渦も出してくれッ！　端っこの方でいいから――」

「私、サウナが欲しいッ！　あっついのッ！　耐熱訓練もできてお得でしょ？」

「ルシアちゃん、ほら、大丈夫。ちゃんとポーションは用意しといたから」

「その……ますたぁのぬいぐるみ、出して欲しいです」

「…………貴方達、魔導師《マギ》をなんだと思ってるんですか？」

きっとルシアならできると信じている。次に魔導書を書く時はその辺の日常系魔法をメインに記載しよう。文句言われそうだけど。

と、そこでそれまで黙っていたアンセムが久しぶりに声を出した。

宝具の鎧の中から低い声が響く。

「すまないな。私は、野宿でも問題ないし、温泉に入らなくても問題ない。慣れてる」

アンセム・スマートは妹であるリィズやシトリーと違って寡黙な男である。僕達幼馴染の中では最年長であり、昔から頼りになる男だった。

僕がリーダーをやらされていなかったら、恐らく彼がリーダーになっていただろう。パーティでは一番の人格者だ、帝都でも人気者で、彼が籍を持つ教会は彼が入れるように建て直されたりしている。だが、いかんせんアンセムは自分を二の次にするような傾向があった。リィズと足して割ればちょうどよくなるかもしれない。

彼がここまでビッグな男になってしまったのは、皆を守るためだ。本人がいいと言っても僕達が良くない。ルークが仕方ないとでも言うかのように肩をすくめ、その脚甲をどんどんと叩き、示した。

「おいおい、アンセム。見ろよ、この土地を。お前はたった四メートルなんだから、余裕でスペースがあるだろッ！　冷静に考えろ、百メートルくらいあるから、えっと……二十五人まではいける」

全く、何言っているのかよくわからないが、ルークの言う通りだ。僕も適当な事を言って追従する。

「そうだよ、大丈夫、スペースが足りてなかったらルシアに魔法で空間を歪めて貰えばいいから。簡単、簡単」

「ちょっとッ！　適当な事言わないでもらえますか？　……まぁ、旅館出すのはともかく、穴を掘るくらいならどうにかなるので……アンセムさんは気にしなくていいですよ。いつもだらだらしている、リーダーに頑張ってもらうので」

「アンセムお兄さま、私もできることはやりますッ！」

「…………面目ない」

アンセムが大きな頭を下げる。アンセムに迷惑を掛けられた回数よりも、僕が彼に迷惑を掛けた回数の方がずっと多い。温泉を掘るくらいなんだろうか。

ほら、さっさと掘れ、掘れッ！　その無駄に高い身体能力を有効活用する時だッ！

魔物と戦うよりもずっと簡単だろ！

リィズが身軽な動作でアンセムの肩から飛び降り、ルークが腕まくりをする。

「リーダー、温泉は掘るだけじゃ駄目なんですよ？　何とかして汲み上げないと……」

「あー……………なら、あれが使えるんじゃない？　ほら、昔見せてくれた、噴水を作り出す魔法」

地面から水を噴出させる魔法だ。魔法がどこまでできるのか知りたくなってルシアに要求した魔法である。ちなみに、当時、散々文句を言われたのを覚えている。成長していない……。

思い出したのか、ルシアが嫌そうな表情をする。

「…………あの魔法、あの後、城を吹き飛ばすのに使ったんですが」

「…………出力をうまいこと調整して？　大丈夫、何とかなるさ……今まで何とかなってきたし」

「何とかなってきたんじゃなくて、何とかしてきたんです。はぁ……」

「とりあえず、大規模な工事はルシアちゃんに任せて、私達は細かい部分を決めましょう。最悪、数日もてばいいです。後は業者に任せてゆっくり直して貰うので」

いつも通り、シトリーちゃんがうまいことまとめてくれる。この光景も随分久しぶりな気がした。

僕は、いつもは何もできる事がないので座っているだけなのだが、今日は働きたい気分だ。

駆け足でシトリーの土地を走り、真ん中付近で立ち止まる。

「よし、ルシア。とりあえずここらへんを掘ってみようッ！」

「また適当な……」

「大丈夫、ルシアちゃん。この周辺はどこを掘っても大体、温泉に当たるって言ってたから。それに、失敗したら当たるまで試せばいいでしょ？」

シトリーに諭され、ルシアが嫌そうな表情でこちらに来る。反抗期である。

ちなみに、シトリーが確認してくれた限り、アンダーマンの住処にぶつかるパターンはあれが初めてだったらしいので安心だ。温泉ドラゴンの出現といい、レアパターンが起きすぎじゃないだろうか？

ルシアは大きく深呼吸をすると、目を見開き、小声で呪文を唱えた。

その長い黒髪が風もないのにふわりと浮き上がる。僕は魔力《マナ》を感知する能力に欠けているので見えないのだが、今ルシアはその身から膨大な魔力《マナ》を発し、魔術を組み上げているのだろう。

僕の示した場所がミシミシと音を立て、一メートル程の大きな黒い穴が開く。先日工事現場で見た穴よりはだいぶ小さいが、何度見ても魔法というのは本当に不思議である。

お湯が出るのを固唾をのんで見守る。だが、いくら待っても噴出してくる気配はない。

「…………？　あれ？　温泉は？」

「…………大体二千メートルくらい掘ったんですが……水源に当たりませんでした。やっぱり、空振りみたいですね」

やっぱりってなんだよ、やっぱりって。どこ掘っても出るんじゃないのか……肩透かしだ。

まぁ、別の場所を示せばいいのだが、やはり僕は運が悪い。シトリーも困ったように笑っている。

穴を覗き込む。しかしここで水源にあたらなかったという事は、この近くは外れなのではないだろうか？　至極真っ当な思考に辿り着いたその時、穴の中から見覚えのある触手が伸びてきて、地面を掴んだ。地下で見飽きたアンダーマンがこんにちはする。

「りゅー」

「りゅう」

思わず挨拶を返す。だが、その時には、ルシアが躊躇いなく地面を掴んだ触手を蹴っ飛ばしていた。

柔らかそうで硬い触手が外れ、音もなく、穴の中に消えていく。

…………ぶつからないんじゃなかったの？　そんな思いを込めてシトリーを見るが、シトリーはにっこりと笑った。まるで僕が悪いみたいだ……。

「もうッ！　リーダーは、すぐにこれだからッ！　閉じますよ？　いいですね？」

「ちょっと待て、ルシアッ！　今のが地底人か？　地底人だな!?　俺が行く!!」

「待って、ルシアちゃんッ！　私もクライちゃんが見たっていう地下王国、見てみたいッ！　おら、ティー、行くぞッ！」

リィズとルークがスコップを放り出して穴の側に殺到する。

僕はとりあえず全ての懸念を後回しにして、早く皆で温泉に入りたいなあと思った。


シトリーとルシアが頑張り、いつもは周辺の警戒を担当するのだが今回はやることがないリィズとルークがその辺で遊ぶ。アンセムが回復魔法で疲労を癒やし、僕はティノにルークがお土産に持ってきた浮き輪を膨らませて貰う（僕が浮き輪が大好きな事を知っているルークの粋な計らいだ）。

地面が深く掘られ、改めてルシアの魔法で掘り当てられ吹き出したお湯が溜まっていく。

シトリーが機嫌よく歌を口ずさみながら、ポーションで地面を固めていた。シトリーの土地を囲むように地面が屹立し、アンセムすら隠し得る高い塀になる。町の外壁よりも普通に高い。

浮き輪を膨らませ終えたティノが、おずおずと尋ねてきた。

「ますたぁ、その……ルシアお姉さまは何の魔法を使ってるんですか？」

「え……知らないけど……」

「!?」

僕は魔法の専門家ではないのだ。僕にわかることは、ルシアはすごいという事だけだ。

シトリーと協力すると大抵の事はできる。まぁ、既存の魔法を組み合わせてるらしいけどね……。

「こういうのには慣れてるんだよ。砂漠で宮殿を作ったこともあるし……」

瞬く間に施設が出来上がっていく。質はともかく、速度という意味では専門家も敵わないだろう。

シトリーの植えた種が成長し、大木に変わる。それをゴーレムが切り倒す。切り倒し整形された木材は魔法で乾かされ、大きく平坦に均《なら》された土台の上で組まれていく。見ているだけで少し面白い。

溜まった池のような広さの温泉からは凄まじい熱気が立ち上がっていた。明らかに湯の温度が人間に適したものではない。

ぱたぱた服の中に空気を入れていると、ルークが着流し姿のまま盛大に温泉に飛び込んだ。飛沫が飛び、ティノが小さく悲鳴を上げる。

「熱いッ！　クライ、熱いぞッ！　ああ、わかってる。これも修行だなッ！　クソッ、これはやばいッ！　火口にあった宝物殿を思い出すな――あ、ルシア。温度を下げるなッ！」

「私の修行です」

「なんだと……？　クソッ、そういう事か……しょうがない、今回は、特別に譲ってやる。だが、次は譲らんッ！」

相変わらず元気だなぁ。僕は膨らませてもらった浮き輪の上に寝転がり、大きく欠伸をした。

温泉の独特の匂いが漂っている。うとうとしていると、その時、ふと聞こえてはならない声がした。

起き上がり、唯一囲いが途切れている出入り口の方を見る。ルークが喜色の声をあげる。

そこに立っていたのは見覚えのあるアンダーマンのプリンセスと仲間達だった。

アンダーマンのプリンセスがもうアンダーマンじゃない僕をじっと見ている。

ルークがうずうずしながらアンダーマン達を見ている。僕は空気に耐えかね、シトリーに聞いた。

「ねえ、穴塞いだんじゃないの？」

「違う穴を掘ったんでしょう」

何それ……自分で掘れるの？　詰んでない？

プリンセスが小さな手を組み合わせると一言鳴く。

「りゅう」

「『王が強化してくれたこの者達のお陰で硬い岩盤を掘れるようになりました』って言ってます」

色々な意味で嘘だろ？　小さな一言でそれだけの意味が詰まっているのも衝撃だし、言っている内容も衝撃である。わざとではないが、僕はアンダーマン達に武器を与えてしまったというのか？

ってか、どうするの？　それ。いつでも地上に出てこられるってことじゃない？

アンダーマン達はそこまで強くないようだが、平均値は人間よりもずっと高い。知恵を持つアンダーマンが本気を出したら大きな脅威になりかねない。

「『お礼はいいから帰って』って伝えて」

「……すいません。私の声帯ではとても……喋れません」

じゃあ僕はこれまで何を言っていたんだよ。

ルシアが凍てつく視線をこちらに向けている。やばい、ただでさえ低い評価が底をついてしまう。

だが、プリンセスの様子はおとなしかった。短くあげた声を便利なシトリーが通訳してくれる。

「『厄神から我らを救った貴方は種族が違えど間違いなく王です』って言ってます」

「クライちゃん、凄い！　人間なのに地底人の王になるなんて、初めてじゃない？」

リィズは大喜びだった。ポジティブなのは良いことだが、それは余りにも愚かだから誰もならなかっただけじゃないだろうか？　帰ってって言いたい。

「『何なりとご命令ください、王。王のためなら厄神の棲まう地でも我ら怖れる事なく全滅するまで戦います』って言ってます」

……帰ってって言いたい。

そう言われてみれば、プリンセスの護衛は何かを警戒しているように見える。

もしや、僕がいなければ二度と地上にこなかったんじゃ……。

プリンセスはそんな護衛の様子を意にも介さずキョロキョロと周りを見た。

「『王よ。もしや、宮殿を作っておられるのですか？』って言ってます」

違うよ。温泉だよ。宮殿ってなんだよ。

そう言えば、地下にはマグマも流れていたしお湯も流れていた。もしかしたらアンダーマン達は温泉と深い繋がりがあるのだろうか？　どうでもいいが。

「『王よ、ご命令ください。愚かな人間よりも遥かに立派な宮殿を作ってみせます』って言ってます」

作らなくていいよ。そしてシトリー、地底人語本当に達者だな。

そこで、プリンセスは両手を重ねると、僕に潤んだ目を向けて小さくりゅーりゅーと鳴いた。

「『何故、お言葉をくださらないのですか』と言ってます」

だって……ねぇ？　適当に言葉を出していたらあんな事になったのだ。二度とアンダーマン達を刺激したくない。

周りを見る。ルークとリィズがわくわくしたような視線を向けていた。ルシアがジト目で僕に無言の圧力を送り、シトリーはニコニコしている。アンセムはいつも通りどっしりと腰を下ろしている。

僕は深呼吸をすると、プリンセスに言った。地底にお帰り……。

「りゅーりゅーりゅーりゅーりゅりゅ」

プリンセスが眼を丸くする。シトリーちゃんが眉をぴくりと動かし、困惑したように僕を見た。

僕は何を言ってしまったのだろうか？

笑顔で表情を固定する僕に、シトリーが恐る恐る言った。

「クライさん、その……なんで殺戮を命じてるんですか？」

!?　なんでそんなピンポイントな……え？

恐る恐るプリンセスの方を見る。プリンセスはしばらく人間そっくりな表情で目を瞬かせていたが、小さく首を傾げると、笑顔でりゅーりゅーと鳴いた。

「『わかりました。助力すればいいんですね』って言ってます」

なんか通じてないのにわかってくれたんだが。読解力やばいな、アンダーマン。


「ななな、なんですか!?　これは！」

やってきたクロエとギルベルト少年達が、絶賛工事中の温泉を凝視して素っ頓狂な声をあげる。

シトリーの貰った土地は今、急ピッチで工事が進められていた。僕も何が起こっているのかわからない。ルークが感心したように言う。

「地底人ってすげえな……」

「私も初めて見ましたが……これは、バレルよりも統率取れてますね」

シトリーも目を丸くしている。その言葉の通り、アンダーマン達の動きはまるで一つの個体であるかのように水際立っていた。プリンセスが地底から呼び出したアンダーマンは数限りなく、一言の命令で迷いなく動く。土を掘り、固め、どこからともなく持ってきた石材を両断し、組み立てる。

魔法なんて使っていないのにまるで魔法だ。

「アンダーマンは……その……魔法を使えないので」

「使う必要もないよね……」

「剣持ってくれねえかなあ」

ルークが至極残念そうな声をあげる。そう言えば武器も持ってないな……だが、これ以上強化するのはやめていただきたい。

超高速の建築を支えているのが手のように動く髪だ。町の人が様子を見に集まってきているのに、欠片もそれに視線を向けない辺り完璧な統率ができている。何この種族……。

しかも数が凄まじい。一体何体いるのだろうか？

多分場所の関係で動員できないだけで地下にはもっと沢山住み着いているのだろう。

「地上にいなくてよかった」

「……もしも人間と融和したら、合法的に支配されそうですね」

ティノが恐ろしい事をボソリという。洒落《しゃれ》になっていない。

出来上がりつつある建物は、人間の建築とは少し違っていたが見事なものだった。僕達は木を使うつもりだったが、アンダーマン達はどこからともなく持ってきた艶のある石材を使っているため重厚さと無意味に荘厳な雰囲気が出ている。そういえば宮殿を作ってるんだったか？

出来上がりつつある宮殿をうんうん訳知り顔で頷きながら見ていたプリンセスが、ふと思いついたように僕に近寄り聞いてくる。

「りゅう？」

「りゅー」

「クライさん、だからなんで殺戮を命じるんですか？」

命じてないよ！　明らかにさっきと違うだろ！

プリンセスが首を傾げ、指示を出す。宮殿建設に従事していたアンダーマン達の半分が外に飛び出していく。外から覗いていたクロエが近くを通り過ぎたアンダーマンの雄に小さく悲鳴をあげた。

「外に出すの、やばくない？」

「……温泉ドラゴンに壊された家を直しに行ったみたいです」

やばくなかった。というか、殺戮を命じてしまう僕の方がやばかったわ。

その言葉を聞いたリィズが呆れたように言った。

「なんか、シト、あんたみたいな女王ね。必死にクライちゃんに媚を売って――」

……なんてこと言うんだよ。

そして、日も沈んだ頃、スルスで間違いなく、一番豪華な温泉旅館……温泉宮殿が出来上がった。

「りゅーーーーーー！」

プリンセスが胸を張って叫ぶ。その手足になって動き回っていたアンダーマン達もそれに呼応する。僕は差し出された触手に思わずハイタッチを交わした。

つい朝まで空っぽだった土地には白亜の建物が出来上がっていた。艶のある白い石と木材を組み合わせたちょっと不思議な印象のする建物だ。きらきら天井で輝き光源の代わりになっている石は、アンダーマン達が持ってきたものである。

広さも高さも、アンセムが優に入れるだけの大きさがある。シトリーとルシアが本気を出してもここまでのものは出来上がらなかっただろう。完全に人海戦術の勝利であった。

外見だけではなく、中身もまた見事である。どうやらアンダーマン達は建築に明るいらしい。どこからともなく引っ張ってきた筒からはどこを水源にしているのかもわからない湯がふんだんに流れ、広々とした浴槽を満たしている。排水設備はシトリーが指示を出したようだが、それでも凄まじい。

……ちょっとまって、なんで畳の部屋あるの？　というか、建材に木が使われているのもおかしくない？　地底に住んでるんだよね？　明らかに地底で見かけた部屋よりも良く出来てるんだが……。

シトリーがこそこそと教えてくれる。

「…………スルスの建物を観察していたみたいなので……」

感心というより、ここまで来ると恐ろしい。シトリーが続けて小声のまま言う。

「クライさん、私にアンダーマン語の声の出し方、教えてくれませんか？　これ、ゴーレムよりローコストな労働力ですよ……」

知ってたら教えてあげるんだけど、知らないんだよなぁ。

プリンセスが一言叫ぶ。作業を終えた大量のアンダーマン達の大半がきびきびと帰っていく。

——出来上がったばかりの宮殿の地下へと。

……いつの間にか宮殿の地下に螺旋階段が作られていた。穴を覗くが、地下は深く底は見えない。

もしかしたらこれ、地底まで続いてるんじゃ——。

「階段も観察してたみたいなので……」

僕はそこでそれ以上考えるのをやめた。

岩盤をぶち抜けるようになったアンダーマン達を止められる者など、どうせいないのだ。

考えても無駄な事は考えない。今はこの出来上がったばかりの温泉を楽しもう。


色々あったが、こんなバカンスもいいのではないだろうか。

僕は大きく欠伸をしながら、少しだけ高くなったスペースからできたての大浴場を眺めていた。

旅館というよりはホテル、温泉というよりはプールに近いが、細かい事は言うまい。豊富な湯量から充満した熱気は一部開いた天井から空に消え、なんとも心地のいい空間を作り出している。

僕はお祭り好きである。ルークとリィズも楽しいことが大好きだ。シトリーもそういうのは嫌いではないし、アンセムはいい兄で妹達の事を優先するから、僕達は昔から騒ぐ事に慣れていた。

そして、ルシアに叱られるのである。

昔はちょっとした催事だったのだが、使えるお金と力が増えた結果今では相応の大規模な物に変わっていた。トレジャーハンターは刹那的な楽しみを求める者が多いが、うちのパーティほど大規模に事を起こす者は見たことがない。だが、僕はそれでいいと思っていた。

僕がハントについていかなくなってから随分経つ。共有する時間がどうしても短くなってしまうからこそ、質でそれを補うのだ。

ここまでの大掛かりな宴は初めてなのか、ティノが目を白黒させていた。手を上げると、ティノは主人に呼ばれた子犬のように駆け寄ってきて、隣に座る。

「ティノも、色々お疲れ様。後はゆっくりと休むといいよ」

「は、はい。ますたぁッ！　す、すごいです……！」

其の頬は蒸気のせいか仄《ほの》かに紅潮している。

ほんの少し高い所に作られた縁側からは温泉宮殿の全貌が見て取れた。ルークとリィズとシトリー達の趣味が入った設備はアンダーマン達の力によりいまだかつて見たことがない規模になっていた。

広さや浴槽の数だけで言うのならば、僕達が泊まっていた高級旅館をも越えている。

恐らくアンダーマン達にとって温泉というのは生活に密着しているものなのだろう。

浴槽は幾つも分かれ、アンセムが全身浸かれるもの、浅めのもの、寝転がって入れるものなど、種類のほかに湯の温度でも分かれている。

どうやらアンダーマン達と役割分担したらしく、大まかな作業はアンダーマン達、シトリーが排水機構を担当し、温度の調整などはルシアが魔法でうまいことやってくれているようだ。

そこかしこに施された溝には温泉の川が流れ、蒸気を広々とした部屋全体に巡らせていた。この辺りは恐らくアンダーマン達の文化が入っている。

と、そこでティノの視線が大浴場の中心に向いた。

「ま、ますたぁ、あの中心の滝？はなんですか？」

「滝だよ」

大浴場の中央では、さっそくルークが滝に打たれていた。めちゃくちゃである。

濁流のような流れで落ちてくる水の源は、魔術により高く汲み上げられた温泉だ。ルシアが契約している水の精霊の力である。その勤勉っぷりに、ルークもご満悦のようだ。水流で顔見えないけど。

会話を聞きつけたのか、魔法の連続行使にやや疲れが見えるルシアが言う。

「毎回思うんですが、基本的に一人一柱しか契約できない精霊を、滝修行のために水にした魔導師《マギ》なんて私だけだと思いませんか、リーダー？」

「それ、僕のせいじゃないよね？」

「リーダーが、ルークさんに変な事言うからですッ！　何ですか、修行と言ったら滝ってッ！」

役に立ってるし、いいんじゃないかな……。水も悪くないよ。僕は好きだよ。僕も契約したい。

だが、精霊との契約は魔術の奥義そのものだ。力を借りるだけならハードルは低いが、ああやって使役するとなると難易度が跳ね上がるらしい。詳しいことはわからないけど……。

「ま、ますたぁ、あの端っこの湯船にある大渦は、なんですか？」

「大渦風呂だよ」

維持には魔力《マナ》をガリガリ削られるはずなので、膨大な魔力《マナ》を持つルシアならではと言える。さすが僕の妹だ。

「クライちゃん、お酒と料理、もらってきたよッ！」

ご機嫌なリィズが人間が入りそうな大きさの酒樽を三つ転がし、入ってくる。どうやら今日は完全に飲む気らしい。

後ろからは、料理を載せたテーブルを二つ両手に持ったアンセムと、触手で器用にテーブルを支えるアンダーマン達が続く。完全に馴染んでいた。

うーむ……随分広い土地だなと思っていたけど……もしかして、狭い？

二階や三階もあるが、うちのメンバーはとにかく飲み食いする量が多いしアンダーマン達もいる。

……まぁいいか。足りなくなったらその時はまた考えよう。

お祭りが始まるような気配にワクワクしてくる。シトリーが花火を抱えてやってきた。

「クライさん、花火も買ってきました」

「お、わかってるね。シトリー」

完璧だ。これこそが、僕の望んだバカンスだ。

仲間がいて、温泉があって、食べ物も酒も揃っていて、おまけに花火まである。

エリザがいれば更に素晴らしかったが、彼女はうちのパーティで一番マイペースなので仕方がない。

役者が揃い、食べ物や飲み物も揃う。

壁があるため景色は見えないが、空には大きな月が浮かんでいる。

さぁ、バカンスの始まりだ。

浮き輪を持って真剣な表情で立ち上がる僕に、ティノが今気づいたように言った。

「ますたぁ……その、男湯しか、ないんですが……」

「あー…………うち、大体混浴なんだよ。ほら、外で気にしてられないから。隠すから我慢してよ」

最初はわけていたのだが、リィズが壁を乗り越えて入ってきてしまうので、ルシアとシトリーが折れたという経緯もある。わけると少し身体が大きいアンセムが窮屈になるし、そもそも半分くらい家族のようなものだし、まぁいいかと……その代わりちゃんとマナーは守りましょう。

アンダーマン達も何も気にしていない。

僕の答えに、ティノが固まっている。

「え？」

「よし、ティノッ！　修行するぞッ！　精神を鍛える事で、精神を斬れるようになるんだッ！」

滝の中から、ルークが出てくる。その堂々たる有様に、ティノが目を丸くする。

ルークは全裸だった。湯気のおかげで、局部は隠されているが、腕を組み、全くデリカシーというものを知らない。髪がお湯でぺったんこになっているので格好良くもない。

「みゃ!?」

ティノが変な声を上げ、顔を真っ赤にして僕の後ろに隠れる。

どうやら《嘆きの亡霊》《ストレンジ・グリーフ》でやっていけるようになるのはまだ先のようだ。

そして、バカンスが始まった。

アンダーマン達の自慢の宮殿は熱気で満たされ、大浴場から少し行くと料理と酒の揃ったテーブルが並んでいる。

「うおおお温泉だああああああああああああああッ!!　クライ、俺にもドラゴン一匹ッ！」

ルークがご近所に迷惑がかかりそうな大きな声で咆哮をあげ、温泉に盛大に飛び込む。大きな飛沫があがるが、この宮殿には他の客などはいないし、無礼講だ。

それを見て、リィズが唇を尖らせ、躊躇うことなく帯を解き、するりと浴衣を落とす。よく日に焼けた肌が輝く石と焚かれた火の中、艶めかしく輝いている。

……どうやら下着を着用してなかったようだ。あまりに視線を気にしない堂々とした脱ぎっぷりである。ガレスト山脈では恥ずかしがっていたが、今は恥ずかしくないらしい。

宝具は解除され、いつも隠されている脚はスラリと伸びていて、少しだけ色っぽい。足首に掛かっている待機形態の天に至る起源《ハイエスト・ルーツ》がいい感じにアクセントになっている。

「ずるいッ！　私が最初に入るつもりだったのにぃッ！」

「おね、お姉さまッ!?　そんな……ま、ますたぁの前で、はは、はしたないッ！」

逆にティノの方が顔を真っ赤にしてリィズに食って掛かる。健気な弟子に、リィズは眉を吊り上げて怒鳴りつけた。

「うっさい、ティー！　今更、見られて困るもんなんてないしッ！　肌を見られて困るような仲じゃないしッ！　温泉入りたくないならあんたは好きにすれば!?」

「そんな――」

「リィズ」

「!!　ますたぁッ！」

ティノが天の助けが来たかのようにぱぁっと笑顔になる。

僕はルークに負けず劣らず何も隠していないリィズに、柔らかいスポンジを投げつけて言った。

「身体洗ってから入らないと駄目」

「はーい！　さすがクライちゃん、話わかるぅ！」

「ますたぁ!?」

目を輝かせるリィズに、ティノが悲鳴のような声をあげる。だが、リィズの言う通り、残念ながら今更なのである。僕とリィズの関係は長いし、何よりリィズは恥ずかしがり屋ではない。

今回はやらなかったが、実は彼女は混浴とか関係なしに、平然と男湯に突入してくる系女子なのだ。もちろん突入したくない時は突入してこないが、したい時には躊躇ったりはしない。そして、他の邪魔な客をその自慢の素早さでなぎ倒し風呂の外に放り出すのである。

いつもそれなりに露出の多い格好をしているし、一緒に温泉に入るのも初めてではないし、まぁ簡単に言うと彼女の裸には……少しは慣れている。くっつかれなければ大丈夫。

そして、彼女は裸だからといってスキンシップを躊躇うような性格ではないが、ルシアがいる時はルシアが魔法で撃退してくれるので全く問題ないのであった。視覚的なフィルターまで掛けてくれる。

ルシアも深々とため息をつくがそれ以上何かしたりはしない。ティノはカルチャーギャップを感じてショックを受けているようだが、温泉を用意した時点で既に織り込み済みだった。

「今日は……無礼講だ。気にせず食べて飲もう」

「ティー、当たり前ですが………脱がなくてもいいので」

「タオル巻いてもいいし、水着着てもいいよ。服のままでもいいよ」

水着も着ないしタオルを巻いてもいない上に人目を憚《はばか》らないのが約二匹いるが、気にする必要はまったくない。彼らは野生の獣のようなものだ。ティノが気にする必要はまったくない。

宮殿建築後も残った強化アンダーマン達も気にせず温泉で泳いでいるようだ。

なんかシンパシーを感じるぞ。

「見ろ！　クライ！　大渦の中でも平気だッ！　修行の成果だ！　足腰の鍛錬になるッ！」

ルークが大渦の中で立ち泳ぎしながら自信満々に叫ぶ。

僕はそれを見てなんか楽しくなって、何もかもどうでもよくなって、蒸気で暑くなってきたので服のボタンを外した。

とりあえず上半身だけ脱ぐ。順番に宝具の指輪を外していき、結界指《セーフ・リング》一個だけ残す。

仲間がいるといつも眠っている時にまでつけている宝具もほとんど外せるのでいい。

「ま、ますたぁ!?　ますたぁも……その、脱ぐのですか？」

何をいまさら……僕なんて一番どうでもいいよ。誰もちょっと服脱いだくらいで気にしないだろ。

大体、ティノだって壁ぶっ壊して男湯入ってきたじゃん……蒸し返したりしないけど。

浴衣を着たままのルシアがぱちりと指を鳴らすと、グラスが勝手にお酒をついで手元に持ってきてくれる。度数の低い、僕でも飲める甘いお酒だ。

ありがたく頂戴し、目を細めてグラスを掲げる。

「アルコール飲んだ後にすぐに風呂入るのは身体に良くないんだよ」

「…………なんで用意させたんですか」

用意させたんじゃない。リィズ達が勝手に持ってきたのだ。

……まぁいい、今日は無礼講だ。余計な事は言うまい。

僕はグラスに口をつけ、ルシアが冷やしてくれたお酒を一息に飲み込んだ。

ティノがごくりと唾を飲み込み、意を決したように言う。

「ま、ますたぁ…………私……き、着替えてきます」

「……うんうん、そうだね」

ティノが小走りで積み上げられていたタオルを取る。僕は目を細め、穏やかな気分ではしゃぐ幼馴染達を見ていた。


「るーしーあー、激流！　激流がないぞ！　これじゃ修行ができないッ！」

「るしあちゃーん、サウナ！　サウナだーしーてー！」

「うるさいッ！　あー、もう、うるさいッ！　私がいくつ並列で魔法を使ってるのかも知らないで」

巨大な酒樽の一個が浮き上がり、騒ぐルークとリィズの真上で弾け飛ぶ。黄金エールが激しく二人にかかり、辺りにこれまで以上の強い酒精が広がる。それでも料理や温泉の中に混入しないのがさすがのコントロールだ。

リィズがぐっしょり酒に濡れた髪を掻き上げ、悲鳴をあげた。

「なにするの、ひどいッ！」

「これは……酔剣か？　酔剣の修行だな？」

肌が酒に濡れ光っていた。酒を被っても平然としているお兄さまとお姉さまに、浴衣を脱ぎ身体にタオルを巻いたティノが恐れおののくように言う。

「ますたぁ……これはもしや、酒池肉林という奴では？」

どういう意味で使っているのだろうか。

「まぁ、料理でも食べれば？」

「この格好じゃ、落ち着きません、ますたぁ」

ティノが自分の格好を見下ろし、ぶるりと肩を震わせた。ティノは長いタオルで全身を隠していた。しっかり巻き付け、落ちないように固定している。いつも肩の出ている格好をしているので露出度的にはあまり変わらないが、その白い肌は蒸気のせいか赤く染まっている。随分肩身が狭そうだ。

「お疲れ様です、お兄ちゃん。例のあれ、持ち帰ってくれた？」

「…………うむ。帝都に置いてきた」

少し離れた場所では、ティノのようにタオルを巻いたシトリーが、石鹸をつけたモップで腰を下ろしたアンセムの背中を洗っていた。まるで広い壁を掃除しているかのような有様だが、背中を流すというやつである。

シトリーもにこにこしてて随分楽しそうだ。兄思いなのである。背中が大きすぎるので踏み台まで使ってくまなく擦ってあげている。

アンセムの背は岩のように巨大で、筋肉が隆起していた。表面に残る無数の古傷は、常に先頭に立ち無数の攻撃を一身に受けた証だった。

アンセムはパーティの守りの要であり、同時に《嘆きの亡霊》《ストレンジ・グリーフ》の回復役でもある。彼の回復魔法は国のお偉いさんが依頼に来るほど強力だが、回復魔法というのは唯一術者本人にだけは効きが悪いという性質があったりするのだ。

痛んだりはしないようだが、その背中を見ていると、彼らのおかげで傷一つついたことがない僕としては思うところくらいある。腰を上げ、浮き輪を持ってアンセムの近くに行く。

「アンセム、お疲れ様。久しぶりに、僕も背中を流してあげるよ」

「うむ」

「いいんですか？　あ、じゃあ私は、代わりにクライさんの背中を流してあげます！　いいよね、お兄ちゃん？」

「……うむ」

何が代わりなのかはわからないが、シトリーからモップを借りて、アンセムの背中をごしごし擦る。

僕は探索についてはからっきし役に立たないが、壁掃除のスキルは人並程度にはあると自負している。発達し隆起した背中はとても洗いづらかったが、本腰を入れて擦っていく。重労働だが、疲れたら温泉に入ればいいのだ。

いつもは働いていないので、こういうのは少しだけ楽しかったりもする。

モップを動かしていると、カルガモのようについてきたティノが、おずおずと僕に言う。

「ますたぁ……その……私にも、やらせてください。アンセムお兄さま、いいですか？」

「……うむ」

もう随分付き合いが長いが、相変わらず寡黙な男だ。しかし、その声は沢山の仲間に慕われどこか嬉しそうだった。

ティノにバトンタッチしたところで、こちらに気づいたルークとリィズが目を見開き並んで駆けよってくる。モップの取り合いが始まる。

「あぁ、ずるいぞッ！　修行か？　修行だな!?　俺にもやらせろッ！」

「はぁ？　次はティーの番だから、つまり私の番だからッ！　ルークちゃんはお酒飲んでればいいでしょう!?　ほら、あげるッ！　これも、修行だからッ！」

リィズが飲みかけのジョッキをルークに押し付けようとして、ルークに鬱陶しげに怒鳴られる。

「あぁ!?　酒飲む修行なんてあるわけねーだろッ！　俺を、馬鹿にしてんのかッ！」

「はぁ!?　クライちゃんの言葉は聞けて、私の言葉は聞けないっていうのッ!?」

「それはだな、リィズッ！　お前の言葉には――信念がないッ！」

僕の言葉にもないよ……多分信念の含有量で言うならリィズの言葉より下だと思うよ。

いつもの光景であった。喧嘩するほど仲がいいのだ。

じっとしているアンセムの後ろで目を剥き罵り合う二人。

それを他所に、シトリーがにこにこと言う。だが、いつもより少しだけテンションが高いようだ。

「クライさん、放っておきましょう。それより……背中、流してあげます。一度も流せてないので」

「!! シトリーお姉さま、近すぎで――」

そして、僕の背中に胸を押し付けようとしたところで、その身体が飛んだ。

錐揉みしながら温泉に頭からつっこみ、激しい飛沫をあげる。

いきなり吹っ飛んだお姉さまに、注意の声を上げかけていたティノが唖然としている。ジョッキを片手にしたルシアが据わった目で言った。

「シトリー、アウト。まったく、油断するとすぐこれだから」

「ルシアお姉さま……今…………攻撃魔法」

「貴方達のおかげで、私の魔法の実力は上がりっぱなしですッ！　私が、周りにどうやって魔法を鍛えるのか聞かれて、どれだけ困ってるかわかりますかッ!?」

ちなみに、ルシアは（僕よりは強いが）お酒に少しだけ弱いので、リィズ達と同じだけのアルコールを摂取すると酔っ払ってすぐに前後不覚になる。どうやら魔力回復薬《マナ・ポーション》を飲んでいると特に悪酔いするようだ。

そしてしかし、我が妹は酔っ払っても普通に魔法を使えるのである。凄い。強い。

むしゃむしゃ骨付き肉を口いっぱいに頬張りながら目を光らせるルシアに、ティノが怯えている。

「ますたぁ！　ますたぁ！　今の、私が受けたら……死んじゃいます」

「あははは、大丈夫だよ、手加減してるから」

それに迂闊な事しなかったら撃たれないって。僕は気をつけているので、今まで撃たれた事がない。

温泉に突っ込んだシトリーが震えながら湯船に手をつけ、身体を起こす。タオルがどこかに吹っ飛んでいて、仄かに染まった肌が大きく露わになっている。

「ッ……もうッ！　こんなに頑張ったのにッ！　ご褒美の一つもないなんて――大体、なんでクライさんの背中流すのに、ルシアちゃんの許可が必要なの!?」

文句を言うシトリーの前にルシアが腕を組み、立ちはだかった。だいぶボルテージが上がっている。

「そんなにくっつきたいなら、タオルにでもなってみますか？　戻れるかわかりませんけど」

「ッ!?」

「ええい！『シトリー、タオルになれ』ッ！」

「きゃーッ!!」

「タオルになれッ！　タオルになれッ！　ああ、もう、そんな魔法、なーいッ！」

シトリーが血相を変えて温泉を泳いで逃げ出す。ルシアが食べきった骨を消し炭にして、浴衣を脱ぎ捨てて温泉に飛び込む。滝を出していた雲が雷を落としている。

お姉さま達の狂乱に、ティノがひたすら目を白黒させていた。

「シ……シトリーお姉さまの悲鳴なんて、初めて聞きました。それに、ルシアお姉さまも……」

ルシアとシトリー、凄く仲がいいからな。

「アンセム、もういいの？」

「……うむ」

何事にも動じないアンセムが身体を流し、モップをまだ取り合っているルークとリィズを無視して、温泉にゆっくりと身を沈める。巨大な浴槽から溢れたお湯が足元を通り過ぎる。

僕は浮き輪をしっかり持つと、その後に続き温泉に飛び込んだ。


浮き輪を使いぷかぷかと浮かぶ。ティノが浮き輪に紐をくくりつけ、流されないようにその先端を柱に縛り付けてくれる。意味があるかどうかは知らない。

空に浮かぶ月を見上げ、仲間達の賑わいに耳を傾かせながら揺蕩《たゆた》うのはとてもいい気分だった。

リラックスしている僕の隣で、ティノがじっと口元までお湯に沈めながら呟く。

「私……こんなに賑やかなの、初めてです」

ルークとリィズが温泉で泳ぐ競走をしている。シトリーとルシアは温泉に浸かりながら、飲み比べをしているようだ。アンセムは目を閉じ、一番深い場所でじっとお湯に浸かっている。何を考えているかはわからないが、満足そうだった。

バカンスとは言っても、色々あった。嵐に巻き込まれたし、アーノルドに追いかけられたし、ドラゴンやアンダーマン達が現れたりもした。

散々な目にあったが、終わってから思い起こすと……いい思い出だった気もする。

ティノにも散々迷惑をかけたが、せめて今回のバカンスを少しでも楽しんでもらえたらいい。

ハンターは危険な稼業だ。だが、楽しいことだって少なくないのだ。僕の才能は空っぽだったので共についていくのを諦めてしまったが、ティノのような才能に溢れる子だったら、きっと楽しい事の方が多くなるだろう。

「ティノ、バカンスは……楽しんで貰えたかな？」

「え!?」

不意の問いにティノが目を丸くし、しばらく沈黙する。

その純真な瞳に様々な色が過る。もしかしたら今回のバカンスでの出来事を思い出しているのかもしれない。

何も言わず待っていると、やがてティノは少しだけ頬を赤くして、鼻の所までお湯に沈めて小さくこくんと頷いた。どうやら、いい思い出もあったらしい。

良かった良かった。終わりよければ全て良し。後はエヴァ達にお土産を買っていって、さんざん自慢してやろう。帝都は大変だったらしいが、誘ったのにバカンスについてこなかった彼らが悪いのだ。

しばらく温泉に入ったら、また外に出てお酒を飲むんだ。そして、花火をやってまた温泉に入る。

その時にはリィズ達もある程度落ち着いているだろう。

「りゅーりゅー」

と、そこでプリンセス達がお湯をスイスイ泳いでやってくる。どうやらアンダーマンも温泉が大好きのようで、とても心地が良さそうだ。

最初は恐ろしい外見だと思ったが、こうして見てみると愛嬌がある。どちらかというと同じ灰色でもキルキル君の方が恐ろしい。

湯船にお盆を浮かべ、プリンセスがお酒をついでくれる。きっとルシアとシトリーがさっきやったのを真似しているのだろう。そういえば灰色と言えばハイイロさんはどこにいったのだろうか……。

「ますたぁ、私も注ぎますッ！」

「りゅーりゅ！」

プリンセスとティノが酒瓶を取り合っている。モテモテかな？

微笑ましい光景に目を細めていると、ふと二人の向こうを水色のドラゴンが横切った。

一瞬のんびりしていて良いなあと思ったが、我に返る。

あれ!? 帰ったよね？ 山に帰ったよね？ なんでいるん？

この町、セキュリティが甘すぎ。まぁでも……せっかくのバカンスに水を差すのもよくないし……

今はルシアもいるし何とかなるかな。そんな事を考えかけた瞬間、水色のドラゴンが僕の方を見て、まるで挨拶でもするかのようにあんぎゃあと鳴いた。

その鳴き声に視線が集中する。特に初見だったルークの目が玩具でも見つけたかのように輝き、ルシアが能面のような表情を作る。

だが、一番過剰反応したのはのんびり温泉を楽しんでいた、アンダーマン達だった。

プリンセスが飛び上がり、お盆に載っていた酒が温泉に落ちる。

「りゅううううううううう!! りゅうりゅう！」

温泉ドラゴンが成体と違い愛らしい瞳を見開く。プリンセスの声に呼応するように、他のアンダーマン達が叫ぶ。

まずい……幼体でもアンダーマン達にとって厄神は厄神らしい。このままではバカンスが台無しだ。

とっさに落ち着かせるべく、声をあげる。

「りゅりゅううううううううう！」

「!!」

プリンセスの反応は激的だった。目を見開き、僕の手に髪を絡ませる。そして、僕を掴んだまま、大きく跳び上がった。アンダーマン達が一斉にそれに続く。

呆気に取られた表情をするルシア。そして、シトリーが悲鳴のような声をあげた。

「そんな……『地底で一生暮らす』なんて、クライさん、どういうつもりですか！」

「……そんな事言ってないりゅう」

プリンセスが駆ける。アンダーマン達が続く。ルーク達が追いかけてくる。幼体の温泉ドラゴンが驚きの声を上げる。空を成体の温泉ドラゴンが征く。

そして、僕は為すすべもなく、再び地底の国に引きずり込まれていった。

Interlude 『狐』

帝都ゼブルディア、『退廃都区』。

華やかな帝都が持つ闇を集約した地区の一画で二人の男が相対していた。

一人は壮年の小男だ。無精髭に暗い目付き。使い込んだくすんだ色のコートは表通りで見かければ侮蔑を免れないものだったが、『退廃都区』に住む者にとっては上等なものだ。顔色は悪く、しかしその瞳の奥の濁った光からは野生動物の持つような強い生命力が感じられる。実際に、男は帝都の闇の中を生き抜いてきたある意味歴戦の情報屋だった。トレジャーハンターや盗賊団の情報を非合法に売り払い生計を立てている者だ。

もうひとりは痩身長駆の男だ。そこかしこがほつれたぼろぼろのフード付きローブに、丈の短いパンツ。穴のあいた靴。手は薄手の手袋に包まれているが、その上からでも骨ばっている事がわかる。

顔はわからない。深く被ったフード——その奥にあったのは、狐を模した奇妙な面だった。

「バレルが、破れたか……」

狐面が口を開く。その声には奇妙なノイズが交じっており、年齢も性別もわからない。

「慎重な連中だったが——あの《千変万化《せんぺんばんか》》が相手では、な。アカシャもやられたばかりだ。もっともそっちのメインは——《魔杖《ヒドゥン・カース》》のようだが……くくくく……」

小男が声を殺し笑う。

かつて彗星のごとく現れたトレジャーハンター。ゼブルディアに巣食う闇。犯罪者ハンターや秘密組織、盗賊団や賞金首をことごとく潰した男の二つ名に、しかし狐面の感情はぴくりとも動かない。

「バレル……惜しい。良い手駒になっただろうに」

「ほお。かの高名な狐にすら目を掛けられていたとは」

「優秀なメンバーは、常に探している。だが……目障りだな」

その声は内容に反して一切の感情が含まれていなかった。

どこまでも冷たい評価の声に、小男は息を呑んだ。

敵意を抱かれているわけでもないのに、殺意を向けられているわけでもないのに、背筋が凍る。

気づいた時には、小男は尋ねていた。

「どうする、つもりで?」

「…………」

返事はなかった。小男の目の前で、狐面の男が解けた。

ローブが、靴が、面が、まるで幻のように霞み、消える。

男はしばらく呆然と立ち尽くしていたが、やがて早足でその場を去った。

強い光はより濃い影を落とす。トレジャーハンターの聖地、最盛を誇るゼブルディアに、ゆっくりと忍び寄る闇の存在を、その時点では誰も気づいていなかった。

嘆きの亡霊は引退したい ～最弱ハンターによる最強パーティ育成術～

外伝　ティノと温泉とナイトメア

「駄目です、お姉さまッ！　入ってはいけませんッ！」

「はぁ？　なんでティーにそんな事言われなくちゃならないの？」

桃色の浴衣を着たお姉さまが、眉を顰めティノを睨みつける。

その視線だけで身体が竦みそうになるが、なんとか自分を叱咤し、ティノは拳を握りしめた。

ティノが背にしているのは露天風呂に続く一枚の扉だ。ドラゴン騒動で大浴場は破壊されたが、この宿は高級なだけあってそれぞれの部屋に露天風呂が設置されている。

ティノも自分の部屋で入ったが、手足を広げても数人が入れる広さで、とても気持ちのいい温泉だ。さすがに大浴場よりは狭いが、設備に不足もなく、ドラゴンも出たりしない。あまりの贅沢さに罪悪感が湧いてしまったくらいである。

温泉に入りたければいくらでも入れば良いと思う。だが、なんで言われなくちゃならないのかわからないのはティノの方だ。

後ろの扉の向こうからは極小さいが鼻歌が聞こえてくる。ティノは手を大の字に広げ、お姉さまの前に立ちはだかり、声を震わせ叫んだ。

「今は、ますたぁが入浴中ですッ！　ご自分の部屋のお風呂に入ってくださいッ！」

意味がわからない。どうして個人の部屋にお風呂があるのに、この師匠はわざわざますたぁの部屋のお風呂に入ろうとするのか。

いや、意味はわかる。お姉さまはますたぁの事を好いているし、普段の様子から考えても感情を抑えるようなタイプではない。

だが、それにしても――余りにも見過ごせない。

だから、ティノがいるのだ。ますたぁから褒められた浴衣を脱ぎいつもの衣装に着替え、扉の前に立っている。ティノは一度大きく深呼吸すると、炎のようなエネルギーを瞳に宿すお姉さまに言った。

「良いですか、お姉さま？　ますたぁが、見張れ、と言ったんです！」

「ふーん。見張ってたら？　どいて」

「私は、ますたぁに、いいました。お姉さまは、そんな破廉恥な事しないってッ！」

ティノの感性では、異性が入浴中に侵入するなどありえない事だ。やむを得ない緊急事態にドラゴンと戦うことすら恥ずかしくて死にそうだったのだ。

お姉さまならばやりかねないとは思っていた。いつも全く遠慮なしにべたべたとますたぁに触れる姿を見ている。

だが、ティノはお姉さまを信じた。信じたのだ。まさか番を任されて初日に裏切られるとは思わなかったが。

弟子の言葉を聞き、お姉さまは呆れたように手を腰に当て、目を細めた。すらっとした体型に浴衣がとても良く似合っている。いつも装備している『天に至る起源《ハイエスト・ルーツ》』も今は待機形態のようだ。

浴衣は動きづらい。戦闘服ではないのだ。恐らく、何かあったとしても素足の方がまだやりやすいと思ったのだろう。

「破廉恥って……あんたねぇ。男の裸が苦手なんて、冗談でしょ？　何？　あんた相手が真っ裸の男だったら戦えないわけ？」

「!?　話を、そらさないでくださいッ！　私は、ますたぁに頼まれてここを守っているのですッ！」

敵だったらいくらでも戦える。必要ならば入浴中に奇襲だってするだろう。

だが、今回は敵ではない。敵ではないのだ。

しかしお姉さまはわかってくれる気配はなかった。まるでこちらの正気を疑うような目をしている。

「ふーん。まーいいや。もう一度言うけど、どいて？　私、クライちゃんの背中流すんだから」

「駄目ですッ!!　お姉さま、わかってください……」

「私は、クライちゃんと同じパーティよ？　ちっちゃいころからずっと一緒だし、一緒にお風呂入った事くらいあるっての……大丈夫、ティーはちゃんと言うこと聞いてたって言ってあげるから」

「…………」

「大丈夫。クライちゃんなら、『しょうがないなぁリィズは』って言うから」

ティノは無言で構えを取る。右足を前に、姿勢を低く。呼吸を落ち着けお姉さまを見る。

きっと今、自分は慈悲を乞うような目をしている事だろう。

たとえ浴衣というハンデがあったとしても、恐らくティノはお姉さまを止められない。敏捷性も膂力も何もかもが負けている。

お姉さまは、目を瞬かせ首を傾げる。長い袖をまくり、両手の指を組み合わせながら言う。

「ふーん……ティー、あんた……もしかして、強くなった？　まさか私に——逆らうなんて……」

「お、お姉さまの、教育です」

命令優先度は第一にますたぁ。第二にますたぁで、第三と第四にますたぁだ。

周囲を確認する。わかっていたが、武器に使えそうなものなどはない。ますたぁの部屋をめちゃくちゃにするわけにはいかない。使えるのは己の身一つだ。

仮面を被った時の事を思い出す。感情は高ぶっていたが、その時の身のこなしは身体が覚えていた。全力を出せば——もしかしたらお姉さまを拘束できるかもしれない。

お姉さまは本気だ。爛々と輝く目を見ればわかる。

覚悟を決めるティノにお姉さまは眉を顰めていたが、小さく溜息をつき予想外の事を言った。

「ばっかじゃないの？　そんな命令に愚直に従うんだったら、クライちゃんの背中くらい流せっての」

「？？？？　え？」

「護衛は露天風呂の中でもできるでしょ？　気が利かなすぎ……あ、そうだ。ティー、私と来い。真っ裸の男にも耐性ができるし、背中の洗い方教えてあげる。一石二鳥じゃない？」

お姉さまと……行く？　どこへ？　背中を……流す？　誰の？

一瞬何を言われているのかわからなかったが、すぐに意味を理解し、頭の中が真っ白になる。

心臓の鼓動が加速し、いてもたってもいられない気分になってくる。唇を強く結ぶ。きっと今の自分は顔が真っ赤になっているだろう。

ますたぁの、背中を？　無理だ。絶対に無理。

多分……たとえますたぁに命令されたとしてもそんな真似はできない。恥ずかしくて死んでしまう。

動揺したのは一瞬だった。だが、気がついたらお姉さまは至近距離にいた。

その手が乱暴にティノの手首を掴み、強い力で引かれる。

そのまま、お姉さまはあっさり扉を押すと、中に入っていった。

――ティノを捕まえたまま。

「クライちゃーん！　一人じゃ寂しいでしょ？　背中流してあげる！」

「おねえさま、だめぇッ！　ますたぁ、逃げてくださぃッ！」

微かな蒸気が頬を撫でる。お姉さまが空いている方の手で、恥じらいも躊躇もなく帯を解き始める。

ティノにできるのは力いっぱい目を閉じ、お姉さまに抱きつき拘束を試みる事だけだった。

「ななな、なんで、なんでシトリーお姉さままで、くるんですか……ここは、ますたぁの部屋ですよ？」

「それはこっちのセリフなんだけど……ティーちゃん、何やってるの？」

シトリーお姉さまが不思議そうな表情でティノを見る。場所は言わずもがな、ますたぁの部屋の露天風呂の扉の前だ。

リィズお姉さまと異なる涼やかな色の浴衣がよく似合っていた。右手には白い布を持ち、目を頻《しき》りに瞬かせている。その双眸にはお姉さま程のエネルギーはないが、深い知性が見え隠れしていた。

シトリーお姉さまは声を荒らげなかった。しばらく沈黙していたが不意に唇に指を当て、言う。

「もしかして……覗き？」

「ち、違いますッ！　ますたぁから、ここを守れって言われたんですッ！」

「なんだ……よかった。ティーちゃんがそんな悪い子だったら、お仕置きしなくちゃならないところだった」

ぞくりと背筋に寒気が走る。シトリーお姉さまの声は冗談めかしていたが、その目は本気だった。覗きなんて考えたこともないが、もしも本当にティノの目的が覗きだったらどうなっていただろうか……。

改めてお姉さまとの違いを強く感じる。お姉さまは暴力的だが、ティノを疑ったりはしない。シトリーお姉さまは穏やかだが、常にますたぁに近づく者に目を光らせている。敵、味方無関係だ。

「じゃあ、頑張って」

シトリーお姉さまは見惚れるような笑みを浮かべると、ティノの横を通り抜けようとした。余りの自然な動作に動くのが遅れるが、慌ててその腕を捕まえる。

お姉さまだったら間に合わなかっただろう。

「ままま、待ってください！　な、何、行こうとしてるんですか！　今は、ますたぁが、入浴中ですッ！」

「？　そりゃもちろん、背中を流そうと――」

「!?」

行動が姉の方と同じだ。しかも余りにも悪びれがない。

腕をしっかり捕まえ、身体を回転させるようにして目を丸くしているシトリーお姉さまを扉から遠ざける。油断ならない。余りにも油断ならない。お姉さまといい、ますたぁが扉を守らせたのも当然の判断のように思える。

「だめ、駄目ですっ！　シトリーお姉さま、はしたないですッ！　私はますたぁにここを通すなと言われてますッ！」

幸い、シトリーお姉さまは後衛職だ。身体能力はティノの方が高い。先程のように意識の空白を突かれなければ大丈夫だろう。

必死に扉をガードするティノに、シトリーお姉さまは目を瞬かせ、首を傾げた。

「あれ？　ティーちゃん――はしたないって、もしかして誤解してる？」

「……え？」

誤……解？

目を丸くし緊張を緩めるティノに、シトリーお姉さまは頬を僅かに染めくすくすと笑う。

「ティーちゃん、私が……裸で奉仕すると思ってるでしょー？　やらしーんだぁ」

そのからかうような口調に、一瞬で顔が火照る。肌が耳まで真っ赤になる。

確かに、思っていた。シトリーお姉さまは温厚な性格だが、ますたぁへの距離感はお姉さまに負けず劣らず近い。求められれば何だってやってしまいそうな危うさがある。

「え……ええ……？　ち、違う、んですか？」

「違うよ？　私、ティーちゃんと違ってえっちじゃないし……ほら、ちゃんと湯浴み着、持ってきたから」

シトリーお姉さまはニコニコしながら手に持っていた白い布を広げる。

バスタオルかと思っていたそれは、白い湯浴み着だった。ゆったりとした薄い生地で、少しだけ浴衣に似ている。

「これを着て背中を流せば、ほら、肌を見せずに済むでしょ？」

「な、なるほど…………」

「くすくす、私が、簡単に肌を見せるわけないでしょ。お姉ちゃんとは違うんだから」

「す、すいません、誤解してました……」

まさかそんな手があるとは……さすがシトリーお姉さまは物知りだ。ずっと裸で入る温泉しか知らなかったから、そういうものだという先入観に囚われていた。

頭を下げるティノの横を、シトリーお姉さまがにこにこしながら、しとやかな所作で通り過ぎる。

扉が静かに閉まる。ティノは気を引き締め直し、大きく深呼吸をした。

「…………？」

だが、すぐに何か忘れているような気がして、目を二、三度瞬かせ、背後の扉に視線を向ける。

物音一つしない扉をしばらくじっと見つめて考えていたが、我に返り慌てて扉を叩いた。

「シトリーお姉さま!?　関係、ないですッ！　湯浴み着とか、関係ないですッ！　入っちゃ駄目ですッ！　シトリーお姉さま!?」

そもそも、あんな薄い湯浴み着――おまけに白だなんて、濡れたらすぐに透けそうだ。もしかしたら、濡れなくても透けるかもしれない。

シトリーお姉さまがそれに気づかないわけがない。完全に確信犯である。簡単に肌を見せないと言っていたが、背中を流しに行っている時点で怪しいものだ。

「ますたぁぁぁ、逃げてくださいッ！」

ティノは一瞬ためらったが、すぐに覚悟を決めた。

全部自分のせいだ。ますたぁの期待には応えなくてはならない。シトリーお姉さまからますたぁを守らなければ！

目を強くつぶると、一度深呼吸をして、ティノは扉の中に飛び込んだ。

マスターの命令は絶対だったが、もう心が折れそうだった。リィズお姉さまにシトリーお姉さま。この露天風呂の扉はどれだけ競争率が高いのだろうか。そして普通なら――ありえない話だが、マスターが覗く側ではないのだろうか？

そして、新たに現れた予想外の人物に、ティノは思わず目を見開いた。

いつも着ている黒いローブとは違った浴衣姿。黒く艶やかな長い髪と透き通るような白い肌のコントラストは、ため息が出てしまうくらい美しい。

どこか漂う今にも壊れそうな繊細な雰囲気はリィズお姉さまはもちろん、シトリーお姉さまの持つものとも違うものだ。

「ル、ルシアお姉さま……まさか、ルシアお姉さままで⁉」

「？　何の話ですか……？」

「……いえ。ですが、そのお……ここは、ますたぁの部屋で――ますたぁは入浴中です、けど……」

ティノは《嘆きの亡霊》《ストレンジ・グリーフ》全員と交流がある。

当然、ルシアお姉さまとも交流があるが、その姿にはいつも少し気後れしてしまうような超越的な雰囲気があった。

ルシアお姉さまはティノの言葉を聞き、目を瞬かせていたが、ティノの隣に正座をすると、こほんと小さく咳をして言った。

長い髪が白の浴衣に掛かっている。

「知ってます。だから、私が来たんです……こういう時の見張りはいつも私の役割なので……で、ティーは何を？」

「……私は、ますたぁから頼まれて、見張りを……」

「ッ……リーダーは、また、ティーをこき使って……」

「い、いえ、私がやりたくて、やってるのでッ！」

ルシアお姉さまは眉を顰めるが、何も言わずに指をぱちりと鳴らした。

どこからともなくクッションが飛んできて、ルシアお姉さまとティノの側に落ちる。ティーポットとカップが飛来し、勝手にお茶を淹れていく。

最初に見た時は驚いたものだが、ルシアお姉さまが、他の魔導師《マギ》と違った変わった魔法を使うのはいつもの事だ。

「あ、ありがとう、ございます」

「いえ。ティーはもう遊びに行っていいですよ。私がいるので」

小脇にかかえていた本を膝の上に開きながら、ルシアお姉さまが言う。完全に長丁場を覚悟してきたようだ。

だが、そういう訳にはいかない。ティノは忠実なハンターなのだ。拳を握り、宣言する。

「いえ、ますたぁからの指示なので……」

「そうですか……では、一緒に見張りをしましょう」

「はいッ！　よろしく、おねがいしますッ！」

気合を込めて答えるティノに、ルシアお姉さまは目を丸くして、くすりと笑みを零した。

背に当たる仄《ほの》かに温かい感触に、髪を通りぬけるどこか心地の良い感触。

いつもつけているリボンを外し、ティノはルシアお姉さまに背を預け、髪を梳いて貰っていた。

櫛を通す手付きはとても丁寧で繊細で、受けていると心が穏やかな気分になってくる。

ティノの後ろから聞こえる声も優しげなものだ。

「マナ・マテリアルがあるとはいえ、ハンターはちゃんと手入れをしないと、すぐに荒れるから」

「はい……。私も、ルシアお姉さまのように伸ばしたいんですが、なかなか……」

ルシアお姉さまの長く艶のある美しい黒髪は女ならば誰もが憧れるものだ。

ただ、余りにも長い髪はハンターにとってデメリットにもなり得る。

ティノの言葉に、ルシアお姉さまが言った。

「魔導師《マギ》にとって……強い魔力《マナ》が篭った髪は、使い勝手のいい触媒になりますから。盗賊《シーフ》だと、リィズのように身のこなしに自信がなければ長い髪はやめた方がいいかも……」

「はい……」

「手足ならともかく、首が取れたらアンセムさんでも治せないでしょうし……」

「は、はい。それに、近接戦闘には邪魔なので……でも、いつか強くなったら、絶対ルシアお姉さまみたいに伸ばします」

「手入れも大変なんですが――」

ルシアお姉さまは小さな声で言うと、自分の髪の束をつまみ、ティノの頬の横に当ててきた。

同じ黒髪でも、そのひんやりした髪の束からは重量を感じる。

「おそろいも…………悪くないかも、しれませんね」

「！　はいッ！」

目を輝かせて答えると、ルシアお姉さまがクスクス笑いながら、リボンをつけてくれる。

やっぱり、とても優しい人だ。髪は結い終わったわけだから、すぐに離れるべきなのはわかっているが、離れがたい。

と、そこでルシアお姉さまがぽつりと言った。

「来る……まったく、いつも、いつも、性懲りもなく……」

その目が、先程までティノに向けていたものと同じものとは思えないくらい鋭くなっていた。

なにか言う前に、扉が勢いよく開く。

現れたのはもう一人のお姉さま——元気の良い方のお姉さまだった。

リィズお姉さまは扉を蹴破ると、ルシアお姉さまを見て一瞬目を丸くし、躊躇いなく駆け出す。

ティノが戸惑っている間に壁を蹴り、まるで魔法のように天井を走る。

「クライちゃん！　背中流してあげるッ！」

「!?　お、お姉さま!?　今、ますたぁは——」

聞く耳を一切持っていない。はしたなく裾を大きくはためかせて駆けるその姿に立ち上がりかけたその時、天井を走っていたお姉さまが突然重力に引っ張られて、大きな音を立て地面に落下した。

リィズお姉さまの着ていた浴衣が灰色に変わっている。遅れて、後ろにいたルシアお姉さまが冷たい声で言う。

「『石になれ』」

「ひっどいッ！　何するのおッ！」

見たこともない、しかし恐ろしく強力な魔法だった。

衣服だけを綺麗に石に変えられたリィズお姉さまが、地面に転がりながらルシアお姉さまを見上げる。

「それは、こっちの台詞です。いつもいつも、よくもまあ飽きもせず」

「はぁ!?　ルシアちゃんには関係ないでしょッ！　クソッ、邪魔ッ！」

「『硬くなれ』」

リィズお姉さまは、両手をバンバンたたき石化した浴衣を砕こうとするが、ある程度ならば金属すら破壊できる拳を受けても、浴衣には傷一つついていない。

あっけにとられるティノの前で、リィズお姉さまが叫ぶ。

「あぁッ！　わかった、わかったからッ！　ルシアちゃんも、ついでにティーも、一緒に来ていいからッ！」

その言葉を聞き、ぴくりとルシアお姉さまの形のいい眉が動いた。

「『いなくなれ』」


「……何しにきたんですか？　ルークさん」

ぴりぴりとした緊張感が漂っていた。

ティノが見守る前で、ルシアお姉さまの問いに、真っ赤な着流し姿のルークお兄さまが真剣な声で答える。

「あぁ、実はな……ルシア。この温泉……………滝がないんだ」

「………………」

「これじゃあ、修行できねえ……クライに、別の温泉修行を教えて貰おうと思ってな。あいつは中なんだろ？」

こういう意味不明な事をされると本当に困る。

その真紅の瞳は真剣で、口調もふざけている様子はない。

ルークお兄さまは、ある意味ティノにとって一番困る人物だった。

ティノがますたぁに依頼されたのは中に誰も入れない事である。

だが、ルークお兄さまは同性だ。入れても問題ないようにも思える。大浴場は性別で分かれているのだし、ルークお兄さまも話を聞いたらすぐに出ていくだろう。

迷いを込めて、傍らのルシアお姉さまを見上げる。

ルシアお姉さまは悩む素振りもなく小さくため息をついて言った。

「……わかりました。滝を出すのでどっかに行ってください」

「熱い奴で頼む」

「はいはい」

「あんぎゃあああああああああああああああッ!!」

「!?」

部屋の扉をぶち破り、見覚えのある水色のドラゴンが雪崩込んできた。

それも、一頭や二頭ではない。興奮しているのか、唸り声を上げる丸っこいドラゴンが、どたどた足音を立ててティノに突進をしかけてくる。

余りに意味のわからない出来事にどうしていいかわからず、ティノは混乱の余り叫んだ。

「ルシアお姉さまッ！　何故か、温泉ドラゴンの群れが――――ッ！　何故!?」

ルシアお姉さまはこの意味のわからない状況にも動じることなく、ただ力を込めて唱えた。

「『全部いなくなれ』」


大きな足音を立て、温泉ドラゴンが破った扉から灰色の巨体が入ってくる。

キルキル君だ。その背には最後のお姉さまが乗り、紙袋を被った頭の上から顔を覗かせ、正座しているルシアお姉さまを見下ろしていた。

「ふふふ……あれだけ、魔法を使えば、ルシアちゃんもお疲れでしょう」

「シトリーお姉さまッ!?　まさか、あのドラゴンの群れは――」

呆然とするティノに、シトリーお姉さまはしたり顔を作る。これまで様々な悪人を見てきたティノでもぞくりとするような表情だ。

被った紙袋から充血した瞳が覗いていた。キルキル君は強力な魔法生物だ。単体でもティノでは相手ができないくらい強力である。

ここに至っては、今までのようにルシアお姉さまに頼る他ない。

ルシアお姉さまが、険しい表情で唱える。

「『いなくなれ』」

「ふふふ…………無駄です。ルシアちゃん対策は積んできたから……いつものように容易く撃退できるとは思わない事です」

「…………」

シトリーお姉さまが、背中で空っぽになった瓶をつまんで見せる。中身が何だったのかは知らないが、口ぶりから考えるに、一時的に魔法耐性を高めるものなのだろう。

その仕草はいつものシトリーお姉さまを知っている身からすると、非常に子供っぽい。

……大人げないです、シトリーお姉さま。

眉を顰めるルシアお姉さまの前に、キルキル君がのしのし近づいてくる。頭の上から、シトリーお姉さまの昂ぶったような声が降ってきた。

「安心して、取って食うわけじゃないですし、ちょっと背中を流すだけだから。あ、ルシアちゃん。私の事、お義姉ちゃんって呼んでいいよ」

「…………」

ルシアお姉さまが立ち上がる。その浮かんだ表情に、思わずティノは数歩下がった。

細身の身体が強い魔力《マナ》を纏う。

シトリーお姉さまを睨みつけ、押し殺すような声でルシアお姉さまが言った。

「……わかり、ました。そんなに、やりたいんですね。いつも通り、コテンパンにしてあげます、シトリー、お姉ちゃん」

「りゅーりゅー」

今日のお客さんはとても可愛らしい声と整った容貌をした……アンダーマンだった。

「ッ……人かどうかも関係ないんですか、ますたぁ……」

「りゅう？」

頭にサークレットのような模様が入っている。それはつまり、シトリーお姉さまの言葉が正しければ、目の前のアンダーマンが俗に言うプリンセス個体だという事を示している。

アンダーマンの女の子が眼を瞬かせる。その仕草はとても人間じみていて、実際にアンダーマンには人間にかなり近い知性があるらしい。

「マスターは、アンダーマンじゃありませんッ！　しっ、しっ！」

「りゅうりゅう！」

言葉が通じないので追い払う仕草をする。プリンセスはこくこくと頷くと、しれっとティノの隣を通り抜け――ようとしたところで、ティノは飛びついた。

「駄目ですッ！　誰も通すなって、言われてるんですッ！」

「りゅー!!」

抱きついたプリンセスの身体はその色に反して人間のように柔らかかった。髪の毛がうねりティノを振りほどこうとするが、必死にしがみつく。

もはや人間かどうかなど関係ない。ティノは修羅だ。あらゆる人物を通さない絶対の門番なのだ。

「りゅうりゅう！」

「!?」

その時、プリンセスの危機を察知したのか、部屋の扉が開き、アンダーマンが突入してきた。その数は——五人。マスターが指揮していた時程ではないが、とてもティノでは押さえきれない。

「駄目ですッ！　だめええぇッ！　ますたぁ、逃げてくださいッ！」

体当たりを受け、プリンセスともつれ合ったまま扉に激しくぶつかる。大きな音を立て、扉がゆっくりと向こう側に倒れていった。


駄目だ。もうティノ一人ではマスターの快適な入浴を守りきれない。

ティノは覚悟を決め、最終兵器を取り出した。

マスターから貰った宝具。ティノの潜在能力を解放する『進化する鬼面《オーバー・グリード》』。

マスターの言うスーパーティノならばきっとどんな侵入者が現れようが撃退できるはずだ。まさか戦闘でもないのに使う事になるとは思わなかったが——いや、これは戦闘だ。もはや戦争なのだ。

手に持った進化する鬼面《オーバー・グリード》がしゃべる。

『いよいよ我の出番か……遅かったな』

ずっと持ち歩いてはいた。だが、使うつもりはなかった。手っ取り早く得た力に意味などなかったからだ。だが、そんなこと言ってはいられない。

『確かに我が力を得た貴様は強い。想い人の安息を守ることもできるだろう』

「おもいびッ!?」

『だが、忘れるな。我はただの道具だ。常に真の敵は──己の中にある』

何を言ってるんだ、この仮面は……。だが、すでにティノの意志は決まっている。

守る。仮面を被ってでも。決意がなければ仮面を取り出したりしない。

そして、ティノは再び仮面に身を委ねスーパーティノに変身した。


力がみなぎる。強い陶酔感と高揚感が全身を通り抜ける。

熱い血が巡っている。そして、ティノは熱い呼気を吐き出した。

いつも着ている衣装がきつかった。仮面が解放するのは単純な潜在能力だけではない。実際に肉体が──背が伸び、胸が大きく──スタイルがいつもより少しだけよくなっている。

万能感。ティノは──強い。お姉さまもシトリーお姉さまも、プリンセスだって敵ではない。

自分の胸元をむにむにと確かめてみる。もともとティノとお姉さまではティノの方が少しだけ胸が大きかったが、今ならば明確な差ができている。ぞくぞくするような快感が首の裏を通り抜けた。

そしてティノは後ろにある、ティノがずっと守ってきた扉を見た。

勝てる。今ならば、ティノの魅力でマスターをメロメロにできる。お姉さまは胸が小さい。シトリーお姉さまは腹黒だ。純粋にますたぁを慕っていて、スタイルもよく、しかも若いティノに負ける理由はない。

…………いやいやいやいやいや、この思考は危険だ。仮面が見せる一時の幻だ。

ティノは騙されない。ティノは強い。今はよくても、全て終わった後に死にたくなるに違いない。こつこつと信頼を重ねるのだ。それが最終的な勝者になるための一番の近道なのだ。

大きく深呼吸をし、一時の衝動に流されなかった事を自画自賛する。

そしてティノは、自分の手が勝手に服を脱いでいる事に気づいた。

!?

肩の紐を外し、キャミソールタイプの盗賊《シーフ》の装束をゆっくりと脱ぎ捨てる。開放感と背徳感がティノの思考を焼いていた。駄目だ、そう思っても手が止まらない。

いや――自らの意志で手を動かしている自覚があった。

大丈夫だ。もう一人のティノ――悪ティノが、ティノに囁く。

ずっと守ってきたのだ。ますたぁはお姉さまとずっと仲がいいくらい寛容なのだ。一回くらい許してくれる。そうだ、背中だ。背中を流し、奉仕するのだ。いつもありがとうとお礼を言わなければいけない。それだけだ。一回だけ、一回だけだ。これが最後だ。思い出を作るのだ。今しかないのだ。

懊悩に身体が焼けるように熱い。ティノはこれまでやってきたように必死に声を出した。

「ますたぁ、逃げてください……私が、私が、行ってしまいます」

小さな小さな声でマスターに警告する。そして、ティノは扉の中に静かに侵入した。


露天風呂への扉の前。ティノは通せんぼするようにその前に陣取っていた。

だが、それに構わず頭の上を幾つもの脚が通り過ぎていく。余りの情けなさにティノは鳴いた。

「ケロケロ……」


そして、ティノは目を覚ました。

ひどい夢を見ていた。様々な侵入者からマスターの安息を守る夢だ。

夢の中でティノは余りにも無力だった。お姉さまにも、シトリーお姉さまにも、自分にすら勝てなかった。だが、それは終わりだ。

悪夢は終わった。今度こそマスターを守り切るのだ。

決意を一瞬で終えると、顔を上げ、身を起こす。

そこは夢の中で何度も見たマスターの部屋だった。

目の前でお姉さまとシトリーお姉さまが取っ組み合いの喧嘩をしている。飛び交う枕に蹴り。ポーションにキルキル君。

そこには混沌があった。ようやく思い出す。

ティノはそれに巻き込まれて気絶していたらしい。

そしてティノは――部屋番を頼まれたりしていない。

冷静に考えて、マスターがティノに部屋番を頼むわけがない。だってマスターは、お姉さまやシトリーお姉さまに侵入されるくらいで焦ったりするような人間ではないのだから。

そしてもちろん、それはティノでも同じだろう。悟りを開いたような気分で扉をノックして、後ろで喧嘩しているお姉さま達に気づかれないように開く。

「ますたぁ、お姉さま達が暴れてます。助けてください……」

「あんぎゃあ？」

水色のドラゴンのような姿をしたますたぁが、首を傾げ、つぶらな瞳をティノに向けた。

あとがき

この度は拙作を手にとって頂き、本当にありがとうございます！

そして、五巻でもお会いできて嬉しいです。作者の槻影です。

『嘆きの亡霊は引退したい』も一巻発売から約二年半、時間が経つのは本当に早いものです。

そして、今巻では一巻から存在は匂わせつつ特典ＳＳでは登場しつつも本編では出てこなかった、幼馴染メンバー達が登場します。

ようやく長い長いプロローグが終わったという感じでしょうか！

実は拙作のテーマは勘違いと友情なのです！　『友情』なのです！

クライは一人でも割とトラブルメーカーですが、仲間が揃うとマイペースが加速し安心感のあまり「うんうん、そうだね」率が跳ね上がります。今後の活躍にご期待ください。

さて、内容ですが、今巻はバカンス編の後半に当たります。

内容的には温泉、ドラゴン、地底人です。温泉にも入りますがそれ以上にクライが、ティノが、リィズが、シトリーが、大暴れします。ついでに盗賊団と幼馴染まで登場し――色々てんこ盛りですね。

~~一体何を考えてプロットを組んだのか……全く記憶にありません。~~

そして、温泉だけあって今巻のイラストは全体的に肌色多めです。肌色あり、ドラゴンあり、キルキル君あり、五巻にはこの世の全てが揃っている感があります。実は温泉回はイラスト的な理由でも、一度はやりたかった話でした。温泉行きたい。きっとこれまでマッチョとかキメラとか色々描く羽目になったイラストレーターのチーコ様も今回の温泉で沢山裸を描いて全て許してくれることでしょう。温泉行きたい。

そして、今巻のカバーイラスト、素晴らしさは言わずもがな、とても最終巻っぽいですね。これが《嘆きの亡霊》のメンバーが全員揃ったが故のパワー。

ロゴが真ん中にあるのは置くところがなかったかららしいです。

でも、とても最終巻っぽいですが、最終巻ではありません。**百巻くらい書きます（無理）。**

お陰様で小説版が一巻から四巻が重版したようです。沢山の方に読んで頂けて一作家として幸せです！ **このままの勢いで百巻くらい書きます！　四年に一回温泉巻やります！（無理）**

そして、コミカライズ版についても連載が続き、この本が発売する頃には三巻が出ているようです。内容的には小説版の一巻が終了したところ。今巻と見比べると、昔の幼馴染達がいなかった頃のクライが割と真面目（？）だった事がわかって面白いかもしれません。

可哀想な面と凛々しい面を持つティノ。恐ろしい面と可愛らしい面を持つリィズ。そして駄目駄目なクライと、漫画ならではの表現で大暴れしています。未読の方は是非ご確認ください！

蛇野らい様の描くクライは全体的に非常に格好いいのですが、これからどんどんクライは酷くなっていくのでとても楽しみです！　りゅーりゅー言わせて、ほら、りゅーりゅー！


さて、最後は恒例の謝辞で締めさせて頂きます。

今回も引き続き、イラストを担当頂きましたチーコ様。本当にありがとうございました。浴衣がめちゃくちゃ好きです。ドラゴンも好きです。表紙のルシアがどストライクです。チーコ様のイラストのおかげで楽しく作品を書いていけます！　これからも何卒、どうぞ宜しくお願い致します。

担当編集で水辺が大好きな川口様。そして、ＧＣノベルズ編集部の皆様と関係各社の皆様。今回も大変お世話になりました。本の編集の他にも色々企画頂いたり、ここまで当シリーズを続ける事ができたのは間違いなく皆様のお力あってのものです。本当にありがとうございました。これからも助けてください！　私は川で編集して頂いても問題ありませんです！

そして何より、ここまでお付き合い頂きました読者の皆様に深く感謝申し上げます。

ありがとうございました！　また六巻でお会いできますように！

P.S. 四巻に続き、奥付けのＱＲコードから、アンケートに答える事により、書き下ろしＳＳが閲覧できます。是非ご確認ください！

２０２０年7月　槻影

すやすや
ルシア
2020.8

嘆きの亡霊は
引退したい
5巻発売!!
おめでとうございます!!!!
蛇野らい

GC NOVELS
嘆きの亡霊は引退したい ～最弱ハンターによる最強パーティ育成術～ 5

2020年9月6日　初版発行
2024年9月25日　第3刷発行

■本書は小説投稿サイト「小説家になろう」(https://syosetu.com/)に掲載されていたものを、加筆の上書籍化したものです。

著者
槻影

イラスト
チーコ

発行人
武内静夫

編集
川口祐清

装丁
伸童舎

DTP
STUDIO 恋球

印刷所
株式会社平河工業社

発行
株式会社マイクロマガジン社
URL:https://micromagazine.co.jp/

〒104-0041
東京都中央区新富1-3-7　ヨドコウビル
TEL 03-3206-1641 FAX 03-3551-1208（営業部）
TEL 03-3551-9563 FAX 03-3551-9565（編集部）

ISBN978-4-86716-047-3 C0093

ファンレター、作品のご感想をお待ちしています！

宛先　〒104-0041　東京都中央区新富1-3-7　ヨドコウビル
株式会社マイクロマガジン社　GCノベルズ編集部
「槻影先生」係　「チーコ先生」係